世界探偵小説全集 39

大聖堂は大騒ぎ

エドマンド・クリスピン　滝口達也＝訳

国書刊行会

父母に

Holy Disorders
by
Edmund Crispin
1945

そこに、兇悪の陰惨な空想と
そのあらゆるたくらみを表わすものが描かれていた
石炭のように真っ赤に燃えている残忍な怒り
巾着切りと蒼褪めた恐怖
外套の下にどすを呑んだほほえみ
黒煙を出し燃え立つ厩
床の中で暗殺をする陰謀
流血にうずく公然たる戦争……
夜間こめかみに釘を打ち込まれた男
口を上に向けて開いている死骸……

ジェフリイ・チョーサー（『カンタベリ物語』騎士の話、西脇順三郎訳）

拙稿を読み、貴重な助言を
与えてくれたフィリップ・ラーキンに
心から感謝する。
——E・C

大聖堂は大騒ぎ　目次

大聖堂は大騒ぎ

主な登場人物

ジェフリイ・ヴィントナー··········作曲家
ヘンリー・フィールディング········貴族出身の百貨店員
ジャスティニアン・ピース··········精神科医
スピッツフーカー牧師··············大聖堂参事会員
ガービン牧師······················大聖堂参事会員
バトラー牧師······················聖歌隊長
フランシス・バトラー··············バトラー師の娘
ジョウゼフィーン・バトラー········バトラー師の末娘
サー・ジョン・ダロウ··············大聖堂参事会尚書。黒魔術研究の権威
ジュライ・セヴァネク··············メイヴァリイ村の主任代理司祭
デニス・ブルックス················大聖堂のオルガン奏者
ダットン··························副オルガン奏者
ハリイ・ジェイムズ················ホエール・アンド・コフィン亭の亭主
ジャーヴァス・フェン··············オックスフォード大学教授
ギャラット警部····················警察官

第一章　招待と警告

「わが枕べに棺桶が立てかけてある
　私は夜明けとともに死にゆくものらしい」
　　ロバート・サウスウェル（『臨終の肖像』）

　ロンドンはウォータールー駅の駅前をびっしり埋める自動車――その蜜蜂の大群のごときなかから、あたかも抜け駆けの功名をたてようと勇み立つ一匹の働き蜂のように、一台のタクシーが抜け出ようとしていた。その車中、乗客のジェフリイ・ヴィントナーは、手紙と電報を取り出し、あらためて目を通していた。いずれもけさの朝食の席で受けとったものであった。

　この男の顔色はひどく冴えない。冒険浪漫とはおよそ無縁のこの男のもとに、なにかのいたずらでもないらしい一通の脅迫状が舞いこんだからだった。後悔の念におそわれるのも、けさから一度や二度ではない。サリイ県に構えるちいさなわが家に、数匹の愛猫と小庭（奇抜な思いつきをもとに日々庭造りにいそしんでいる）、そして家政婦の鑑ともいうべき世話になりっぱなしのボディ夫人を留守番にのこしてまで、なぜこんな雲行きのあやしい旅に出ねばならなかったのか。暴力沙汰にでもなれば、腕力にはさっぱり自信がない（踏みこんだばかりのこの冒険で、これからいやというほどさいなまれる思いである）し、人間も不惑の年を越えると、敢然と悪党に立ちむかう正義の味方なんて、演じようにもその気力がわいてこなかった。ましてや、いささか年季の入った独身暮らしを、物堅く、そこそこ不自由もなくおくり、生まれは田舎の牧師館、烈しい情念や欲望を知らずに育った男であれば、こんなことはまさに青天の霹靂《へきれき》、いや、ばかばかしくててんでお話にならなかった。そんな自分によく似た男たちが、ドイツ軍の猛攻をかいくぐり、ダンケルク海岸まで大撤退作戦を敢行したばかりなのだ、と脳裡をかすめはしたが、それも慰めとはならなかった。すくなくとも彼らは、敵のなんたるかを承知していたのだ。

脅迫……。

上着のポケットから、骨董品めいたばかにおおきな廻転式拳銃をつまみ出し、まれにみる猛犬を見いだした愛犬家のようなまなざしで、おっかなびっくりながめた。タクシーはウォータールー・ブリッジの大橋にさしかかっていたが、ルームミラーにうつる後部座席の光景に運転手が眉をひそめた。その射るようなまなざしにあわてて拳銃をしまいこんだジェフリイ・ヴィントナーであったが、ふと脳裡をよぎったことがあった。タクシーを使った誘拐——カモの家の周囲を流してタクシーに誘い込み、どこか場末に拉致しさって、武装した仲間に料理させる……。いかにも慣れたハンドルさばきで北の橋詰のロータリイをまわっていく、がっちりした小男の岩盤のような背中に、猜疑の視線をふりそそぐ。たしかに午前中にサリイを出発してロンドンのパディントン駅からの乗り継ぎに間に合う列車は一本しかないから、正体不明の何者かは待ち伏せをすることができる。しかし、タクシーをひろうのにひと苦労したのが実情で、運転手になりすました敵がいたとしたら、なるべく客の注意をひかないようにつとめていたとしか考えられない。だから、その点はたぶんだいじょうぶだろう……。

後方をふり返る。梯子酒の一行でもあるまいに、おかしな揺れかたをして後続車がついてくる。はてな……ひとはどうやって尾行をそれと察知するのだろう。ものごとをふかく観察する習慣のない者には、外界の事象は記憶になんの痕跡もとどめない、夢かまぼろしの連続でしかない――ロンドンの雑踏をレッド・インディアンが闊歩するのに出くわしたとしても、さして気にもとめないにちがいない自分なのだ。念のため、運転手に道順を変更させるべきではあったが、ますますもって不審がられるにちがいなかった。そもそもこんなおかしな話もないのであって、真夏の陽射しがまばゆいロンドンで白昼堂々尾行したところでどうなるものでもない……。

あいにく、そんな考えは甘かった。


『後悔したくなければ、トールンブリッジに近づくな』


これではなんのことやらわからないが、ひどく事務的で、秘密めかす気はないらしい。手紙の便箋と封筒は特徴のある上等品だし、活字のくせから使用されたタイプライターの割り出しも容易であろう――むろん、鑑識眼というものがあっての話だ。些細なことながら、またひとつ、おのれの無能を悟らされた屈辱感……。匿名の手紙ではあるが、不可解な手がかりをばらまいて煙に巻こうということでもないらしい。中央郵便局の勤勉な職員のおかげで、消印もくっきりと、「トールンブリッジ」と読めるではないか。こんなことはとうぜん予想されるはずのことだが……。

うわの空の左手から、ひらひらと電報が舞い落ちた。拾いあげ、ばかていねいに埃をはらうと、しぜん目は活字を追う。電信局御用達の写りの悪い大文字活字、その蜘蛛の仔をばらまいたような読みづらい字づらに、なにか意外な暗号でもひそんでいないか——やけくそ気味にそんなことを考えてしまうのは、どうやら発信人そのひとに毒されてのことらしいと思うと、なおさら憮然となる。こんな内容の電報であった。

『トールンブリッジノ牧師寮ニ滞在中牧師牧師牧師ドコモカシコモ牧師ダラケ大聖堂ノパイプオルガン演奏頼ミタシオルガン奏者ツギツギヤラレル不祥事続発音楽ワルカラズ至急来ラレタシ小生入用ニツキ捕虫網持参サレタシ承知不承知ノ返信待ツ長期滞在ノ支度忘ルベカラズ　ジャーヴァス・フェン』

返信用に、五十単語分の料金受取人払い頼信紙が添付されていた。それへ、「承知　ヴィントナー」と、ごくみじかく返事をしたため、いささか得意になったものだった——が、そんなあてこすりには気づきもしないかも知れない。フェンはそうした男だ。

さっそくにも返事を出したのは、配達夫がまだ家の近くにいて、それへ託せばわざわざ局まで出むかずともすむと横着をきめこんだからだった。そんないいかげんな理由で、ひとは知らずして運命の岐路へと踏みだしていくのじゃなかろうか……。あのとき、手紙のほうはまだ封も切っていなかった。たしかに重い腰をあげるだけのことはあった。トールンブリッジは聖歌隊がすばらしいし、大聖堂のパイプオルガンはウイリス（ヘンリー。十九世紀英国の著名なパイプオルガン製造者）の四段鍵盤で、わが国でも屈指の名品だ。ホルン音が本物さながら、クワイア鍵盤の閉管音に得もいわれぬ美しさがあり、チューバ音は気品にみち、三十二鍵足鍵盤が発する重低音などは、怒濤のうねりとなって堂宇を揺るがし敬虔の徒の度肝を抜く……。だが、こんなことがほんとうに慰めと言えるだろうか。

ともかく――トラファルガー・スクエアを勢いよく曲がるタクシーの車中、ジェフリイの葛藤はつづいていた――知らぬまになにやらヤバそうな無法地帯にさまよいこんでいて、身の危険にも備えねばならないらしかった。手紙と電報を合わせ読めば、そういうことになる。だが、それにしても事情がのみこめない。フェンの電報にしかるべく句読点をうてば、トールンブリッジには、「宗教音楽、断乎廃絶」を唱え、過激な手段で音楽関係者の人員削減を計ろうとする者がいる、というふうに読める――その意味において、自分は歓迎されざる客なのだ。だが、それもあまりに突飛で不自然な筋書きだった。「オルガン奏者ツギツギヤラレル」とは、いったいなんだ。まるで機銃掃射じゃないか。フェンのことだから誇張があるかもしれないし、イングランド西部の大聖堂の田舎町にギャング団が蟠踞《ばんきょ》するという話も耳にしない……。吐息がもれた。考えてもむだだった。乗りかかった船は船火事で火だるま、まもなく大海原に藻くずと消えようとしていることだけはわかった。天運に身をまかせつつ、おのが才覚で切り抜けていくしかなかった――もっとも、天にしろ、おのが才覚にしろ、いざというとき味方になってくれたためしはないが。そして、捕虫網とはいったいどういうことなのか。

捕虫網……。そんなものの買い置きがあるはずもなかった。

ジェフリイは時刻をたしかめると、運転席との仕切りの窓ガラスをたたき、ケムブリッジ・サーカスからチャリング・クロス・ロードへ道をとろうとする運転手に告げた。

「リージェント・ストリートへ」

タクシーはそのままロータリイを一周し、シャフツベリ・アヴェニューへと入っていった。後続のタクシーも同様に進路変更をした。

ほかに当てもないので、ジェフリイ・ヴィントナーが捕虫網を入手すべく立ち寄ったのは、リージェント・ストリートのとある一流百貨店であった。来てみると、店内はすっかり閑古鳥が啼いていて、店員もわずかな客も暑さにうだり、はやくも午睡の状態であった。あたりのようすは、この場所の本来の機能をなるべく認めまいとするかのようで、数々の絵画に無用な装飾、金鍍金《めっき》のぽっちゃりした天使像があるかと思えば、ポメラニア近衛兵のごとく直立不動の姿勢をしたなんだかよくわからない偉人像が、肩さきで階段の手すりをささえてすずしい顔をしていたりする。ジェフリイは入口で朝刊を買いもとめた。トールンブリッジでギャングに関係した事件でもあれば、新聞が放っておくはずはなかろうと思ったのだが、紙面は「英本土航空決戦」の報道で一色であった。ちいさな記事に目をはしらせていると、二度もひととぶつかり、やむなくつづきはあとにすることにした。

売場案内のおおきな掲示があるものの、捕虫網となると要領を得ないので、案内カウンターで問い合わせる。フェンはどうして捕虫網なんかを必要とするのだろう。いやでも脳裡にうかぶのは、デヴォンの原野でフェンとふたりして昆虫を追いかけるの図……。いまいちど電報を取り出し、穴のあくほど見つめてみた。だが、どう見ても間違いはなかった。だとすると、こんどは鱗翅類の研究でもおっぱじめたということでもあるのか。

子供用品かスポーツ用品の売場だということで、どちらも同じ階だった。さっそくエレヴェーターに乗りこむと、密室で案内嬢と二人きり――にわかに疑心が生じて、じろじろと詮索の目をくれると、きつくにらみ返された（後刻、その案内嬢は同僚に、「いやらしい目つきで全身を舐めまわされたわ」と、鬱憤をぶちまけた）。あわててひろげた新聞のかげに退散したものだったが、目的の階へのぼっていくあいだに、ある記事が目にとまった。

音楽家襲われる

一昨日の夜、トールンブリッジ大聖堂のオルガン奏者デニス・ブルックスさん（音楽博士）が仕事帰りに暴行を受け、意識不明の重態となった事件で、警察は依然として犯人の足取りをつかんでいない。

痒いところに手がとどかないようなもどかしい新聞報道、はったり魔のフェン、こんなことに迂《う》闊《かつ》に足をつっこんだ自分のそれぞれを呪わずにはいられなかった。ひとしきり呪詛の儀式に手間取ると、あとは思案に暮れて小鼻を掻くばかり――ともかく、何かが起きているのだ。そう言えば、オルガン奏者には代理の人間がいるはずだが、どうなっているのだろう。やはり脳天に一撃をくらって意識不明の重態となっているのであろうか。

ぎょっとする衝撃がはしり、エレヴェーターが到着した。眼前には、スポーツ用品が乱雑に積まれて収拾がつかなくなった売場の光景があった。担当の店員は、よく太って肉づきのいい若い男で、血色のよい色白の顔に絶望感をただよわせているのは、灰燼と帰した城都にたたずむトロイア最後の王プリアモスといった風情であった。

ジェフリイが近づくと、太った店員は沈んだ声で語りはじめた。「お気づきでしょうが、スポーツ用品には据わりのいい、均斉のとれた形のものがありません。箱入り商品や書籍のようにきれいに陳列できないのです――かならずどこかはみ出してしまう。なかでもこのローラースケートは最悪です」声にいちだんと怨みがこもり、「サッカーボールもすぐに棚から落ちてくるし、スキー板にはしょっちゅう蹴躓《けつまず》く。クリケットのバットもいくら立てかけても倒れてくる。なにかおさがしでしょうか」途方に暮れた目つきをジェフリイにむけ、返事の暇もなく、「戦時中ですから、国民はスポーツどころではありませんね。けっこうなことです。運動で筋肉を鍛えたって、いずれ肥満の原因となるだけですから」と、ため息でしめる。

「捕虫網をさがしているのだけれど」オルガン奏者襲撃事件が頭からはなれないジェフリイは、うわの空で言った。

「捕虫網ですか。あれもね」太った店員はますますげんなりしたようすで肩を落とし、壁に立てかけてあるのを指さした。「逆さにしておくと網が足にからまるし、ご覧のようにしておくと、あたまでっかちでなんとも見映えがわるい」と、そばへ行き、一本を選び出す。

「意外に丈があるな」目のまえに差し出された六フィートばかりの竹棹を、ジェフリイは迷惑そうにながめた。

「これくらいなければ蝶にとどかないのでしょう」太った店員はどうでもよさそうに答える。「どうせ思うようにはいきませんよ。まぐれで網に入ればもうけものでしょう。虫籠もお買いあげで?」

「いや、いらないと思う」

「さようで。よろしいんじゃないですか。じつに不便な代物でして、持ち歩くには重いし」太った店員はいまいちど網目をたしかめ、「十七シリング六ペンスです。金銭の無駄遣いですね。値札をお取りしましょう」

値札は網の針金部分に糸づけされていて、引っ張ってもなかなか切れなかった。

「結び目を解いたらどうだい？」ジェフリイが横合いから口を出すが、やはりはずれない。「そのままでかまわないよ」

「ご心配なく。鋏がありますので」太った店員はポケットをさぐるが、「そうでした。事務所に置いてあるのでした。ポケットにいれておくと、思い出したころにはポケットに穴があいていたりしますので。少々お待ちを」ジェフリイが止める暇もなく、売場を出ていった。

階段口に、ボクシングのグローヴを陳列するカウンターがあった。その背後のずいぶん狭苦しい場所に、黒のスラウチハットの男がぬっと立ち、跫音《あし》を殺して、ジェフリイの背後へにじり寄りはじめた。手にしているのはブラックジャック、その相貌には蚊を捕らえようとするような緊迫の表情がうかんでいた。太った店員は思いの外、すぐにもどってきた。事務所を出ると、ひと目で情況を呑みこんだ彼は、捕虫網でさっと暴漢の頭を生け捕ると、力まかせに引っ張った。ブラックジャックが暴漢の手をはなれ、虚空にきれいな抛物線をえがいて飛び、ローラースケートの陳列棚に激突した。その物凄い音にぎょっと身を翻したジェフリイは、見知らぬ男が体勢をくずし、フロア中央のスポーツ用品の山に仰向けにひっくり返るのを目にした。ただでさえ不安定に積みあげられた商品の山が、一挙に瓦解したのもむりはない。無数のサッカーボールが奔流となって、いっせいに階段にむかって転がっていき、弾みをつけながら階下へ雪崩れ落ちていった。暴漢は毒づきながら網をふりはずし、起きあがると、階段へ逃れようとした。その後頭部を太った店員がスキー板でしたたか打ち据えたので、パカーンとやけに響きのいい音をのこして、暴漢はまたもや倒れこんだ。ジェフリイは拳銃を抜きだそうとするが、ポケットの縫い目にくい込んでいるらしく、ぶざまな恰好でもがくばかりであった。

乱闘はいよいよ佳境に入った。驚嘆すべき体力をしめす暴漢は、ジェフリイに体当たりをくらわそうと猛進してくる。太った店員はクリケットの球の連射で応戦するが、狙いが狂ってジェフリイに命中。ジェフリイがふらふらとへたり込む際、スケート靴の山を突き崩し、暴漢も足をとられる。店員はふたたび捕虫網をふりおろすが、こんどは躱《かわ》され、おのれのほうがつんのめった。すばやく体勢を立て直した暴漢は、スケート靴をひっつかみ、なおも拳銃を抜きだせないでいるジェフリイの下腹部へ思いっきりぶちこんだ。起きあがった店員は、クリケットの三柱門で暴漢の胴を薙《な》ぎ払う。すると、たしかな手応えがあったので、脳天にホッケーのスティックでとどめの一発を見舞うと、ついに暴漢は延びてしまった。ジェフリイは上着をさんざんに破ってようやくつかみだした拳銃を、やたらとあちこちにむけていた。

「お客さん、危ないじゃないですか」

「なんだったんだ、いまのは?」

「りっぱに、犯意あり、ですね」拾いあげたブラックジャックをお手玉みたいにもてあそびながら、太った店員はわけ知り顔にうなずいた。「網がおシャカです。取り替えましょう」と、あいかわらず沈んだ声で言い、べつの網を取ってくる。「十七シリング六ペンスです。すでにご存じですね」

茫然自失のジェフリイは、言われるがまま代金を支払った。

階下から、悲鳴と罵声が聞こえてきた。サッカーボールの奔流が行き着くさきにいきついた証左であった。「フィールディング、階上でなにをやらかしたんだ！」ひときわ大きな呶号も飛んできた。

太った店員は、その色白の顔に苦渋の色をにじませた。「ここは退散の一手でしょう。ぼくもごいっしょします。善は急げ、ということで」

「だって、きみ、仕事は？」ジェフリイは呆気にとられた。

「これではどうせクビです。ぼくはどこへ行ってもこういう憂き目にあうのです。前の職場でも、同僚に売場でストリップをやらかしたやつがいて、そのとばっちりを受けました。女の同僚でしたが。忘れ物はなかったかな」マッチのありかをたしかめる人のように、あちこちのポケットをぽんぽんとやる。「よくやるんです。手袋なんかも年に三組は列車に忘れるのです」

「ともかくいそごう」ジェフリイはうながした。極度に神経が昂ぶって、一刻も早くこの場から逃げ出したい一心であった。階段をあがってくる跫音も近づいていた。どういった巡り合わせか、そこへちょうどエレヴェーターが到着した。売場の異様な光景にぎょっと目をむいた案内嬢は、「こちらスポーツ、書籍、子供用品、婦人用品の――」と、あの世の裁きの場に曳き据えられた罪人のようなか細い声で案内したきり、エレヴェーターの扉を閉ざしてしまった。格子戸の透き間から顔をのぞかせる案内嬢と乗客たちは、おどおどと餌を待つ兎の一群のようであった。うっかりスイッチにさわったのか、エレヴェーターはそのまま階下へ降りていった。洩れてくる悲鳴やら罵声やらがデクレッシェンドで遠ざかっていった。

ジェフリイと太った店員は階段をひた走った。

途中、不機嫌な顔の売場主任が店員二名をしたがえて階段をあがってくるのに出くわした。

「変質者が店を荒らしまわって、手がつけられないんです。どうにかしてください。ぼくは警官を呼んで来ますから」太った店員はさっきまでの調子とはあまりにもちがう、真に迫った怯え声で訴えた。

売場主任はジェフリイがぶらつかせている拳銃を目にすると、それをひったくり、階段を駆けあがっていった。抗議するジェフリイの声が階段ホールに虚しくこだました。

「さあ、ぐずぐずしないで」太った店員はジェフリイの袖を引っ張った。

階段を転げ落ちるようにして、ようやく二人は表通りに出た。

「事情をうかがいましょうか」タクシーの座席に落ちつくと、らくらくと足を伸ばして、太った店員はそう切り出した。

ジェフリイはしばらく無言で応じた。無意味と知りつつも、タクシー運転手に疑惑の視線をそそがずにはいられなかった。百貨店での出来事を思えばそれもやむをえなかった。ついで、その視線をとなりの若い男にもむける。信用していいものだろうか……。しかし、それではあまりにも恩知らずのようであった。

「それが、さっぱりわけがわからないんだ」ジェフリイはそう応じるしかなかった。

太った店員はさもうれしそうな顔をした。「では、そもそもの発端からお話しください。あなたはほんとうに危ないところでした。隣人として放ってはおけないでしょう」と、やけに正義漢めかす。「これからどちらへ？」

「パディントン駅。いやその、ひょっとしたらね……」ジェフリイはあわてて言葉を濁した。ぎくしゃくした会話のせいで、興奮はすっかり冷めていた。

「わかります。ぼくが信用できないのでしょう。当然です。あなたのような立場におかれたら、誰も信じられないのはむりもありません。でも、あなたの後頭部に復活祭の玉子ほどのたんこぶができるのを防いだのは、このぼくですよ」太った店員は額の汗をぬぐい、襟もとをくつろがせた。「フィールディング——ヘンリー・フィールディングといいます」

「まさか、『トム・ジョーンズ』の作者じゃないよね」ジェフリイは思わず口にして、すぐに後悔した。

「なんですか、それ？　小説ですか。読書についやす時間などありませんので。それで、あなたは？」

「なにが？」

「いえね、ぼくは自己紹介をすませたので——」

「ああ、そうか、もちろんだ。ジェフリイ・ヴィントナーだよ。きみには感謝しなければならない。きみがいなければどうなっていたことか、まったく神のみぞ知るだよ」

「いや、ぼくにはわかっていました」

「えっ？　というと——いや、たしかにそうだ。そういえば、警察の到着まで現場にとどまるべきだったかな。果物泥棒の生徒みたいになかなかの逃げ足だったけど、守るべきルールもあるからね」が、そんな考えにはすぐにうんざりした。「ともかく鉄道に乗ろうとしていたのさ」

「そうはさせじ、と邪魔がはいったわけですね。やはりくわしく事情をおききしませんと」フィールディングはまたもや額の汗をぬぐった。

ジェフリイはしかし、正月用にと作曲の依頼があった「パッサカリアとフーガ」の曲想をぼんやりなぞっていた。仕事は捗っていなかったが、かといってこんどのフェンからの要請がちょっとした気分転換になるとも思わなかった。作曲家の悲しい性で、どんなに忘れようとしても作品のことが気にかかる。いまも脳裡に未完成の新曲が鳴りひびいていた。タタ、タタタティタティ……。

「敵は先制攻撃の失敗を予想して、第二次防衛線を張っているかもしれませんね」

フィールディングの口からものものしい言葉が飛びだして、ジェフリイははっと我に返った。脳裡の鼻歌もやんだ。「おどかしっこは、なしにしてくれよ」

「ともかく事実を話してください。ぼくが敵ならお聞きするまでもないわけで――」

「きみがそうだなんて――」

「ぼくが敵でないとすれば、すこしはお役に立てるかもしれません」

もはや知らぬ顔で通すわけにはいかなかった。いざ事実を伝えようとすると、案外大した話もなかった。

「それだけではなんともいえませんね」フィールディングは不服そうにして、電報と手紙を丹念に読みはじめた。「このフェンというのは、どういう人ですか」

「オックスフォード大学の英語英文学教授。ぼくとは同窓なんだ。卒業以来ご無沙汰だったが、この夏期休暇はトールンブリッジに滞在予定だと、たまたま人づてに聞いていた。さて、どうしてぼくなんかを呼びつける気になったか――」おどけて、さっぱりわからないというしぐさをすると、タクシーの車内に斜めに渡してあった捕虫網が頭上に落ちてきた。二人とも苦り切った顔で、竹棹をもとの位置にもどす。

「とても理解しがたいね――」ジェフリイは中断した話をしめくくるつもりだったが、とっさに気が変わった。「どうしてこんなものを持参させるのか」

「たしかに奇妙ですね。昆虫の収集家なのですか」

「フェンのすることはだれにもわからないよ。もっとも、他人とは、そういうものだが。たしかにへんな話だとは思うよ」

「ブルックス事件について、なにか情報をもっていそうですね」

「まあね、現地にいるんだから。それに、いちおう探偵なのさ」ジェフリイはちょっと言いにくそうにつけたした。

フィールディングの顔が曇った。みずからを探偵役に任じていたのであろう、ライヴァルの出現が気にくわないらしい。いくぶん突っ慳貪《けんどん》になる。

「当局の刑事ではないのですね?」

「そうだよ、いわゆる素人探偵さ。評判はいいらしい」

「ジャーヴァス・フェン――知りませんねえ。それにしてもへんな名ですね」フィールディングはむきになる。しばらくして、「その人、サツとぐるなんですか」フェンがよからぬ組織の片棒かつぎであるかの口ぶりをする。

「正直言って、そういったことは知らないんだ。風の便りにきいているだけだから」

「トールンブリッジまで、ぜひお供させてください。百貨店なんかもううんざりです。祖国の一大事だというのになにかかけ離れていて――」

「軍隊に志願すればいいじゃないか」

「検査で落とされたのです。去年の十一月のことで、四級でした。これでは空襲警報の隊員にしかなれませんから、いずれ新設の国土防衛軍に志願しようと思っています。こんちくしょう」

「健康そうだがね」

「ぴんぴんしています。弱視のほか、どこも悪くありません。そんなことで四級になりますかね」

「たしかにおかしいね。きみが知らないだけで、なにかおそろしい業病でも見つかったんじゃないか」ジェフリイは慰めのつもりでそう言った。

　フィールディングは聞こえないふりをして、「ともかく、戦時中だというのにじっとなんかしていられません――それもできたらちょっと浪漫にあふれる活躍がしてみたいですね」と、またも額の汗をぬぐうが、そのしぐさは話とちぐはぐで、なんとも色気がない。「諜報部が第一志望だったのですが、だめですね。自国にいては諜報部に入れません。あんなんじゃあ、ぜんぜんだめです」と、それでなにかをしめそうとするのか、すばやく両手をぴしゃりと打ち合わせた。

　ジェフリイは考えこんだ。これまでのいきさつからすると、道連れがあるのは心づよいことだし、これ以上この若い男の肚《はら》を疑う理由もなさそうだった。

「……いくら戦争が近代化されたとはいっても、やはり個人のはたらきがあってのことです」フィールディングはすっかり、ワルハラ（天上の勇士の殿堂）入りした諜報部員の気分でいた。「きっとお笑いになるでしょうね」（ジェフリイはあわてて、つもりとしては否定を意味する微笑を返す）「しかし、英雄となった者はそうなろうとつよく望んだからなのです。風車に挑みかかるドン・キホーテはたしかに滑稽ですが、彼の目には巨大な怪物がはっきり見えていたのです」フィールディングはほうっと吐息をもらした。タクシーはメリルボン・ロードに入った。

「道連れがあれば助かるけど、仕事はいいのかい？　稼ぎをなくすと困るだろう」

「その点はご心配なく。不自由はしていません」フィールディングは顔全体で、心外な、という表情をつくった。「はじめに話しておくべきでした。『デブレット貴族年鑑』や『フーズ・フー紳士録』などでは、ぼくは伯爵となっているはずです」

「もちろん無名貴族です」

ジェフリイは腹をかかえて笑おうとしたが、そうさせないなにかが相手の顔色にあった。

「もちろん無名貴族です。ぼくは爵位にふさわしい業績をあげたのではなく、親から継承しただけです」フィールディングは言い訳のようにつけ加えた。

「それならあんな店でいったいなにをしていたんだい？」ジェフリイはそう訊かずにはいられなかった。

「一流百貨店です」フィールディングは真顔で訂正する。「ああいった業界では、兵隊に取られたりして人手不足だという話を耳にしたので、これもお国のためかなと一念発起したわけです。もちろん臨時雇いのつもりで。いや、ほんのしゃれのつもりで……」と、しだいにしどろもどろになる。

ジェフリイは、笑いをこらえるのに必死だった。

フィールディングがさきに吹きだした。

「たしかにまぬけな話ですね。それはそうと」フィールディングはにわかにひらめいた。「あなたは作曲家のジェフリイ・ヴィントナーですか」

「そうだよ、もちろん無名の」

このときはじめて、両人はたがいにまじまじと見つめ合った。そして、その結果にすこぶる満足した。タクシーはパディントン駅の暗がりに勢いよく乗りこんでいく。とたんに駅構内の喧噪が彼らをつつんだ。
「ちぇっ、また網が落ちてきた」フィールディングは、そうぼやいた。

第二章　鉄道旅行も楽じゃない

「群衆を友とすべきではない。絵をならべたような顔、うるさいシンバルのような話し声、そこには愛がない」

フランシス・ベイコン（『エセイズ』友情について）

ウォータールー駅が巨大なうすぐらい納屋だとすれば、パディントン駅は地獄の大釜であった。もっと大きな鉄道駅にはみられる秩序というものがまるでなく、人間と機械の分離すらなされていない。機関車と乗客がいっしょにもみあい、蒸し焼きにされ、仕切りの鉄柵もあるにはあるが、障害物競走の障害物となんらかわりはない。大群衆は押し合いへし合い、騒然と波打って、それはおよそ乗車なんてものではなく、われさきに列車の屋根によじ登ろうとする行為に似て、子どもがろばの背をうばいあう海辺の光景を思わせる。機関車は喘ぎ、呻きをあげ、瀕死の針鼠がはやくも食肉蟻の大群にたかられているようなありさま――だが、ひとたび発車すれば、そんな虫けらどもをことごとく踏みつぶし、蹴散らしていくことだろう。逃れる暇もあたえず、緩衝器や連結棒に巻きこんでいくにちがいなかった。

熱気にあてられた群衆は、いらいらと無意味に蠢動する。入口から軽食堂、プラットフォーム、切符売場、トイレにかけて、いく筋か人の流れらしきものが見わけられるが、それは地図上の河川と同様、つねにコースと河幅を変え、合流地点あたりに呆然と立ちつくす人を容赦なく呑みこんでいく。その人ごみを真横からながめると、おどろくほど空中高くせりあがっていて、みんなそれぞれ目指す方向へ倒れんばかりに折りかさなり、前を行く者の肩のうえに首を突きだして、まるで首の皮一枚のこして打ち首から逃げてきた罪人の行列と映る。兵士の姿も散見され、中身は鉛とおぼしい重そうな円筒形の白い容器を提げ、申し訳なさそうに人ごみを掻き分けていく者や、雑嚢に腰かけたまま四方からもみくちゃにされている者がいる。駅員は事態を収拾しようと躍起になるが、学期終了後の担任の先生とおなじく、誰も耳を貸そうとはしない。

「まいったな。これでまともに乗車できるんだろうか?」ジェフリイは言った。すれちがう人のひざにスーツケースをぶつけながら、なんとか前進しようとしていた。

百貨店員のモーニングの姿がなんとも場違いなフィールディングは、鼻を鳴らした。熱気がひどくこたえるらしい。ひとを突きとばし、その間隙に割りこんで、どうにか二ヤード進む。

「何時の列車ですか」フィールディングは尋ねた。

「あと四十五分もない」ジェフリイの声の肝心なところが、悪魔の咆吼のごとく響き渡った汽笛と駅員の笛にかき消される。「あと四十五分」ジェフリイはもういちど声を張りあげた。

フィールディングはうなずくと、「ふくそう」と聞き取れた叫びをのこし、どこかへ消えていった。ジェフリイは呆気にとられたまま、切符売場へむかった。そこで二十分ほど手間取ったが、どのみち汽車は定刻に発車しそうになかった。手ぶらで通りかかる赤帽がいたので、これ幸いと手荷物をふりあげてしめしたが、無視された。

人間の堕落がもたらす悲惨――その修羅場のような光景がやりきれなくなって、ジェフリイは酒を一杯やりたくなった。

軽食堂は大理石に金の装飾というもので、その不相応な豪華さがいまはひたすらうっとうしい。客の回転をよくしようとする魂胆からか、柱時計が十分ほどすすんでいるため、あわてて席を立つ客の姿がしばしばある。そういった客はだれかに時刻を訂正され、ほっと腰をかけなおすのだが、そのだれかの時計は数分遅れている。やがて正確な時刻を知ると、血相を変えてとびだしていくこととなる。戦時国土防衛法のおかげで、国民はすっかり意地きたなくなってしまい、みんなぎりぎりまで酒場でねばろうとする。

ジェフリイは鞄を柱のわきに置く(とたんに足をひっかけるやつがいた)と、人ごみをひじで掻き分けてカウンターまで進み、陸地に泳ぎついた遭難者よろしく、死に物狂いでしがみついた。カウンターのなかのセイレン(ギリシャ神話。半人半鳥の海の魔女)たちは比較的ゆったりした空間にいて、馴染み客と談笑したりしている。注文を通すため、にらみつけたり、哀れっぽい声を出したり、みんなあの手この手をつかうが、なかなか相手にしてもらえない。財力をひけらかすのか、それともお代がたしかにあることをしめすつもりか、やたらと金貨をふりかざす者もいる。となりの行商人風の男は女給あいてに与太話に熱をあげ、自分や一族郎党、知り合いの例までもちだして、さかんに早婚の非を説いている。その小男を押しのけて、ジェフリイはようやく酒にありついた。

そこへ、スポーツジャケットにフランネルのズボン、手にはスーツケースというでたちでフィールディングがあらわれたのは、まさに神出鬼没といってよかった。自宅のフラットまで往復してきたと息を切らせて話し、ビールを所望する。またひとしきり注文にすったもんだして、やがて、

「さあ、旅立ちです」と、フィールディングはひどく感慨をこめて言った。

「赤ん坊との合い席はごめんだね。うるさく泣くし、這い寄ってくるし、おとなしければおとなしいでかならず吐くからね」ジェフリイはそう応じた。


当然のことながら、乗客には赤子連れの客も（すくなくともひと組は）いて、一等車で空席がふたつあるのはその手の乗客のいる車室《コムパートメント》しかなかった。その窓側の座席を確保すべく、ジェフリイは窓から手荷物を投げこんだ。そして、車室の先客がなにごとかと見まもるなか、フィールディングの手を借りて、網棚にフェンの捕虫網をしまおうとした。だが、わずかに長すぎて収まらない。あらためて捕虫網に憎悪のまなざしをむける。もはやこの旅の不便、屈辱、理不尽の象徴以外のなにものでもなかった。

「窓ぎわに立てかけてごらんなさい」窓側のむかい席から声がかかった。その男のでっぷり太った大兵肥満ぶりと、色の白さは、フィールディングのそれをかるく凌駕していた。そのときのジェフリイの驚きを喩えるなら、アマティ愛用のヴァイオリン奏者が、はじめてストラディヴァリウスの音色を耳にした瞬間のようであった。

この大兵肥満の男の言うとおりにしてみるが、ちょっとでも足をうごかすと捕虫網は倒れてくる。

「車室になんていうものを持ち込むんでしょう」赤ん坊をかかえた女が、聞こえよがしにつぶやいた。

けっきょく、左右の網棚のあいだに渡せばどうか、ということになった。車室の全員が起立して——このくそ暑い日にいやな顔をしない者はいない——手を貸した。側廊側の席には、色白であばた面、雛鳥の胸肉を思わせるような肌の女がいたが、不平たらたら、自分の手荷物を移動させて網棚に場所をつくった。その女はふたたび席につくと、見るも暑苦しい膝かけをひざに巻きつけて、それをいわば絶縁体にして、周囲とのもろもろの接触を避けようということらしかった。ジェフリイ、フィールディング、大兵肥満の男、側廊側のむかいの席にすわる青年牧師らは、「もっと上だ」とか、「そこそこ」とか、励ましとも罵倒ともつかない声をかけ合い、捕虫網を押しあげる。すると、それまでまどろんでいた赤ん坊が目をさまし、ぐずりはじめた。それがあんまりぶうぶうと泣くので、『不思議の国のアリス』の赤ん坊よろしく、いまに仔豚に変身するんじゃないかと思われた。母親は赤ん坊を乱暴に上下に揺らしながら、騒ぎの張本人たちをきつくにらみつけた。座席をさがす人が車室をのぞきこみ、ごたごたやっているその人数をかぞえたりする。なかには扉を開けて空席をたずねる者もあったが、返事もしてもらえないまま、あきらめて去っていった。「なんて失礼な！」子連れの女は以前にもまして、泣き叫ぶわが子をはげしく揺らしてあやす。その声のまたうるさいこと……。

捕虫網は両端をいくらか安定させ、ようやく収まりがついた恰好だったが、誰かがうっかり立ちあがったり、いきなり車室に入ったりする者があれば、必然的に頭をぶつけることとなった。上気した顔にやれやれという表情をうかべている助っ人衆に、ジェフリイはなんども頭をさげた。座席にもどり、のこりの手荷物を網棚にあげようとする。見ると、手荷物のうえに置手紙がある。自分宛てに来たものであるのはあきらかだった。いやな予感がしたことに、封筒とタイプの活字に見覚えがあった。封を切る。

『出発を取りやめるならまだ時間はあるぞ。多少の手違いはあったが、われわれはそういつまでもしくじりはしない』

好奇の目をむけるフィールディングから隠すように手紙をポケットにしまうと、のこりの荷物を片づける。さきほどのごたごたの最中、この車室の誰かがこんな手紙を置いた――いや、窓が開いていたから、車外からでも投げこめる。車室の面々のそれぞれの位置を思い出そうとしたが、むりだった。座席に腰をおろしたときには、かなりの動揺をきたしていた。

「また来ましたか」フィールディングが右眉をひそめている。

無言でうなずき、手紙を手渡す。

一読、ひゅうと口笛がもれた。「それにしても誰が――?」

ジェフリイは無言でかぶりをふった。そうすることによって、この車室の誰かがあやしいと伝えようとした。無駄口をたたけば、それだけ敵にいらぬ情報をあたえてしまう。車室のほかの乗客たちは、この謎めいたやりとりをぼんやりとながめていた。

が、フィールディングはそんな微妙な駆け引きにはまるで無頓着であった。

「用意周到ですね。やはり百貨店での失敗を予想して、準備していたものにちがいありませんよ。ぼくらが駅にむかったのを確認して、ここの仲間に電話一本かければいいのです。じつに抜け目ない」

「ちょっと待ってくれ。狙われているのはこのぼくなんだよ。そんな調子で敵を褒めそやすのはやめてくれないか」ジェフリイはふくれっ面をする。

フィールディングは素知らぬ顔でつづけた。「そうなると、使用したタイプライターはどこかこの近辺に隠されているわけで――いや、そうじゃない。この二番目の手紙の内容は漠然としたものだから、あらかじめ用意することもできたわけですね」ズバリ名推理、とはいかなかったので、フィールディングはすこししょんぼりする。

ジェフリイは車室の乗客のひとりひとりを目でさぐっていた。むかいの席は、捕虫網のごたごたではずいぶん世話になった、いかにも羽振りのよさそうな大兵肥満の男。医者か、証券ブローカーといったところか。にこやかな顔のうらには、太った人にありがちなひっこみ思案やネの暗さが秘されているようだった。うすい頭髪、肉の錏戸のような重たげな目蓋、そこからのぞくうすい灰色の目、娘のように長い睫毛。スーツの服地は高級品で、仕立ても立派なものだった。手にしている四巻本の一冊らしい分厚い書物は、黒の背表紙を見ると、おどいたことにパレートの記念碑的労作『精神と社会』であった。医者や証券ブローカーが、旅の途次でそんなものを紐解くだろうか。好奇の念もあらたに、このおむかいさんをながめた。

そのとなりは、子連れの女。揺さぶりつづけられた赤ん坊はあたまが朦朧《もうろう》とするのか、時折よわよわしい声をあげるだけとなり、かわりに涎《よだれ》を垂らしはじめていた。小柄な母親はひどくがさつな感じのする女で、ひっきりなしにわが子の顔のよごれをハンカチで拭くのだが、それがあんまりごしごしやるものだから、いまに赤ん坊の首をへし折ってしまうのではないかとひやひやさせられる。そうやってハンカチをうごかさないときは、車室の面々に敵愾心むき出しの視線をあてていた。この女は容疑者リストからはずしてもよかろう。だが、その右どなりの側廊側の席にすわる青年牧師は、そうはいかない。華奢なからだつきで、善良そうな顔をしているが、いかにも芝居でおきまりの副牧師さんといったふうなので、手放しで信用する気にはなれない。ちらちらと膝かけの女のほうを気にしている。その膝かけの女は、鉄道の長旅のはじめにはそうするのが当然と考える人も多い、車室で合い席となった客の品定めを、無遠慮な目つきでやっていた。しかし、それも度を越してはいけないと思ったか、ちいさな腕時計をのぞいて目をほそめ、青年牧師に尋ねた。

「トールンブリッジ到着は何時の予定ですの？」

この質問はべつの方面に波紋を投げかけた。ジェフリイとフィールディングは、よほどの訓練のたまものか、呼吸もぴったりと座席から跳びあがり、ぎょっとして女のほうへ首をふりむけた。パレートに耽溺中のむかいの男の顔にも、おやっといった表情が奔《はし》った。むろんトールンブリッジはトーントンやエクセターとくらべるとちいさな駅ではあるが、目的地が同じ人と乗り合わせたからといって騒ぐほどのことではない。しかし、そんな単純な事実に気づかないほど、ジェフリイは肝をつぶし、度を失った。

青年牧師は返答に困っているようだった。そわそわとあたりを見まわして、

「申し訳ない、ガービンさん。よく知らないのです。ちょっと調べてまいりましょうか」と、腰をあげかける。すると、ジェフリイのむかいの大兵肥満の男が身を乗り出した。

「五時四十三分ですよ」そう告げて、チョッキのポケットから金の懐中時計を取りだした。「しかし、その時刻にはむりでしょう。すでに出発に十分間遅れている」

「戦時中ですもの、それくらいはしかたありませんわね」いかにも臥薪嘗胆《がしんしょうたん》といった口ぶりをして、膝かけの女はなんどもうなずいた。しばらくして、「あなたもトールンブリッジへ行かれるのですか」と訊いた。

大兵肥満の男はうなずいた。車室内民主主義——身分の貴賤を問わず、だれとでも仲良くしなければならない。そんなお義理のつき合いが、いままさに、ぎくしゃくと音をたててはじまろうとしていた。「あなたも遠くまでご旅行ですか」大兵肥満の男は、ジェフリイに質問をむけた。

ジェフリイはぎくりとした。「ぼくもトールンブリッジです」緊張の面持ちでそう答えたが、ちょっと突っ慳貪《けんどん》だったかと思い、「近ごろでは鉄道はいつも遅れますね」と、言葉をついだ。

「やむをえないでしょう。列車に乗れただけでも幸運なんです。奥さま、あなたも長旅ですか。お子さんがいらっしゃるとたいへんですね」貧者の一灯、青年牧師も会話の輪に参加して、子連れの女に話をふる。

「わたしはみなさんよりずっと遠方へまいります。西のかなたです」その口ぶりは、たとえ列車が西の果てランズ・エンド岬を越えて海へ躍りこもうとも、ぜったいにこの席は譲りませんよ、と言っていた。

「なかなか元気なお坊ちゃんで」青年牧師はいやいや赤ん坊の顔をのぞきこんだ。赤ん坊はつばを吐きかけた。

「いけませんよ、サリイちゃん」子連れの女は口ではわが娘を叱りながら、青年牧師をきつくにらみつけた。青年牧師は悄然と微笑した。大兵肥満の男は読書に取りかかる。フィールディングは黙々と夕刊に目を通している。

やっと発車をしらせる笛の音がしたと思いきや、そこでひと騒動もちあがった。重たげな旅行鞄をかかえた男が、側廊側の扉のガラス窓に顔をのぞかせ、車室内をよく見ようと操り人形のようにあたまを上下させた。やがて扉をあけ、わが物顔に車室にはいってきた。てかてかと黒光りのするスーツ、ボタンホールにはしなびたカーネイション、磨きあげた茶色の靴、真珠のタイピン、よれよれのグレイの中折帽、胸ポケットにはレモン色のハンカチをのぞかせるといった身なりであった。煙草の脂《やに》でよごれた手は爪まで黒ずみ、血圧の高そうな顔はまるで赤鬼だった。手の甲でぐいと洟《はな》をすすりあげると、青年牧師の膝をまたぎ越し、いやがる犬をひっぱるあんばいで鞄を引き寄せた。勢いあまった鞄は、膝かけの女の膝小僧を直撃した。

「満席ですよ」膝かけの女がひと声、決めつけた。これを支持するざわめきがあがった。男はぎろりと一同を睨《ね》めつけた。

「そりゃどういう意味じゃい。このおれさまにずっと通路で突っ立ってろ、ちゅうんかい、このクソったれが」男は大声をあびせる。「一等車だからって、貸し切り列車のつもりでもいるんかい？てめえらみたいなスカした連中がのうのうと足を伸ばしているのに、おれたちがおとなしく突っ立っているとでも思っとるんなら大間違いだぞ、このクソったれが」と、とめどもなく激してくる。「これでもおんなじ料金を払っとるんじゃい。おい、そこのおまえ」人さし指を突きつけられ、大兵肥満の男は縮みあがった。「おまえさんがそのぶくぶくした腕をちょっとどけさえすれば、いくらでもすわれるんじゃい」大兵肥満の男があわててその通りにすると、男は、が、は、はと笑って、子連れの女とのあいだにできたわずかな間隙に尻をねじこんだ。

「淑女の面前ですよ。言葉に気をつけなさい」子連れの女は怒りに顫えた。赤ん坊が大泣きをしはじめた。「だから言わないこっちゃない」

男はどこ吹く風といった顔をしている。ミラー、ヘラルドの二紙を取りだし、ミラーをバサッとひざに捨てると、ヘラルドを目いっぱいひろげるものだから、両どなりの者は鼻さきに男のひじを突きつけられた恰好となる。先制攻撃不調ののち、後退を余儀なくされた膝かけの女は、散発的に悪態をつく作戦にでていたが、やがて黙りこんでしまう。ジェフリイ、フィールディング、青年牧師といったお坊ちゃん育ちの面々は、この粗暴を画にしたような男の機嫌をそこねないように、ひたすらおとなしくしていた。いくらかでも抵抗をしめしたのは、侮蔑のしかめっ面をひっこめない子連れの女と、窮屈な思いをしいられている大兵肥満の男だけであった。

「きみは一等の切符を持っているのだろうね？」大兵肥満の男はついにパレートを投げだした。

沈黙があった。男が新聞からゆっくり顔をあげるさまは、鳩尾《みずおち》に不意打ちの一撃をくらったボクサーがじっくり復讐の力をためている、といったふうであった。みんな固唾を呑んだ。大兵肥満の男も、沈黙の異様な長さにしだいに顔をひきつらせていった。

男はヘラルド紙をばしゃっと閉ざした。「それが、おまえさんとどういう関係があるんじゃい？」

また沈黙が訪れた。「検札係にでもなったつもりなんかい、このクソったれが」大兵肥満の男は声も出ない。「てめえらみたいなぐうたらの成金じゃないと、気もちよくすわることもできんのかい、ええ？」

「気もちよく、ですって」子連れの女が言葉尻をとらえる。

男はもっぱら、大兵肥満の男を相手取る。「この野郎、気どりやがって。お偉いさんはおれたちみたいなのといっしょじゃ困るってのかい？　おおきに悪かったなあ。このさいだから、いいことを教えてやろうじゃないか」大兵肥満の男のチョッキをばんとはたいて、「この戦争でおれたちが闘うのは、ひとつにはおめえらみたいな社会の害虫を取りのぞき、ちったあ世の中の風通しをよくしようってんだ。ざまあ見さらせ」

そして自説を図解するように、男はのびのびと手足を伸ばし、フィールディングの向こうずねを蹴飛ばした。赤ん坊がバンシー（アイルランド伝説。一家に死人がでる際に泣き声でそれを報せるという精霊）のごとく泣きじゃくる。「野蛮人！」母親はいきり立った。

「ナンセンスだね。そんなこと、きみが一等の切符を持つかどうかと無関係じゃないか」大兵肥満の男が小声で反論した。

男はぐるりと身体をひねり、顔面を大兵肥満の男の顔にくっつけんばかりにした。「そうかい、そうかい。社会主義の世の中になったら、そのためにおれたちは闘っているんだが、おまえなんかまっさきにへこましてやるからな。おれたちをごみ扱いできるのもいまのうちだぞ」と、まくしたてると、それで言うべきことも尽きたのか、関心をにわかに大兵肥満の男の書物にうつし、いやがる手からもぎ取った。そして、めずらしい癌を調べる外科医のように、ゆるゆると好奇の視線をあてた。

「なになに、『精神と社会』。ヴィル、フレ、エイド・パレ、エイト著」男は一同に紹介して、「いったい何者なんじゃい――ほお、ションベンたれのイタ公か。おい、そこのおまえ。このヴィル、フレ、エイド・パレ、エイトって知ってるか」と、ジェフリイをにらみつけた。

大兵肥満の男が必死に目で合図を寄越している。だが、信義もなにもあったものじゃない、ジェフリイは知らぬ存ぜぬとかぶりをふった。この場面で、そのエリート主義でファシズムに理論を提供したといわれる社会経済学者を知っているとは、口が裂けても言えなかった。

男は勝ち誇ったようなまなざしを、こんどはフィールディングにむけ、本をふりかざした。「おまえさんはどうじゃい。知ってるか？」フィールディングも節操なく、しかし知らないのは半ばほんとうで、やはりかぶりをふった。大兵肥満の男は顔を蒼白にした。法廷で判決を待つ思想犯――同志の二人までもが裏切りの証言を重ねたのだった。

満足そうに吐息した男は、勿体をつけて頁を繰りはじめた。「いま読んでやるから、よく拝聴してろ」一同にそう命じ、「『派……生体（ノン・ロジコ・エクスペ……リメンタル論）の核……心を成すのは、一個の残……基、或いは複数の残基であり、その周囲に……他の副次的残基が蝟……集する』なんじゃい、こりゃ？　おい、おまえ、意味がわかるか」指さされたジェフリイはやはりかぶりをふる。「副次的残基、とおいでなすった。これこそナンセンスじゃないか」男はせせら笑い、ふりむくと、書物を大兵肥満の男のひざに投げ返した。「こんなインテリのイタ公にかまけてないで、もちっとましなことをやんな。それでな、性根を入れかえて、他人さまのことには金輪際、口出しするな。わかったか」

そして、男は車室の一同を傲然と見まわした。「おれさまがこの席にすわることに文句のあるやつは前へでろ。切符は関係ないぞ」

こうみごとに脅しつけられては、ぐうの音も出るはずはなかった。

いつしか、汽車は駅をはなれていた。

午後――汽車は赤土のデヴォン、大西洋の荒波が洗うコーンウォールへむかうべく、イギリスの典型的な田園風景のなかをごとごとと駆け抜けていった。ジェフリイはまどろんだり、車窓の光景をぼんやりながめたり、作曲中のフーガを思ったり、不安感を募らせながらこの半日を反芻したりした。ひょっとすると――いや、確実に――敵が身近にひそんでいるのだから、フィールディングという道連れを得たのは幸運というべきだった。なぜ、なにが目的で、自分がこんな目に遭うのかについては、あまり多くを考えなかった。というか、考えようがなかった。いつもと変わらぬ平和な朝食の席——それについたとたん、支離滅裂な悪夢がはじまった。ほんとうに現実のことだろうか。人の心は慣れ親しんだ日常しか血肉とせず、そうでないものは異物として受けつけない。暴漢におそわれたことがいまだに信じられないジェフリイであった。

フィールディングと膝かけの女はなかよく眠りにつき、列車がポイントを通過するたびに生命のない物体のように揺れうごく。青年牧師はぼんやりと側廊のほうをながめ、母親はひざでわが子をあやし、赤ん坊はわるい夢を見るのだろう、時折痙攣する。狼藉の男も正体なく眠りこけ、顎さきがタイピンにふれているのが痛そうだった。大兵肥満の男は、パディントン駅発車以来、男から押しつけられたデイリー・ミラー紙をしぶしぶ読んでいたが、そっとジェフリイのほうへ目をあげた。

「おたがい、ひどい旅になりましたな」大兵肥満の男は苦笑した。

「ぼくたちはともかく、あなたはほんとうに災難でしたね。困ったことです」ジェフリイも苦笑を返した。

大兵肥満の男はなにか考えているようだった。つぎに口をひらいたときには、ためらいがあった。

「あなたは教養のある方とお見受けします。ちょっと相談に乗っていただけないでしょうか」

「ぼくにできることであれば」ジェフリイは驚きの目をむけた。

「相談といっても、心の問題についてです」大兵肥満の男はあわててつづけた。金銭の無心と誤解されると思ったらしい。「自己紹介が遅れました。ピース——ジャスティニアン・ピースと申します」

「こちらこそ、よろしく」ジェフリイもごもごと名乗る。

「ああ、作曲家の。お目にかかれて光栄です」ピースは愛想よく応じ、「それで相談なのですが、ひと口に申します。わたしはふかい懐疑に陥っているのです」

「というと、プレンダガストのような？」

「いまなんと？」

「『衰亡史』（イーヴリン・ウォーの現代小説のタイトル。邦訳『大転落』）の登場人物です」

「あいにく、ギボン（『ローマ帝国衰亡史』の著者）は未読でして」ピースは気恥ずかしそうにして、「じつはわたしは精神科医です。これでもなかなか繁盛しているのです。すくなくとも商売としてはそうです。公立図書館で三時間も勉強すれば自分で解決できる問題に、ずいぶん大金をはたいてくれる人もありますので……」と声をひそめるが、話の脱線に気づき、「自分でいうのもなんですが、わたしは精神科医としてはロンドンでも一流をもって任じています。われわれの商売をペテンのようにお考えかもしれません。世間にはそういう人もおおいのです」（ジェフリイはあわててかぶりをふる）「しかし、すくなくともわたしは、精神分析をきちんとした科学にもとづいておこない、患者にはできるだけのことをしています。そこでなんですが」ひと呼吸いれ、額の汗をぬぐったのは、いよいよ話の核心ですぞ、という合図だった。ジェフリイはうなずき、さきをうながした。

「ご承知のように、現代心理学、とりわけ精神分析は、『無意識』という概念を前提にして成立しています。人間の心のなかには意識されない領域があり、それが夢やある種の衝動、実生活にあらわれる不条理なものの要因となっている、というわけです」ジェフリイはどこにでもある概説書の一節を聴かされているような気がした。「なかでも分析心理学の諸理論はこの前提からひきだされるのです。ひと月ほど前のことですが、わたしはふと思い立って、この根本概念の由来といいますか、原理的説明といいますか、それを調べてみたのです。すると、ヴィントナーさん、とんでもないことになりました」と、ひざを乗り出し、ジェフリイのひざをぽんとたたいた。「『無意識』の存在を証明する実証的で合理的な説明など、どこにもないのです」

ピースは座席で身を反らせた。すこし誇らしげであった。「考えれば考えるほど、『無意識』なんてものはどこにも存在しないと思うようになりました。『意識』だってはっきりしないのに、『無意識』なんてものをきわめて恣意的に想定して、不可解なものの説明にあてようなんてむりな話です。バターもマーガリンも食した経験のない人間が、それらが混ざったような味がする、といっているようなものです」戦時中の食糧事情を反映してか、ピースはそんな譬え方をした。

ジェフリイはちょっとまぶしそうに見つめ返した。「おもしろい。じつにおもしろい」未知の難病に取り組む病理学者みたいなことを言って、「いつのまにか、地球の公転運動と同じような自明の理とされていただけなんですね。それにしても……」

「わかっていただけますね」ピースは語気もつよく言った。「これはわたしの専門、職業、収入、人生にくわえられた大打撃です。『無意識』の存在を信じていないのに精神分析をつづけることはできません。菜食主義者の肉屋なんてあってはならないのです」と声をうわずらせた。

ジェフリイは嘆息した。なるほど、たしかに出口のない袋小路——そんな目をしている。「そこまで深刻にならなくてもいいのでは」

ピースは断然、かぶりをふった。「きわめて深刻です。考えてみてください。精神分析なんておかしくありませんか。なんとでも辻褄を合わせられるんです。答えはかならず二十一になる魔法陣、あれと変わらないのです」

「『意識』だけに絞って、そこに精神分析を基礎づけることはできませんか」

一瞬、ピースは顔をかがやかせたが、やがてうなだれた。「可能かもしれませんが、わたしにはその方法がわかりません。考えてはみます。ご意見、感謝します」と、ますますしおれたようになる。ジェフリイはあわてて話題を変えた。

「トールンブリッジははじめてですか」

「そうなんです」それが悩みの主たる原因であるかの口ぶりだった。「美しいところのようですね。あなたは長期滞在のご予定ですか」

「まだなんとも」ジェフリイは言葉を濁した。

「妹がトールンブリッジ大聖堂参事会の聖歌隊長のもとに嫁いでいるのです。もう何年も会っていません。正直言うと、再会を楽しみにしているわけではないのです。牧師さんとはどうもウマがあわなくて」むこうの席の青年牧師をちらりと見て、声をひそめる。「あちらからすると、わたしなどは現代の祈禱師に見えるんでしょう——もっともなことだと思いますがね」みずからの懐疑を思い出すのか、しょんぼりする。

ジェフリイは好奇心にかられた。「ぼくは牧師寮に滞在する予定ですので、またお会いすることになるかもしれませんね。しばらくは礼拝式でパイプオルガンの演奏を担当します」

「なるほど。オルガン奏者が意識不明の重態なのでしたね」ピースはうなずき、「けさ、妹が電話でそう話していました。驚くほどのことではないそうです——被害者は大酒飲みだそうで。すると、あなたは義弟に呼ばれたのですね」

「ほんとうならそのはずでしょう。じつは、牧師寮に滞在中の友人ジャーヴァス・フェンの誘いなのです。おそらく人選を任されたということなのでしょう」フェンを知っているだけに、その点はどうかなと思った。が、すくなくとも敵はそう考えたにちがいなく、そうでなければ自分などに構ってくるはずがない。

「ジャーヴァス・フェン……どこかで聞いたような」ピースは思案する。

「探偵みたいなものです」

「なるほど。ブルックスというオルガン奏者の事件を調査しているわけですね。で、その人があなたにパイプオルガンの演奏を頼んだのですか。近ごろの警察はそんなことにまで干渉するのですね」

「そうじゃないのです。友人は警察の人間ではありません。いわゆる素人探偵です」

「ああ、そういうことで」

「あなたは休暇を過ごしに行かれるのですか」

「いや、そうでもありません。義弟に話が……」ピースは口ごもる。「仕事の話です。大したことではありません」ジェフリイは相手の声の変化が気になった。ピースはしゃべりすぎたと思ったようで、すわり直し、新聞を手にした。話はこれでおしまいということらしかったが、ジェフリイにはまだ訊きたいことがあった。

「ぼくらがこの車室に入ってまもなくのことですが、ぼくが座席にあった手紙を取ったのを見ましたか」

ピースはふしぎそうな目をして、ゆっくり答えた。「ええ、見ましたよ。それがなにか？」

「いや、べつに。どうしてそんなところに手紙があったか、おわかりにならないですよね」しばらく沈黙があった。「わからないですな。申し訳ないが」やがて、ピースはそう答えた。

ジェフリイは捕虫網をにぎりしめ、デヴォンの原野を逃げまどっていた。正体不明の何者かが物凄いスピードで追ってくる。それが当然であるかのように、ピースがかたわらを走っていた。『無意識』を巣穴に追いこんで、ぼくらもそこへ身をかくすんだ。ジャーヴァス・フェンもそのあたりにいるはずだから」ピースは答えない——かかえている赤ん坊に気を取られている。大聖堂に到着した。追っ手はすぐそこまで来ている。祭壇まで駆けていき、叫ぶ。「おねがいです。聖域にかくまってください」すると、内陣の正面仕切りから若い牧師が顔をだし、こう言った。「われわれはそういつまでもしくじりはしない。失敗をくりかえすことはあり得ない」追っ手はもう眼前に迫っている。ピースが赤ん坊を取り落とした。赤ん坊は火がついたように泣き出した。その泣き声がしだいに金属色を帯び、音量を増しながら、竜巻のように迫ってくる……。

上りの列車がすれ違いざま、けたたましく汽笛を鳴らし、その耳朶を聾する轟音にジェフリイはぎょっと目をさました。身を縮めて、そっと目をあけると、あたりを見まわす。むかいの席でピースが新聞を手にしたまま眠り、狼藉の男はあいかわらず高いびきをかいている。母親はわが子をしずかにあやし、赤ん坊はむにゃむにゃいって時折痙攣した。フィールディングは読書にふけり、ひどくよそよそしい。話しかけようものなら、どなたですかと無表情に言い返されそうだった。青年牧師と膝かけの女は小声で話しこんでいるが、話の内容は絶え間なくひびく単調な車輪の音で聴き取れない。ジェフリイは座席にすわり直し、あたりに目をやった。ソールズベリ大聖堂のさえない写真がある。「空襲時の心得」と題する貼り紙もあった。暇を持て余していたにちがいない、だれかのいたずら書きがある。

のぞき魔――に用心してすべてのブラインドを閉ざすこと
淫乱娘――から指示があるまで客車を離れないこと

眠い目をしばたたいてあたりを見まわし、なんとか暑さを忘れようとした。

トーントン停車のため、機関車がブレーキをかけはじめたとき、遠くにサイレンが聞こえた。海岸線のほうでは、敵国の爆撃機を迎え撃つべく、熾烈な戦闘がはじまろうとしているようだった。狼藉の男がながい眠りから目をさまし、窓の外をきょとんとながめた。そして、下車の準備にあわてだしたのは、退屈しのぎにちょうどいい見ものとなった。立ちあがり、いらいらとあたりを見まわして、旅行鞄を置いたジェフリイの頭上の網棚に手をのばした。男が鞄を棚から取り落としたのは、その重量を考えればやむをえなかったかもしれない。だが、もしその鞄がフィールディングのほうへ身を乗り出していたジェフリイの頭上に落ちていたなら、たいへんなことになっていたことだろう。さいわい、鞄の落下に気づいたフィールディングが、とっさにジェフリイを突き飛ばした。旅行鞄はジェフリイの太股に落下し、にぶい音をたてた。

大騒ぎとなったが、その騒ぎをまねいた張本人は謝罪するどころか、さっさと車室からでていき、まだ完全に停車しきらない列車からトーントン駅のプラットフォームに飛び降りていった。ジェフリイは激痛に転げまわりながら太股をさするが、大腿骨というのはあんがい頑丈であったし、ピースも医者を名乗るだけのことはあって手際よく応急処置をほどこしてくれた。男を追跡するどころではない。騒ぎがひと段落したころには、汽車はすでに駅をはなれていた。

「なんて人でしょう。首の骨が折れていたところじゃないですか」子連れの女がかんかんになっている。

「たしかにそうですね」ジェフリイは吐き気がした。「ありがとう――これで二度目だね」フィールディングに礼を言う。

旅行鞄の錠をあけたピースは、啞然としていた。鞄のなかには鉄くずがいっぱい詰まっていた。

「どうりで重いはずです。それにしてもこれは……？」しかし、いまは詮索している場合ではなかった。「太股が硬直しないように歩いたほうがいいですよ。痛むでしょうが、それが一番です」

ジェフリイはよろよろと立ちあがり、捕虫網にあたまをぶつけ、はげしく毒づいた。忍耐も限界にきていた。

「ちょっと顔を洗ってきます。すっかり汗ばんでしまって」吐いてしまうのではないかと心配だったのだ。

「ぼくがつきそいましょう」そういうフィールディングを、ジェフリイは邪険に押しのけた。極度の人間不信に陥っていた。「だいじょうぶ」そうつぶやいて出ていった。

嵐に揉まれる船上の酔っぱらい――そんな足取りで、ジェフリイは側廊を進んでいった。洗面所には先客があった。ほかの洗面所をさがそうといきかけると、なかから若い男が出てきて、お先に失礼とばかりに微笑し、通路をゆずった。洗面所に入ったジェフリイは、鏡にうつった若い男の顔をうんざりとながめ、ドアを閉めようとふりむいた。すると、若い男は洗面所に入ってきて、後ろ手にドアを閉めた。

「鍵はかけておきましょう」若い男はにやりとした。


「三度目の幸運ですね」フィールディングはこともなげに言った。

ジェフリイは唸りをあげ、ふたたび悪夢から目ざめた。いつのまにか車室にもどっていて、好奇の目に取り囲まれていた。赤ん坊でさえ口をぽかんとして、事情を知りたがっているようであった。

「なんだったんだ、いまのは？」ジェフリイは、もはや口癖のようなその言葉を吐いた。

「あなたがいつまでももどってこないから、あわててさがしにいったんです」フィールディングは話す。「さいわい、すぐに見つかって、みんなで曳きずるようにして連れ帰ったんですよ。気分はどうです？」

「最低だね」

「すぐによくなりますよ。ちょっとショックが大きかったのですな」ピースは言う。

「そりゃそうでしょう」ジェフリイは腹が立ってしかたがなかった。「いま、どこです？」

「まもなくトールンブリッジですよ」

ジェフリイはまたもや唸らねばならなかった。「エクセターは通過したんですか。じゃあ、やつは間違いなくエクセターで下車したんだ」

「なにをおっしゃるのです。あの男はトーントンで下車したのですよ」

混乱したジェフリイは、目をきょろつかせる。「ちがう。そうじゃなくって、べつの若い男です。ああ、ちくしょう」頭がくらくらして、考えることができない。頭髪をごしごしやって、ついでにあたま全体を手さぐりしてみる。「あれ、傷がない。傷はどこなんだ?」

網棚から荷物を降ろしにかかっていたピースは、びっくりしてふりむいた。

「やつに殴られたときの傷です」ジェフリイはふきげんに説明した。

「おやおや、だれもあなたを殴ったりはしていませんよ。夢でも見たのでしょう。あなたは気を失っていたのです。気を失って倒れていただけなのです」ピースはにこやかにそう応じた。

第三章　うわごとを口走る屍

「そして、うわごとを口走る屍は身を顫わせた
　感じるはずもない恐怖に、見えるはずもない光景に」
　　　コヴェントリイ・パトモア（『知られざるエロス』）

トールンブリッジという町は、イギリス海峡にそそぐトールンブリッジ川にその名の由来がある。川の河口には砂嘴があり、航行の難所でもあるが、町はそこから四マイルばかり遡ったところに位置している。ハノーヴァー朝のころまでは、港町として栄えたが、船舶が大型化する一方で、堆積した土石が水路をせばめ、それにしたがって町も衰退していった。いまではデヴォン南部の農作物をあつかう、どちらかというと不便でちいさな市場町となってしまったが、むしろこれが昔ながらの町の姿ではあった。漁業にくわえ、戦前まではちょっとした観光産業もあったが、デヴォン海岸の夏の保養地としてトーキーにつぐのは河口からやや東のトールンマスということになり、にぎわいもそちらへうつってしまった。陸海の軍部が戦略上この町を重視することもなく、ときおり飛来してはひやりとさせる敵国の爆撃機も、主要な攻撃目標はもっと内陸にあるので、おかげで戦災はほとんどこうむっていない。

十四世紀初頭エドワード二世在位の時代、この町がボルドー産やスペイン産のワインの荷揚港として空前の活況を呈していたころ、大聖堂の建立がなされた。美術史の年代からいうと、そのゴシック建築の様式は初期イギリス式から装飾式への過渡期にあたるが、装飾式の影響はほとんど見られず、ソールズベリ大聖堂をはじめ、かずかずの名建築を生み出した卓越した芸術様式の最後の傑作となっている。規模はそれほどおおきなものではないが、町の中心にあって堂々と聳えている。このあたりの地形は、川の土手から四分の一マイルほど平坦に台地が広がり、古くからの町並はそこに形成されているが、町はずれから大地は隆起して急勾配な丘となり、その頂きに大聖堂がある。大聖堂のほかに建物は南西のはずれに牧師寮があるだけの丘だから、町からあおぎ見ると、糸杉、七竈《ななかまど》、落葉松《からまつ》といった樹木のむこうに、灰色の控え壁や針のごとき尖塔があり、それらが川面にのしかかるようにみえ、じつに壮麗な眺望となる。ややもすると威圧的な構図だが、町なかにも小教会堂がふたつあり、その負けじと背のびするようなちいさな尖塔群によって全体のバランスがたもたれ、見る者の目をなごませる。丘は大聖堂の裏手からなだらかにくだっていき、やがて鉄道駅やペンキ工場のある町の新興地域に出る。そこから北に流れていく家並は、やがて旧街区と接し、南は入江をのぞむ高級住宅地となっている。

近隣の町クレディトンのようにこの町が主教座をエクセターに併呑される運命をたどらなかったのは、一驚に値する。おそらく、エクセターの主教管区はすでに広大な地域を傘下におさめていたため、トールンブリッジは大聖堂の町としての存続を目こぼしされたといったところであろう。大聖堂建立から七十年ほどのちのこと、この町に獣脂業を営むかたわら、因業な金貸しとしてひと財産こしらえたイーフレイム・ペンタイアという男がいた。大聖堂で宗教劇などの余興があるときは特等席に招待されるという計算ずくで教会に多額の寄附をして、おなじみのカンタベリ巡礼の旅へも海沿いの街道をたどって出かけていった。無事に到着していれば、チョーサーの巡礼の一行に出会っていたかもしれないが、愚かにも費用を惜しみ、供まわりもつれない道中をして、案の定、ウエイマスあたりの追い剝ぎに聖トマス・ベケットへの奉納金もろとも身ぐるみはがれて殺されてしまった。そんな男の亡骸が郷里にもどってくると、これがまるで殉教者あつかいで、盛大な儀式とともに大聖堂に安置されると、疾病平癒の聖地として全国から信者をあつめることになったというのだから、いわば愚かでしみったれだったおかげで聖人の列に加わったようなものだった。エドワード三世も壊血病治癒の祈願に参詣された(伝説的なご自身のその方面の力ではどうにもならなかったらしい)というが、霊験のほどはつまびらかではない。これがトールンブリッジの最盛期で、いまや聖イーフレイムとなった故人は、地元ではたいそう不人気だったためか、はたまた阿漕《あこぎ》な商売で暴利をむさぼったことのほかにも罪深い罪業でもあったのか、ともかく土地の人はおおいにわが世の春を謳歌した。

その後、町はゆるやかに下り坂の歴史をたどった。十八世紀までつづく政治宗教の騒乱期においても、遠隔の地トールンブリッジが歴史の舞台に登場することはなく、地元でつまらない喧嘩騒ぎとなっただけだった。聖母マリア信仰から新教へ——いわゆる宗教改革もあっけなく終わった。一説には、それは旧教があまりにも堕落して、いかがわしい秘儀にかまけていたためだという。たしかに十七世紀初頭は、魔女裁判が横行し、その火種となった黒魔術や悪魔崇拝が狂気のごとく流行した(高位の聖職者も例外ではない)時代である。ヨーロッパ史上、かくも大規模な、しかも正当視された(当時の尺度によれば)大虐殺もなく、トールンブリッジ大聖堂の丘でも、連日のように魔女裁判や火刑がおこなわれ、悪魔と交接したとか黒ミサに参加したとか、拷問にかけずともそう告白する女があとを絶たなかった。そんな悪夢のような時代もいつかは過ぎ去るもので、あとには、黒い円形の焼け跡と、処刑者を繋いだ鉄の棒杭のみが、丘の斜面にのこされた。以降、トールンブリッジは平穏のうちに暮らし、一九三九年までには、すっかり活気をなくした空疎な町となっていた。

駅前でタクシーをひろえなかったジェフリイは、そんなふうにこの町を評した。「なんだい、なんにもないド田舎じゃないか」などと、辛辣な言葉もまじえた。

むろん、これは暴論と言うべきであった。大聖堂や旧家の屋根瓦、そのむこうの入江の眺めを楽しんでいたフィールディングには、すくなくともそう思われた。だが、いまは議論の時ではなかった。ジェフリイは肉体のみならず（打撲の痛みはすこしひいていたが）、精神的にまいっていた。人間には忍耐の限界があり、それを越えると、クロスワードパズルも暗号解読もなぞなぞも苦痛の種でしかなくなる。その限界をとっくに越えていたジェフリイは、あやうく敵の虎口を逃れてきたことも、その幸運を悦ぶ気分にはなく、その不可解さに気も狂わんばかりだったのである。

「どう考えてもおかしいじゃないか。やつらは望みどおり、抵抗することも助けを呼ぶこともできない情況にぼくを追いつめながら、なぜ脳天に一発くらわせて、列車から放りださなかったんだ？」ジェフリイがそうぼやくのも、すでに十回に達していた。

老齢の赤帽が、すこしは自動でうごけとばかりに、指で手荷物をつついていた。その光景をうんざりながめていたフィールディングは、「邪魔がはいったんでしょう」と、ぽつりと応じた。

「閉め切ったトイレで邪魔もなにもないだろう」

「じゃあ、ひと違いだったのでしょう」

「そんなばかな――」

「たしかにそれはないですね。敵はしっかりした組織でうごいているようですから」フィールディングはため息まじりにつけ加える。「あなたの被害妄想でなければ」

「被害妄想？　冗談じゃない」ジェフリイはむっとする。

「時間が訊きたかっただけだったりして」

「おいおい、いったいどこの世界にいっしょにトイレに入って、鍵までかけて、時間をきくやつがいるんだ？」

フィールディングはふたたびため息をついた。ふかくながいため息であった。こんな議論をつづけても不毛なのはあきらかだった。「今夜の宿はまだですか」

「まだまだ遠いね」ジェフリイは、ていよく話をそらされたことがいまいましかった。塒《ねぐら》へ誘導されるまぬけな家畜――おのれの姿がそう想像された。すると、なにかひらめきがあったか、フィールディングがさっと顔をふりむけた。

「脅迫状はどうしました？」

一瞬、表情を止めて、見つめ返したジェフリイは、ポケットをまさぐった。手紙は跡形もなく消えていた。

「やられましたね。勧告を無視して、あなたは当地に出むいてきた。そうなったからには、使用したタイプライターの手がかりとなるものが、あなたの手ににぎられていてはまずいですからね」フイールディングはこともなげに言った。

「なるほど、ちくしょうめ。でも、なぜぼくを始末しなかったのかが、やっぱりわからない」

「そういう命令は受けていなかったのでしょう。目的も知らされていなかったんじゃないですか。指示は手紙の奪取だけで、あなたが気を失ってしまった以上、余計な手出しは無用と判断したのでしょう。プロの仕事ですね」フィールディングは、ひゅうとひくく口笛を鳴らした。

日中の猛暑はいくぶんやわらいでいた。聖歌隊長宅へむかうのであろう、ピースはべつの方角へ去っていった。膝かけの女も青年牧師もとっくに姿がなかった。時刻をたしかめると、汽車は定刻に七分間の遅れで到着していた。フィールディングが荷物を引き受け、ジェフリイは捨てるわけにもいかない捕虫網を手にして、駅からの道をたどりはじめた。右手には大聖堂が清楚なたたずまいを見せている。南側翼廊の薔薇窓がふくよかな茜色の光彩をはなち、八角尖塔のまわりではかもめが旋回して啼いていた。

煙草屋や二流どころのパブといった駅前商店街を通り抜けると、こぢんまりした一戸建てのならぶうらぶれた通りに入り、そのさきに昔ながらの煤けた民家がつづく。その新旧ふたつの世界の境目を越えたあたりで右に折れると、やがて牧師寮の錬鉄の門が見えてくる。この牧師寮は大聖堂の北側翼廊にあったのを、十八世紀に現在の位置に移転したもので、遺構はいまでは物置となって、聖歌隊が練習場所にするなど雑多な用途につかわれている。黄褐色の崩れかけた石柱がささえる鉄門を押しひらくと、庭木と芝生の殺風景な空間がひろがる。雑草だらけの砂利道がひとすじ、弧をえがいて玄関までつづいている。その私道はそのまま建物を迂回して、広い菜園を抜け、大聖堂の丘へとつながっている。そんな牧師寮へ慎重に一歩を踏み入れたジェフリイは、自分へのいやがらせにばね仕掛けの鳥黐《とりもち》でもしかけられていないかと、月桂樹の老木をしげしげと仰ぎ見た。

俗界と隔絶したこの場所で、最初に耳にとびこんできたのは、若い女の叫びであった。「ジョウゼフィーン！」そう呼んでいる。「ちょっともどってきなさい！」いっそうおおきく響いたその声には、あきらかにいらだちがあった。

つづいて、あわただしい物音がして、呼ばれた当人とおぼしい娘が、息を切らせて、建物の横手からとびだしてきた。歳のころは十五に満たない、背の高い、痩せぎすの娘で、あかるいブロンドの髪をふり乱し、全身をわなわなと顫わせている。顔が上気しているのは、駆けてきたためばかりではなく、胸中の怒りをしめすのだろう。立ちどまり、見知らぬ来客にはっとなったが、つぎの瞬間、かたわらの鬱蒼とした茂みに駆けこんでしまい、あとには葉ずれが遠ざかっていくのみとなった。

とんだ歓迎ぶりに、ジェフリイとフィールディングはすっかり出鼻を挫かれた。どうやらもめごとの最中らしい。気分も重く、玄関へ進みかけると、叫んだ当人らしい人物が、半ばあきらめたような足取りで出てきた。大聖堂の聖域という場所柄、まさかお目にかかろうとは思わない種類の女だった——年齢は二十二、三、さきほどの娘とはうってかわり、こちらは漆黒の黒髪だった。うるんだ碧い眼、いくぶんつんとした鼻、紅い唇、手足はほっそりとしなやかだった。派手さをおさえた美しい装いで、ジェフリイなどには、履いているハイヒールが高級な夜の女を連想させた。だから気にくわない、というのではむろんない。女性に疎い彼は、いわば生まれつき、女性を素人の娼婦、でなければ家事手伝いとしか見なせなかった。その二種類の分類に該当しない女に出くわすと、とたんに戸惑い、警戒心をつよめ、不可解なものとして遠ざけてしまうのだった（こういう男が意外に多いことを世の女性は知らない)。いま眼前に、古代ギリシャ史に名高いレイイス、フライネといった妖婦《ヒテイアラ》もかくやと思われる女があらわれた。それでいて、しっかりと現代的で、知性や気品も兼備しているようなのだ。

要するに、ジェフリイは女というものを恐れていたのだった。出会う女をことごとくそんな無茶な分類にあてはめ、またそれで困るようなこともなかったため、悲しき誤謬のなかで暮らしてきたといってよかった。書物の知識も手伝って、未婚女性はみんな、男を我がものにせんと、特有の甘言と秘術を弄するのだと信じこみ、数人の女から間一髪のところで逃れてきたことを内心よろこんでいた。もっとも、相手の女性は彼との結婚など夢にも思わず、束の間の手ごろな遊び相手としてそれなりの嬌態を見せ、一夜の逢瀬の散財に免じておやすみのキスを与えたにすぎないのだが……。三十歳を越えたあたりから、ジェフリイはそういった謎の存在にますます距離をおくようになっていた。だから、この色香匂い立つあらたな実例は、彼の不安を募らせるばかりであった。

「もう、しょうがないわね」女は追跡の足をとめて、そうこぼした。

「さっきの娘さんがなにかいけないことでも」フィールディングが声をかける。気軽にそう話しかけても不躾とはならないだけの風格をそなえた男ではあった。

「やはり体罰って必要なんでしょうかね」女も調子を合わせ、いきなりそんなことを尋ねる。「もういい年頃なんですけどね。それはわたしもあの年頃には――でも、あの子はきかん気で、むずかしいから」

「そういったことは、できるだけお控えになるのがよろしいかと」フィールディングは鹿爪らしく答えた。

女は笑いだした――く、く、くとのどを鳴らし、見ているほうが釣りこまれそうな笑いだった。

「わたしが手をあげたと思っているんですね。ちがいますよ。わたしはそんな子どもがいる年じゃありません。父です。ついでに言っておきますが、わたしは父が間違っているとは思っていません。だってあの子ったら、父の執筆原稿を引き裂いて、火にくべてしまったんですよ」その場の空気がひんやりしたようだった。すねて片意地になるのと、悪意のいやがらせをするのとでは、かなりちがう。ジェフリイははやく話題を変えようとあせった。

「自己紹介がまだでした。こちらは伯爵の――伯爵の――なに伯爵だっけ?」

「そんなことはどうでもよろしい」フィールディングは荷物をおろし、おおきなシルクのハンカチを取り出して、不快そうに顔や首筋の汗をぬぐった。「どうか誤解しないでください――お二人とも、ぼくの爵位に納得いかないようならくわしく説明申しあげますが、いまは一介のヘンリー・フィールディング、ということでおねがいします」

「まあ、あの文豪の――」女が言いかける。

ジェフリイはあわててさえぎり、「ジェフリイ・ヴィントナーです」と、どうせ誰も知るまいといささか乱暴に名乗る。

「まあ、すてき。わたしたち、先生が作曲された『聖餐式曲』を礼拝でよく歌うんですよ。わたしは、フランシス・バトラーです」女は事務的にてきぱきと話した。

「けっこうです。これでたがいに紹介がすみました」フィールディングはそう言って、うながすようにジェフリイを見た。

「そうだった。ぼくたちはフェン――ジャーヴァス・フェンを訪ねてきたのだけれど」

「そうじゃないかと思いました。だって、これですもの」女はジェフリイがおのれの旗印のように掲げている捕虫網を目でしめした。

ジェフリイはげんなりと女を見つめ返した。「やっぱり昆虫採集かな?」あえて訊く。

女はおもむろにうなずいた。

「いまもお出かけになっていて、お帰りはいつになるかわかりません。今夜は蛾の実験をなさるとかでしたが、副オルガン奏者のダットンが昆虫が大の苦手で、よそでやってくださいとお願いしたんです。なんでも、一匹のメスをもとめてオスたちが何百マイルもの彼方から飛んでくることを証明する実験だそうで、そんなことを牧師寮を真っ暗にしてやるとおっしゃられても……。よしんばうまくいったとしても、ここを蛾だらけにされても困りますし。きっと考え直してくださると思います」

「なるほどね」ジェフリイはため息をついた。「ぼくはフェンに呼ばれてきたんだが、肝心なときに砂漠の彼方で消息不明ってわけか。ぼくのことは聞いてないかい?」

「なにも」

「あっ、そう」あらためて吐息がもれた。天空の重みを一身に背負って立つアトラス——そんな心地がした。「まいったな」

「ここに宿泊なさるおつもりで?」

「そういうことかなと思ってはいたけど。もちろん、むりに押しかけたりはしない」

「お一人ならだいじょうぶですが、お二人はちょっと……」女は口ごもる。「ベッド数が足りないんです」

「ぼくはほかに宿をさがしますよ」フィールディングは言う。

「それなら、ホエール・アンド・コフィン（鯨と棺桶）という宿屋があります」

「おかしな名ですね」

「だって、ほんとうにおかしな宿屋なんですもの。でも、ほかにないのです。ヴィントナーさん、お荷物は玄関に。あとでお運びします。お風呂になさいますか」

「それよりも一杯飲りたいね。いや、一杯じゃ足りないが」

「わかりました。じゃあ、みんなでホエール・アンド・コフィンへ行きましょうよ。六時は過ぎていますね。そこでいろいろと相談しましょう」

「つき合わせてはわるいから――」

「どうわるいんですか。よけいな気づかいはなさらないで。さあ、お二人とも、ここから徒歩三分です」

宿屋に近づいて、ようやくジェフリイは捕虫網を手にしたままだったことに気がついた。ぶつぶつぼやいていると、

「むしゃくしゃしたら、大声でわめくほうがいいですよ。すっきりしますから」女はそんなことを言った。


宿屋ホエール・アンド・コフィンは旧街区の中心にあり、建築年代不詳の、横に長々と広がったような建物であった。パブには無数の小部屋があり、バー、サルーン、ラウンジ・バー、パブリック・バー、プライヴェート・バーと、いやに格式張って細分化されている。亭主は極度の近眼らし

い初老の小男で、いかにも忙しく部屋を巡っていくが、それでなにか仕事をしているというふうでもなく、たんなる習慣としか思えない。飲物を注文すると、近眼の人に特有の目つきで、じいっとジェフリイの顔をのぞきこんだ。

「新顔さんですな。当店ははじめてで？」

「そうです」ジェフリイは手みじかに答えた。たとえ歓迎のあいさつでも、一刻も早くビールにありつきたかった。

「うまいビールですよ。きっとお気に召すと思います。地ビールのいい醸造所がありましてね。おかげでうちは繁盛しています」本心からそう思うのでもないような口ぶりで、亭主はつづけた。そのアクセントからすると、ここデヴォンの人間でもないらしい。「店名が変わっているでしょう？」

「たしかに」

「なにか来歴がありそうでしょう？」

「そうですね」

「ところが、なにもないのですな。誰が名づけたか知りませんが、ほんの思いつきだったようで」

そんな亭主に軽蔑の一瞥をくれ、ジェフリイはふらつく足取りでビールを運んでいった。二人は奥まった一室でくつろいでいた。フランシスが脚を組みなおし、なにげないしぐさでスカートのすその乱れをなおした。

「気にしないでください。わたしの知るかぎり、ハリイはだれに対しても一度に一分間以上は話さないんです」

「ここへはよく来るのかい？」

「それほどでも。入り浸っているわけじゃありませんよ。牧師寮から最寄りのパブなんです」

「人目が気になるんじゃないですか。お父さんは参事会の聖歌隊長でいらっしゃるし」フィールディングがそれとなく尋ねる。

「だって、どうしようもないことでしょう」フランシスは、にっと笑う。「たしかにそういう目で見られることはあります。ええ、ごらんのとおり、あばずれですよ。酒場だからって、どうってことはありません。父はなにも言いませんし——これがおおきいわね。わたしは父にそれは厳格に育てられましたが、十八になるとまとまったお金をもらって、あとは好きなようにやらせてもらっています。牧師寮で寮母をしていたメグというおばあさんが身体がきかなくなって、近ごろでは寮母なんてなり手がないから、わたしが実家を出て、住み込みになったんです。寮のみなさんにはあまり歓迎されていないみたい。わたしのことで妙な噂にならないようにと戦々恐々となさっています。わたしの部屋を避けてとおり、お風呂の時間なんか毎度どんな騒ぎになることかご想像になれないと思います」

フランシスはにこりとすると、ちょっと妖艶なしなを作って、ピンク色のジンのカクテルを飲んだ。むろん戯れに、悪女を気取ってみたまでのことだろう。だが、ほんとうのところはどうなのだろう。ジェフリイはいやに気になった。だが、知り合ったばかりの女の本性を見抜くことなど、とてもできない芸当だった。この女はかわいい。ひどくかわいい——そう思うばかりだった。おのれの未熟を痛感し、ため息がもれた。

「退屈？」フランシスは訊く。

「そんなことはないよ。ほっとしただけさ」これはまんざら嘘ではないな、とジェフリイは思う。

「ぼくはきょう一日で、三度も危ない目にあったからね」

「危ない目？　なんですか、それ？」フランシスははしゃぎ声をあげた。

「最初は商店で」（「百貨店で」とフィールディングが訂正をいれる）「暴漢に襲われた。頭上に鉄の詰まった旅行鞄が降ってきたし、列車のトイレに閉じこめられもした。つまり」ジェフリイは話をもっと劇的に伝えたかった。このままだとひどくまぬけに聞こえる。だが、「匿名の手紙だって来たのさ」と、小声でしめくくるしかなかった。

「なんだか、ばか……いや、そうじゃなくて――」フランシスは言葉に詰まってしまい、それをしぐさにしめした。「ともかく、どうしてそんなことに？」

「それがわからない。まるで思い当たる節がないんだ。ブルックス氏の事件となにか関係があるような気もするけど」

　フランシスはそっとグラスをテーブルにもどした。なんでもないはずのその動作が、その場に微妙な緊迫を投げかけた。沈黙がそれへつづいた。

「それ、まじめにおっしゃっているんですか」フランシスはしずかに訊いた。

「ぼくにはそれくらいしか思いつかなくてね。このフィールディングくんがいなければ、ぼくはいまごろあの世行きだったかもしれない――ほんとうに危ないところだった」

　フランシスはグラスを手にとったが、その指さきにはかすかな戦慄《おののき》があった。が、声のほうはおだやかに、こうつづけた。

「ブルックスさんと親友だったのですか」なにかひどく急を要する、だいじな質問のようだった。

ジェフリイはかぶりをふった。

「そうではないよ。仕事上の知り合いさ。きみはいま、だったと過去形をつかったね」ためらいがちに訊き返す。

　フランシスはちょっと笑ったが、それはもはや屈託のない笑いではなかった。「もちろん、亡くなったわけではありませんよ。わたしは――では、あなたにパイプオルガン演奏の代役を頼んだのは父だったのですね」なにごとかを決意したらしく、話題は唐突にして強引に変えられた。

　それに気づいたジェフリイははげしい好奇心にかられたが、どうにか抑えて質問に答えた。「正確に言うとそうじゃない。お父さんも承知のこととは思うけど、電報はフェンから受けとった」しだいに落ちつかない気分になってきて、「どうやらぼくはお呼びじゃなかったようだけど、まあいいや。おかげで休暇がとれたし、フェンには会いたかったし……」と、意味のない理屈をならべる。

「そんなことないですよ。ほかにオルガン演奏を頼める人もいないのです」フランシスの声にいくらか明るさがもどっていた。

「そう言えば、副オルガン奏者がいるはずだよね。さっき名前も出たようだけど」

「ダットンさんです。ノイローゼなんです。なんとかいう音楽の学位を取るために勉強をやりすぎて。ばかですよね。お医者からも、しばらくはパイプオルガンの演奏を控えるようにと言われています」

「なるほど。それならしかたがないね」おおきくうなずいたジェフリイは、すこしも得心がいかなかった。この女は暗に、ブルックス事件について語ることを拒んでいる――事件の詳細を誰よりも必要としているのは、このぼくのはずなのに……。もういちど事件の話を蒸し返そうとすると、そこへ宿屋の亭主が懐中時計をのぞきながら、いそいそと通りかかった。ただでさえ大型の懐中時計に拡大鏡をあてているので、文字盤の針やら数字やらが異様におおきく歪んで見える。亭主はそのまま戸口から出ていこうとしたが、ふと足をとめ、こちらへ引き返してきた。

「あなたでしたか、バトラーさん。とんと気づきませんでした。ブルックスさんのご容態はいかがですか。快方へむかわれましたか」近眼の人にありがちなせっかちな物言いで、亭主は言った。

「きょうのことは、まだ知らないわ」フランシスはみじかく答えて、「ところで、フェン教授はいらしてないかしら？」と尋ねた。

「なんと。あの長身の、いかれた御仁のことですか」亭主の声には畏怖のひびきがあった。「さあ、どこか別室におられるかもしれませんね。見ておきましょう。でも、たぶんいらっしゃらないと思いますよ」

「教授を見かけたら、わたしが来ているって伝えて。お友達のヴィントナーさんもいっしょだって」

亭主が意外な反応をしめしたのは、このときだった。あとずさり、にわかに呼吸をあらくして、叫んだ。「ジェフリイ・ヴィントナー！」

「そうよ。それがどうかしたの？　まるでお化けでも見るような顔をして」

亭主ははっと我に返った。「失礼しました。お名前がよく聴き取れなかったもので。知人のことをおっしゃっているのかと思いまして。いまは——故人となった知人ですが」亭主はしばらく顫えがとまらないようすだったが、やがてそそくさと戸口のほうへ去っていった。

「なんなの、あれ？」フランシスは目をまるくした。

「このフィールディングくんがいなければ、ぼくはいまごろたしかに故人だったがね」ジェフリイは苦々しくつぶやいた。「あれは何者だい？」

「ハリイ・ジェイムズですか。よくは知りませんが、ここの宿屋の亭主におさまって五年くらい――出身は北のほうじゃないかしら。がちがちの長老派教会信者で、保守党クラブのかがやける星」そして、ふとひらめいたように、「案外、あれは世を忍ぶ仮の姿かもしれませんね。ほら、よくあるでしょう、ちょうど――」しかし、そこで口をつぐみ、ちょっとからかうようにつづけた。

「さあ、ちょうど何かしら？」

「そうだよ。ちょうど何だい？」ジェフリイは不安をおぼえながら、首をうなずかせた。

「いまお飲みのビールはだいじょうぶでしょうか」藪から棒に、フィールディングが口をはさんだ。ジェフリイは全身でぎくりとした。言われてみれば、心なしか気分がすぐれない。「おどかさないでくれよ。無辜の民を毒殺したってしかたないじゃないか。それをやるなら……」にわかに怒りがこみあげてきた。「そういちいち心配していたんじゃきりがない。気がおかしくなってしまうよ」そう思うと、こんどはひどく気が滅入ってきて、「今後、あの亭主には用心するよ」そうつぶやくと、また無性に腹が立ってきた。「いったいフェンはどうなっているんだ？　せっかく出むいて来てやっているのに、ちっとも姿を見せないじゃないか」そして、かつてフェンから蒙ったかずかずの迷惑を、胸の内で数えあげはじめた。

「どうも腑に落ちませんね。これですがね」フィールディングが慎重な口ぶりで言って、指さきで虚空に蝶の大群をえがいた。

「きみはフェンを知らないからさ。ぼくも好意的に解釈できるときは、フェンをごくノーマルな、ものの道理をわきまえた、それこそはち切れんばかりに健康な精神を持った人間だと思う。が、やはりどこか壊れているんじゃないかと考えることもある。もちろん、どんな人間だって趣味やなんかに夢中のときはそういう一面を見せるわけだけど、フェンは人物そのものが」しばし言葉をさがして、「途轍もなくばかでかくて、圧倒的で、ひとたび火がつけば全宇宙的な爆発をひき起こすんだ。周囲何マイルもの人間が影響を蒙らずにはいられない」

　すると、フランシスがうれしそうに話しだした。「こんなことがありましたよ。牧師寮の庭でとってもおおきな蝗《いなご》を見つけたんですって。たしかに、わたしも見たことがないような特大サイズでした。それを先生は底の深い段ボール箱にいれて、みんなに見せようと夕食に持参されました。その日は主教も同席されていて」ふふっと思い出し笑いをして、「先生が箱のふたを取ると、ダットンさんなんかもう失神寸前でした。先生がけしかけるように蝗をつつくものだから、みんな悲鳴をあげそうになりました。先生は、『心配ご無用。生物学的にいってこいつに脱走は不可能だ』とおっしゃるんです。ところが、蝗はひとっ飛びすると、主教さまのスープ皿のなかへ。あのときの主教さまの蒼褪めた顔ったら……。結局、炉床にいるところを、犬がぺろっと食べちゃいましたけど。『自然は爪牙を血に染めて』（アルフレッド・テニスン『イン・メモリアム』）と主教さまは申されました（スープはお取り替えしたけれど、もう手をつけようとはなさらなかった）。するとフェン先生は、『類い稀なる標本よ、さらば。騒ぎたてる人間は、ピン一本でおとなしくしてやったものを』とおっしゃるんです。わたしたちは、このつぎは騒がないようにします、と謝るしかありませんでした」

　フィールディングが肚《はら》をおおきく波打たせ、必死に笑いをこらえていた。ジェフリイも泣いているような顔をして、「ブルックス事件の調査に忙殺されていると思いきや、フェンのやつは――」

　フランシスがすっくと起立した。笑いは一瞬、凍りついたようになった。それはちょうど、少女が遊びたい一心で庭さきへとびだすと、そこには見たこともない、見ないほうがよかった情景が展開していた、あるいは、うすぐらい列車内で話しかけようとふり返ると、友の顔は死面となっていた――そんな一刹那のように……。フランシスは二歩ほど行きかけて、くるりとふりむいた。口をひらくと、その声音は彼女のものとも思われなかった。

「いずれお耳にはいることでしょう。それならいま話してしまいます。これは新聞社が知らないことです。知ったところで記事にはしないでしょう。それは――聖歌隊の練習後のことです。ブルックスさんはなにかの用で大聖堂にもどっていかれました。つぎの日の朝、発見されたときは、意識はあるものの、頭部に重傷を負っていました」フランシスはどうにかそこまで言って、顔を両手でおおった。「悪魔のしわざなんです……頭がどうかしているとお思いでしょうね。でも、ちがうんです。ちかごろ、この土地ではなにもかもがへんなんです。わけのわからないことが、つぎつぎと起きるんです。おねがいです。どうか、どうか――」と、苦しげに身もだえする。

「バトラーさん……」フィールディングが立ちあがって、手をさしのべようとする。

フランシスはそれを撥ねつけるように、口早につづけた。「だいじょうぶ。ありがたいことに、わたしはだいじょうぶです。ブルックスさんは極秘のうちに病院に運ばれました。正気にもどる瞬間もあるのですが、それはめったに訪れません。大聖堂に監禁されていたのです。鍵は大聖堂のそと――芝生のうえで発見されました。ひとっこひとりいない深夜の大聖堂に、ひと晩中閉じこめられていたのです。いいはずはありません。病院に入ってからも、まるでなにかに取り憑かれたようにしゃべりまくって、それがぜんぶ意味不明のうわごとなんです――墓碑がうごいたとか、人が宙吊りになっていたとか……」

第四章　牙剝く罠

「そこは予言者の夢にもあらわれないような地獄の入口
牙剝く罠の口中」
ウイルフレッド・オウエン（『断片・漏斗状の穴に押し込められて』）

牧師寮の応接室は古ぼけてはいるが、広く、あかるく、居心地のよい部屋であった。壁を飾る絵画は、ラファエロ前派のマドンナ像ではなく、スパイ（英国の諷刺画家サー・レズリイ・ウォードの筆名）の諷刺画で、いまも天国で「変容の時」を待つのであろう歴代高僧たちがえがかれている。一隅にはロウランドソン（トマス。英国の諷刺画家）のエッチングの原画もあった。これはよく太った二人の牧師をえがき、ひとりは侮蔑の表情で、負けじと侮蔑の表情を返す民衆に施しのパンを投げ、もうひとりは、胸もともあらわなドレスを着て下卑た笑いをうかべる大柄な女の腰に手をまわしている。背景の大聖堂は、どうやらここトールンブリッジ大聖堂であるらしい。室内に散らかった書物からすると、牧師寮での読書は世間のそれと大差ないようであった。ハックスリイ、イシャウッド、キャサリン・マンスフィールドといった小説、ブライディ、コングリーヴの戯曲、さらには、そこだけ燦然と輝いているように、ジョン・ディクスン・カー、ニコラス・ブレイク、マージェリイ・アリンガム、グラディス・ミッチェルの作品がならんでいた。聖職者には熱心な読書家がおおい——なにしろ、ほかにすることもないのだから。

旅装を解くフィールディングを宿にのこし、ジェフリイとフランシスはひと足さきに牧師寮へもどり、この応接室に腰をおろして、ぎくしゃくとした会話をかわしていた。こうして差し向かいとなってみると、ジェフリイはますますフランシスの虜となっていく自分に落ちつかないものを感じていた。フランシスも（女の勘でそれがわかるのか）いやに神妙にふるまっていた。フランス窓のそとでは、夏の夕陽が芝生に射しこみ、黄色い花をいっぱい咲かせた薔薇や雛菊を黄金色にかがやかせていた。牧師寮の灰色の外壁に這わせてあるのだろう、熊葛《くまつづら》のほのかな芳香もただよいこんでくる。

ブルックスに関する情報は入院後、途絶えてしまった。その狂気の実態と原因も、それを知るのは担当の医師だけで、面会は友人といえども許されていない。被害者の肉親には兄弟が一人いるが、兄弟仲がわるく、急を報せる電報にもなんの返事もない。たとえ出向いてきたとしても、なにかの助けになるとも思われなかった。フランシスが知っているのはそこまでであった。

そして、依然としてフェンの行方は知れない。

ジェフリイはこの日の夜の会食出席者の顔ぶれを尋ねた。

「父が来ます。大聖堂参事会員のガービン牧師に、同役のスピッツフーカー牧師。それからダットンさん——副オルガン奏者です。コーヒーの時間には、サー・ジョン・ダロウもいらっしゃるはずです——あとでちょっとした会議があるようです。ご存じですか、サー・ジョンは、黒魔術研究ではこの地方きっての権威なんですよ」

ジェフリイは、知らないとかぶりをふった。「ガービン牧師は既婚者なのかい？」

「そうです。それがなにか？」

「ここへ来る列車の車室で、ガービンというご婦人といっしょだった。連れに青年牧師がいた」

「ジュライ・セヴァネクですね。そういえば、あの人も今日帰ってくるということでした。会食にも来るはずです」

「どうなんだろう？」

「なにがです？」

「セヴァネクというのは、どういう男かと思って」

フランシスはちょっとためらった。「そうですね……ここから十二マイルほどのところにメイヴァリイという村があるんですが、そこの主任代理司祭です。牧師になるとすぐにその役職にありついたんです」どこか歯切れのわるい物言いをするフランシスに、ジェフリイはその理由を訝った。「一年の半分は高価な本やワインを買い漁る道楽牧師、残りの半年は貧しい行者。まるでシーソーみたいな暮らしをしています。こんな人物評ではなんのことかわかりませんね。お会いになればわかります」申し訳なさそうに微笑した。

しばらくするとフィールディングがやって来た。フランシスが会食の支度に席をたつと、フィールディングは話しはじめた。「おっそろしく狭い部屋でしたが、どうにかなるでしょう。気分はどうです？」

「まるで悪夢を見ているようだね」

「まあ、そんなところでしょう。ところで、ずっと考えていたんですが、あなたに対する数度の襲撃、あれはみんなまやかしだったんじゃないですかね。つまり、世間の目をあることと――おそらくは、ブルックス襲撃事件の真の理由から逸らそうとする偽装工作です。あのふざけた脅迫状を公表すれば、あなたはよろしく世間の注目を浴びるわけですが、それが敵の狙いだったような気がするのです。あなたの生死はどうでもいいのです。何者であれ、その目的がなんであれ、人の命を屁とも思わない連中にはちがいありませんが」

ジェフリイは煙草に火をつけ、さも不味《まず》そうに喫った。「なるほど一理あるが、ほかの考え方もあるだろう」

「この考えがただしいかどうか、たしかめる方法がひとつだけあります」フィールディングはひざを乗りだした。「つまり、あくまでも気づかないふりをすることです。ぼくたちが勘ぐっていることがばれると、敵は手をひいてしまうでしょう。逆に、工作がうまくいきそうだと思わせておけば、敵はあらたに動き出し――たとえば、もう一度あなたの命を狙う算段をするでしょう」

ジェフリイはそわそわと椅子にかけなおした。「要するに、殺してもらうために、ばかのふりをしてろってことか。ありがたい話だね。この土地の者であることはたしかなんだ。消印がトールンブリッジだったから、きっと教会関係者の一人で、ぼくがやって来ることを知っている誰か――」

ジェフリイは口をつぐんだ。戸口に跫音がして、なにやら議論するらしい声が、ひとつは甲高くよく通り、ひとつは言葉すくなく低音できこえてきたのだった。表面上の上品なやりとりのうらには、いらだちと怒りが聴き分けられた。

「……スピッツフーカー牧師、きみは普遍救済論者の見地に立つあまりお気づきでないようだが、善悪はきわめて恣意的に選択されるものだということを見落としている。すべての人間が天国へいけるのであれば、もとより善も悪もない。クラムペットしかないお茶の席で、マフィンとクラムペットのどちらでもお好きなほうを、とすすめているようなものだ」

「これは異なことをおっしゃいますな、ガービン牧師。こう申しても気をわるくなさらないでいただきたいが、どうも問題をはきちがえておられるようです。あなただって、神が『慈悲』であることはお認めになるでしょう」

「それは言うまでもない。だが、きみはわたしの質問に答えていない」

「では、こう言い直しましょう。神の御心はみずからの創造物の完成にあるとしましょう。ところが、これは賛同を得られると思いますが、たとえ聖人君子といえども、現世に与えられた七十年の歳月で、その完成の域に達するのは至難のわざです。それゆえ、中間地点とでもいうべきものがあるにちがいないと、わたくしなどは思うのです。それ、すなわち煉獄という――」

ドアが開くと、大聖堂参事会員スピッツフーカー牧師、うしろに同役のガービン牧師が立っていた。スピッツフーカーはきれいな白髪の赤ら顔、小柄でずんぐりした体つきに精力が漲っているような男だった。かたやガービンは、黒髪で長身痩軀、無愛想な顔つきで、いかにも口の重そうな男であった。骨ばった細長い手を上着のポケットにふかくつっこみ、無表情に歩くガービン牧師に、身ぶり手ぶりもいそがしく、じゃれつくようなスピッツフーカー牧師――まさに好一対、セント・バーナード犬とプードル犬であった。この両人が大聖堂参事会員として肩をならべたのは不幸な出来事と言ってよく、スピッツフーカーがオックスフォード運動支持者であるのに対し、ガービンは低教会派であったから、教義や儀式に関して年がら年中衝突した。二人の見解が一致をみることは、平行線が交差するという無限の彼方においてもありそうになかった。

見知らぬ来客におどろいたスピッツフーカーは、その高説を尻切れとんぼのまま終えねばならなかった。エンジン不良のようにしばらく咳きこんだが、やがてさっと進み出て、ジェフリイの手をにぎった。

「はじめまして。わたくしは牧師のスピッツフーカーです。こちらはガービン牧師」スピッツフーカーは、あきらかに迷惑そうにしているガービンを紹介した。

ガービンはかるく一揖《いちゆう》したが、その顔には皮肉な色をうかべていた。ジェフリイとフィールディングはもごもごと名乗った。

「ヘンリー・フィールディング？　まさかあの――」スピッツフーカーが頓狂な声を出した。

「ちがいます」フィールディングが機先を制すると、スピッツフーカーは赤ら顔をいっそう赤らめた。

「それで、あなたがたは、この牧師寮に滞在のご予定なのでしょうか」質問が失礼にあたらないかと気にするらしく、スピッツフーカーはためらいがちに訊いた。

ジェフリイが事情を話すと、スピッツフーカーはいちいちおおきくうなずいた。いつのまにか室内に入り、長い手足を肘掛椅子に落ちつかせていたガービンが、重い口をひらいた。

「ブルックス氏の事件のあと、フェン教授からヴィントナー氏の紹介があり、バトラーも連絡を取るようにたのんでいたじゃないか」ガービンはそれだけを言って口をつぐもうとしたが、スピッツフーカーがなにか言おうとするのを見て、「ようこそ。お会いできて光栄です。遠いところをお越しいただき感謝のいたりです」とつづけた。

「わたくしも感謝のいたりです」応答頌歌でもあるまいに、スピッツフーカーも口をそろえた。

「どうやら、ぼくへの依頼は正式なものではなかったようですね」フェンを知っているだけに、ジェフリイはこう訊かずにはいられなかった。

「ブルックスさんのことはお聞き及びでしょう。恐ろしい話なのです」スピッツフーカーは語った。「じつに不可解で凶悪な事件です。あなたの身にそういったことが起きないことをねがうばかりです」

すでに起きました――ジェフリイはのどまで出かかった言葉をのみこんだ。「フェンの行き先をご存じではありませんか」

「さあ、いっこうに。ここであなたの到着を待っておられなかったのですか。いけませんな。じつにいけません。もっとも、わたくしはまだほとんど教授にお目にかかっていないのです――ひとつには、この牧師寮にはめったに足を向けませんので。どうも当地では、いろいろと不都合がありまして。修道院がありませんし、参事会員の家が町のあちこちにばらばらなんです。主席司祭邸があり、主教館もそれらしいのがあるにはあるんですが、いかんせん、主教はほとんどそこにおられない。不便この上ないのです。もちろん、主教の責任ではありませんが」スピッツフーカーは上機嫌につづける。「この牧師寮は準参事会員の牧師や、副オルガン奏者、管区の牧師などが短期の宿泊に使う、いってみれば溜まり場のようなものです。フェン教授を主席司祭邸にお迎えできないのがじつに残念です――もちろん、あなたがたにしてもそうです。いやはや、どうにもお恥ずかしいことです。しかし、この牧師寮にも慰めはあります。フランシス――ミス・バトラーがみごとに切り盛りしてくれています。拙宅へお誘いしたいところですが、あいにくと家政婦が体調をくずしておりまして、じゅうぶんなおもてなしができないのです」スピッツフーカーがようやくひと息いれたので、ジェフリイはこのときとばかりに、遺憾、親愛、感謝、納得、同情、驚きの念をまとめて表した。

スピッツフーカーはなおもつづけた。「当地の聖歌隊は優秀ですし、パイプオルガンも名品ときいております」鉄道の信号手がポイントを切り替えるあんばいで、話題がつぎつぎと飛躍する。「聖歌隊長の家には義兄が滞在なさっていて、今夜の会食にもいらっしゃるとか。かわいそうなフランシス、また客の数がふえましたな」愉快そうに笑い、「でも、彼女はまるで魔法のように、なにもないところからご馳走を出してみせるんですよ――大した娘さんです。聖歌隊長の義兄は、精神科医でいらっしゃるそうですな。じつに興味深い。いまから楽しみです。精神世界の世俗的解釈に、われわれは一矢報いる義務がありますからね」と、息つぎもそこそこにまくしたてた。

「もうそのへんでよかろう」書物を手にし、ゆっくり頁を繰っていたガービンが顔をあげ、低音をあびせた。「ピース氏は休暇で来られたのであって、素人相手の討論などまっぴらだろう。ちなみにロンドンからの汽車で、家内がいっしょだったようだが」

「奥さんが？　では、セヴァネクもご帰還でしょうな」

ガービンは苦い顔でうなずいた。「あの男はなにかと教区を留守にする。いまどきの若い教区牧師に、礼拝式の執行以外のなにかを期待するのはむりかもしれないが、あの教区民無視の姿勢は目に余る。バトラーは主教に報告をいれたようだ」

「まさか、セヴァネクを追い払う気では？」スピッツフーカーはおどろく。「管区の移動ですか。バトラーがきらうのはわかりますが、しかし――」

「個人的にはバトラーに賛成だね」ガービンは頑として言い放つ。「もっとも、今回は訓告でたりるだろうが」

「ブルックスさんの事件に話をもどしますが、襲撃の理由についてなにかお考えがあれば、きかせていただけませんか」ジェフリイは言葉をはさんだ。

「思うところはありますが、いまは話題にすべきではないでしょう」ガービンが落ちついて返答した。

「お尋ねするのは、ここで起きていることが、どうやらぼくと無関係ではないらしいからなのです。じつは、ぼくは今日三度おそわれて、すくなくとも二度、命の危険にさらされました」

沈黙があった。だれもが黙りこみ、このままひと時代が過ぎ去るんじゃなかろうかと思われた。やがて、スピッツフーカーのかすかな息づかいがした。

「それはまた――」

が、あとがつづかない。沈黙があらたになった。ジェフリイはつづけた。

「ブルックスさんの身になにが起きたかは知っています。ぼくにとってはうやむやにしておける話ではないのです。ぼくは教会のことに無知ですし、内部事情を詮索しようなんて気はさらさらありません。しかし、ぼくが当地に赴こうとしたことが、そういった危険に遭遇した原因らしいのです。ぼくたちは――いや警察だってそうです――いずれ調査をはじめなければなりません」

ガービンが顔をあげた。指さきを肘掛椅子のアームに打ちつけ、慎重に言葉を選んでいるようだった。やがて、こう語りだした。「あなたがたにせよ、または誰にせよ、調査となると困難をきわめるでしょうな。教会ほど世間体に配慮しなければならないものもない。むろん起きてしまったことは仕方がない。ならば、できるだけ穏便にことが運ばれねばならない。けっして外部に洩らしてはならない。こんどのような不祥事にかぎりません。ほんの些細なことでも世間は大騒ぎです」そこでいったん感情の乱れをととのえるようにして、「ブルックス氏はまったくの狂人となってしまった――わけのわからないことを口走るあわれな狂人です。わたしは犯人がわれわれ教会関係者のなかにいないことを心から願い、祈っています。これはスピッツフーカーくんの賛同を得られるでしょうが、そんなことをしでかす人間のために地獄というものがあるのです」ガービンは口辺にかわいた笑いをうかべた。

「犯人は必ずどこかにいるのです。ブルックス氏は意識を失っているあいだに、なにかの薬物――詳しいことは知りませんが――を飲まされた。一命は取り留めたものの、脳を冒され、天から授けられた生涯の残りの日々を、廃人として暮らさねばならなくなった。これを悪魔の所業と言わずしてなんといいましょう――それとも、たんなるミスだったのか。殺す気でやったが失敗し、結果的にあんな生き地獄に追いやったということなのか。

ヴィントナーさん、ブルックス氏はなにかを知っているのです。大聖堂に関係するなにかで、それゆえ口を封じられた。錯乱状態で警察を呼び、しきりになにかを訴えようとしています。警察は常時ベッド脇に待機して、氏が口にしたことはすべて記録しています」

ガービンはいきなり立ちあがると、骨ばった長い手をポケットにつっこみ、窓ぎわへ歩いていった。ふりむくと、三人の顔を凝視した。

「ブルックス氏が大聖堂で目にしたものとは何でしょう？　いままで誰も知らずにいたにちがいないそれとは、いったい何なのでしょう？」

会食は終わった。親睦という観点からすると、あまり上首尾ではなかった。過去二日間の出来事が会食者の心に重くのしかかり、そのことには極力触れまいとするあまり、とびとびの気のない会話に終始した。宿泊先の聖歌隊長宅から出むいてきたピースでさえ、一座の雰囲気に得意の弁舌も鳴りをひそめ、しまいには語りかけられるまでぼんやりしているというふうになった。フランシスがどうにか座を取り持たねば、惨憺たる結果に終わっていたことだろう。

聖歌隊長バトラー牧師が姿を見せないので、会食のテーブルを囲んだのは総勢八名であった――フランシス、ガービン、スピッツフーカー、列車で乗り合わせた青年牧師セヴァネク、ジェフリイ、フィールディング、ピース、副オルガン奏者ダットン。ダットンはそばかすだらけの、腫れぼったく青白い顔をした、極度のはにかみ屋の青年で、ごわごわした赤毛の頭髪を、ひっきりなしにぽっちゃりした手で撫でつけようとしている。会食後は、参事会による臨時会議（主席司祭も出席すべきだが、目下不在）があるようだった――そこでの議題が、「ブルックス事件への対応」であることは公然の秘密であった。ジェフリイにとっては気になるフランシスの父親の聖歌隊長も来るはずだし、参事会尚書サー・ジョン・ダロウもそのうちみえるだろう。ジェフリイは聖歌隊長の執筆原稿を火にくべたジョウゼフィーンを思い出し、あの娘はどうしているのだろうと思った。フランシスにそれとなく尋ねると、自宅に引き籠もっているということだった。

ジェフリイの隣席はセヴァネクであったが、会話ははずまなかった。車室で顔見知りのジェフリイが紹介されて驚きをみせた青年牧師であったが、それっきりほとんど口をきこうとしない。ジェフリイは思い切って、事件を話題にして話しかけた。

「警察は大聖堂内部をくまなく捜索したのでしょうか」

「もちろんです。じつに徹底していましたね」セヴァネクはうなずいた。その話しぶりは、しばしばオックスフォード大学出身者に特有のものと誤解される、やたらに間延びしたきざなものだった。

「もちろん、なにも出てきやしません。見つかりっこありませんよ――ブルックスさんのように、大聖堂でひとりで一夜を明かさなければ」

「そうすれば――」ジェフリイはあえてそのさきを口にしなかった。セヴァネクはひょいと肩をすくめ、華奢な指をぽきぽきと関節の音をたてて折りまげると、にやりと笑った。

ガービンとスピッツフーカーはあいかわらず議論をたたかわせているのか、終始二人で話しこんでいた。ピース、フランシス(ジェフリイには彼女から遠い席にいることが痛恨のきわみだった)、フィールディングの三人は、ロンドンの最新演劇について鼎談中。ダットンはひとり蚊帳の外で、ときおり周囲の会話に唐突に口をはさむ。こんな会食が愉快なはずは、断じてなかった。

コーヒーは応接室に用意された。ガービン、スピッツフーカーがなおもひそひそと話しこむなか、そろって応接室へ移動すると、椅子から立ちあがって出迎えた老爺があった。痩せさらばえた小柄な体軀、たかい鼻梁、しょぼしょぼとした豆粒のような目、わずかな白髪の頭髪――参事会尚書サー・ジョン・ダロウであった。この老人はひどく早口でしゃべるかと思うと、いやに勿体をつける。癖のあるしぐさがスピッツフーカーのそれのようであり、またそうでないようでもある。舞い踊るような身ぶり手ぶりがいかにもきざなところは共通しているが、スピッツフーカーにあってはそれが無尽蔵の精力を感じさせるのに対し、ダロウにあってはもっと内面の力を思わせた。ダロウは折れ線、スピッツフーカーは曲線といったところだが、けっきょく見た目の観察がそう思わせるのかなと、ジェフリイはひとりおかしがった。

いかにも芝居がかった物腰で起立したダロウは、襟もとのあるかないかの埃を指さきで払った。身につけているのは聖職服ではない——洒落たラウンジスーツで、びっくりするような深紅のネクタイを締めている。いそいそとフランシスのそばへ歩みより、その手をうやうやしく取った。

「このあつかましい年寄りをどうか許しくだされ。勝手に入って、くつろがせてもらいましたよ」ダロウは顔をフランシスの顔にくっつけんばかりにして、早口で話した。「早めに到着したが、おじゃまをしてはなんだと思って。きみたちの、その——」ここのところはひどく勿体ぶるが、「きみたちのお食事会のな」と最後はあっさり締めくくり、豆粒のような眼をしょぼつかせて一同を見まわした。「ガービンくん、スピッツフーカーくん、ダットンくん——ええっと、こんばんは……？」と、ピース、ジェフリイ、フィールディングに目をむける。たがいに紹介がすむと、「どうもどうも」と、ダロウはくりかえしながら、なにか鳥類を思わせる身ごなしでフランシスをいざない、二人ならんで腰かけた。

「バトラーの顔が見えんようじゃが」ダロウは誰にともなくたしかめて、「会議に遅れなければよいのじゃがな——いや、どうか遅れないでもらいたい。ことは急を要しておる——じつに急を要しておるからな」さっとポケットに手をつっこむと、しばらくごそごそやって、大きな鍵を取りだした。それを一同にしめして、「病院に寄ったら、警察に返却すると言われた。こいつじゃ」と、かたわらの小机にそっと置く。

みんな無言で見まもった。フランシスが口をひらいた。

「ひょっとしてこれは——」

ダロウはうなずき、眉をひそめた。「そうじゃ。大聖堂の鍵——正確には、北側翼廊の鍵じゃ。

ふつうなら」その言葉をつよく言って、「牧師寮住人用として、ここの玄関にかかっているはずのものじゃ」

「つまりこの鍵は――」スピッツフーカーが甲高い声をだしたが、「そのう――ブルックス氏が――」と言い淀む。

「そうじゃよ」ダロウはふたたびうなずき、フランシスに目をやった。「紛失に気づいておったかね？」

「わたしですか？　そんなこと、思いもしません。わたしはその鍵を使いませんし。ダットンさん、あなたはどう？」

　副オルガン奏者はとたんに落ちつきをなくした。「ぼくは最近、大聖堂へは行っていません。医者に禁じられているんです。たぶん、あとのお二人のどちらかが――」

「だって、あのひとたちはもう三日も留守にしているのよ。ええ、紛失には誰も気がつきませんでした。でも、玄関に入って鍵を持ち出そうと思えば、誰にでもできることです」

「そうなんじゃ。そのことをわしは警察に強調しておいた。『C・H（牧師寮＝クラージィ・ハウスの略）』と刻印があるから、どこの鍵かは間違えようがない。いずれこの件について聞き込みがあるじゃろう。ともかく調査は済んだらしく、返却すると言われた。きっと指紋が出なかったんじゃろう」

「どうも腑に落ちないが、ブルックス氏は大聖堂に入る際、なぜ自分の鍵を使わなかったんだ？　夜は七時に施錠する取り決めとなって以来、専用の鍵をもっていたはずだが」ガービンが疑問を口にする。

　ダロウは身を乗り出した。「ガービンくん、それはちがうよ。ブルックスくんは自分の鍵を使ったんじゃ。ブルックスくんとは別個に大聖堂に侵入した何者かが、この鍵をつかった」指さきで小机の鍵をとんとんとやって、「ブルックスくんの鍵は本人が身につけていた。このもうひとつの鍵が、北側翼廊のそとの芝生に落ちていたんじゃ」

「奇妙ですね」フィールディングが目をむけた。

「おっしゃるとおり、じつに奇妙です。さらに、侵入者は大聖堂に施錠したあと、なぜ鍵をここに戻しておかなかったのかという点も奇妙です」

「なるほど。侵入者はその点をなおざりにした。ブルックス氏についても死亡を確認していませんしね」

「しかし、それでは大聖堂に施錠した理由がわかりません」そう口をはさんだのは、ダットンであった。みんな、おやっと目をむけた。内気なひとはいつもそんなふうに注目をあびる。口中に二十日鼠でも隠しもっているんじゃなかろうな、といわんばかりの好奇のまなざしにさらされる。

「いや、理由ならありますよ」スピッツフーカーが興奮ぎみに語りだした。「つまり——犯行の露見をできるだけ遅らせたいという気持ちが、その侵入者にあったとしてごらんなさい。警察はひと晩にすくなくとも三回は、大聖堂のすべての扉の施錠を確認します。そのひとつでも開いているのが発見されていたら、とうぜん堂内を調べていたことでしょう。死体の発見が遅れれば、それだけ死亡推定時刻の特定がむずかしくなり、アリバイ調査も困難になるわけです。というか、そんな話を聞いたことがあるんです」犯罪の手口にやけに詳しいと誤解を受けると思ったか、あわててそうつけ加えた。

「スピッツフーカーくん、まさにそのとおりじゃ」ダロウはにこやかにうなずいた。

「しかし、鍵を返却せずに、捨てていった事実は、どう説明するのですか」こんどはピースが疑問を発する。

「その点は、わたしがお答えするのがいいように思います」フランシスが真剣な面持ちで言った。「牧師寮は毎晩、きちんと午後十時に戸締まりをします。それ以降、玄関に入れるのは合鍵を持っている四人だけ――寮に滞在中の準参事会員のノートウインド牧師とフィルッ牧師、それにダットンさんとわたし――です。鍵の返却に、わざわざ危険を冒して、家宅侵入をする必要もないんじゃないですか」

「それはすなわち、きみたち四人は犯人ではない、ということかね?」ぎょっとするほどの低音でガービンが問いただした。

フランシスは肩をすくめた。「多分にそのきらいはありますが、いましている話がばか話でなければ、そういうことになると思います」

「その点は重要ですね」ジェフリイが口をはさんだ。「お話からすると、どうも犯行時刻があいまいですね。聖歌隊の練習は何時に終わるのですか」

「少年たちを九時には帰宅させたいので、八時四十五分までに終えることになっています」スピッツフーカーが答えた。「そういえば、最後に帰った南面聖歌隊のアルトの少年は、家についたのは九時十分だったと話していました。ブルックスさんはこの少年に、すこし練習をしてから帰るつもりだと話したそうで、たぶんそうしたんだと思います。警察に発見された場所は、パイプオルガンからずいぶんはなれていましたが……。それはそうと」ダロウに尋ねる。「ブルックスさんの容態はどうでしたか」

「死んだよ」

どこからともなく、声がした。みんないっせいに戸口へ顔をふりむけた。戸口で一同を冷然と見つめていた（ジェフリイは、これほどまでに冷たい光を放つ眼をした人物に会ったことがなかった）のは、聖歌隊長バトラー牧師であった。堂々たる体格の巨漢で、顴骨《ほおぼね》が突出した浅黒い顔だった。五十歳前後にしては、ひどく白髪が目だった。

「お父さん――」フランシスがおどろいて、立ちあがった。

「ヴィントナーさんですね。よくいらっしゃいました」バトラーはジェフリイの前に進み出て、かるく会釈すると、一同へ顔をむけた。「ブルックスは亡くなった。いまから三時間ほど前に、やっと正気を取りもどしたにもかかわらず」

「正気を取りもどした！」

「そうだ。ふかい眠りから目覚めると、警察を呼んでくれと、落ちついて語りはじめた。警官はベッド脇へいそいだが、消耗がはげしく、ふたことみこと口にすると、またふかい眠りに陥ってしまった。まもなく、薬の時間となった。カフェイン系の液剤だろう、調剤室で準備した担当の看護婦が、ほかの器具といっしょにワゴンで搬ぼうとした。ところが、この看護婦はべつの患者に呼ばれ、しばらくワゴンを病院の玄関ホールに放置した。そこは往来自由で、監視する者もなかった」

バトラーは言葉を切り、ひややかに一同を見まわした。その落ちつきは、見る者にとってほとんど堪えがたいものであった。やがて、バトラーはこうつづけた。

「看護婦はもどってきて、ブルックスに薬を飲ませた。そんなふうに薬品を放置したことは、刑事罰に値する過失じゃないだろうか。看護婦二名、警官一名の立会いのもと、患者は致死量のアトロピンが仕込まれた薬を飲まされることとなった。十分後——いまから二時間ちょっと前のこと——苦痛にのたうちまわったあげく、ブルックスは息をひきとった」バトラーはふたたび言葉を切り、一同を見まわした。「皮肉なことに、その場にいた誰もが錯乱の再発と勘違いし、異変に気づくまでの五分間ほど、患者をベッドに押さえつけていた。つまりはそれが、毒の効果を決定的なものにした」

みんな言葉を失った。身じろぎひとつしない。

「さあ、会議をはじめよう」バトラーの抑揚のない声がひびいた。

第五章　推　理

「ほら、あの男がやってきた」
シェイクスピア

ジェフリイは気分をかえて考えようと、ビールの杯をかさねていた。あまり思い詰めてもいけないので、なるべく周囲に目をむけるようにもしていた。宿屋ホエール・アンド・コフィンのバーは客で混みあっている。わずか半時間前、牧師寮の応接室でなされた話をなにも知らない人たちだ。時局柄ものしずかにかわされている会話は、欧州の戦況、ビールの味、生活上のちょっとした不便などについて。陽気な酒ではないにしても、このひとときを楽しんでいるようにみえる。男性客がほとんどだが、隅のほうには、厚化粧をしてひどくめかし込んだ太った中年女性もいて、重油みたいな黒ビールをいやに上品ぶって飲んでいる。べつの一角には、どこにでもいそうな女給ふうの疲れた顔の娘が、おなじようにどこにでもいそうな疲れた顔の青年と、肩を寄せ合ったりしている。うかれ騒ぎこそないが、平和な光景ではあった。

平和な光景——とはいうものの、それは炎天下のアイスクリーム……。ここトールンブリッジには平和も平穏もあろうはずはない。伝統と格式のしめやかな大聖堂の町は、その地下にどす黒い、どろどろしたものを孕んでいる。人々の人なつっこい顔をひと皮剝けば、憎悪と殺意がまろびでるかもしれないのだ。あれ以来、宿屋の亭主は姿をみせない——困ったような、ほっとしたような……。このバーにもどってきたのは、初対面の際、なぜあんな反応をしめしたのか、亭主をつかまえてさぐりだしたかったからだ。かといって、面とむかってどうしようという、はっきりした肚《はら》もなかった——不可抗力で仕事を先延ばしするときの、なんともいえない開放感……。左どなりの席では、軍服姿の男が軍隊生活に愚痴をこぼしていた。

「……穴ぼこだらけの丘陵地帯をトラック隊で進むのさ。ドッタンバッタン、そりゃもう木偶《でく》みたいにふりまわされて……」

はなしの山場は越えたか、声が低くなる。しばらくすると、店内に入ってきて、客の合間をぬってカウンターへむかう、長身でがっしりした体つきの男があった。地元ではちょっと知られた顔であるらしく、男の到来とともに店内のざわめきがしずまり、みな好奇の目をむけた。それはまるで男が語りだすのを待ちのぞむようなまなざしであったが、男が素知らぬ顔でビター・ビールとプレイヤーズの紙巻きひと箱を注文すると、店内のざわめきはもとどおりとなった。

「……荷台の手榴弾が跳ねるったらありゃしない。そりゃもうフライパンの煎り豆みたいなもんで……」

変死の報にもかかわらず、神に仕える尊い人々の反応は奇妙なものだった。はっと息をのむでなく、絶叫をほとばしらせるでもなく、会食を切りあげると、整然と会議をはじめたばかりであった。フランシスは酒の誘いを断わり、書物を携えて自室にひきこもってしまったし、海辺の町ときいてもとくに関心をしめさなかったはずのフィールディングは、海岸へ散歩に出かけてしまった。ダットンは就寝し、ピースもどこへともなく姿を消した。誰ひとり酒の必要を感じないらしいことに、ジェフリイはいらだちをおぼえさえした。なにか自分ひとりだけが自堕落な人間のようだった。牧師寮の庭に出て、夜の庭園見物で気分をまぎらわそうともしたが、ものの十分間と酒の誘惑を断ち切れなかった。いや、それからもうひとつ、いかにも急ごしらえのくるしい自己弁明めくが、宿屋の亭主にはどうしても会う必要があった——その亭主の姿は店内にはない。どこか奥の部屋にでもいるのだろうか。

蒸し暑い晩で、およそ思索には適さない。客たちは鼻さきをかすめる蝿をもの憂げに追いやっている。こう情報不足では考えようもなかった。しかたなく、フーガの曲想を練る。それに厭くと、作曲家を名乗る者のつねで、うかんだアイデアはきちんと頭の抽斗にしまっておいて、つぎにフランシスに想いを馳せた。酔いがまわるにつれ、感傷の泥沼にひたりこもうとしていた。どこかで「理性」が警告を発している。それを黙殺し、感傷にとことん身をゆだねるべく、さらにビールをあおる。フランシス——恋人、意中の人、思い人……。〝「思い人」とはまた古風な。ゆかしい言葉が廃れるのは嘆かわしいかぎりですな〟そう口をはさんだ「理性」は、すこしでも知的な話にさそいこもうという魂胆らしい。あの唇をなんと譬えよう——珊瑚と称《よ》ぶべきか、桜桃と称ぶべきか。〝だめですな。月並みで陳腐です。もっと高級な修辞でさえ、はるか昔のジェイムズ一世時代の詩歌を最後に廃れました。一例をあげれば、「わたしのおんなの瞳は太陽に似ていない。唇だって珊瑚のほうがはるかに紅い。雪の白さにくらべれば胸乳《むなぢ》は炭団のようだ。髪が針金ならあたまには黒いそれがはえている」（シェイクスピア『ソネット集』百三十）〟と、「理性」はあくまでも妄想の流れを堰き止めようとする。「きみを夏の一日にくらべたらどうだろう……」（同、十八）と、「感情」が反撃をこころみるが、あいにくそのさきの句が思い出せず、ぶつぶつとごまかすしかなかった。

だが、「理性」の優勢は束の間のことだった。結婚を申しこんだらどうだろう——そんな想いがこみあげた。あわてたのは、難攻不落の城で太平楽を貪っていた「独身貴族」、胸壁の狭間から不安げに顔をのぞかせた。迷惑しごく、不都合千万とその顔色は語っている。結婚なんかすれば、ささやかな贅沢、心のやすらぎのためのいきとどいた配慮、そういったものがぜんぶ台なしです。女はそういったものを小馬鹿にしているし、仮にそうでない女がいたとしても、いっしょになる必要がありますか。おのれの気まぐれを忠実にうつしだす鏡のようなものと面つきあわせて、いったいどうなるというのです？　無意味でばかげています。これまでどおりのあなたでいてください。仕事だってそうです——血のにじむような思いでやっとアイデアがうかんだときにかぎって、奥さんにどこかへ連れて行ってくれとねだられます。家のなかで赤ん坊に泣きわめかれたりした日には、あなたの大作「ヴァイオリン協奏曲」はいったいどんな曲となることやら。あなたは芸術家ではありませんか。芸術家は結婚すべきではありません。いっとき甘い生活にひたれるかもしれませんが、所詮はそれだけのことです……。

こう常識論をぶたれては、「感情」はうなだれて、ひとりごちるしかなかった——それでも好きなものはしようがないじゃないか……。ついに謀叛の火の手があがった城内は、大混乱の様相を呈していた。窓に鎧戸を立て、通路を落とし門で閉ざすかと思えば、跳ね橋は降ろす……。

「ちょっと火を拝借」

ジェフリイはぎょっと我に返った。さきほど店内に入ってきた長身の男が、かたわらに佇んでいた。指につまんだ紙巻き煙草をしめしている。

「ノルウエー侵攻以来、マッチに不自由しますな」男はそう言った。

それはたしかにそうなので、とくに返すべきコメントもうかばなかった。ジェフリイはライターを取りだし、親指で金具を押した。その動作をくりかえすこと十二回、男は苦笑した。「なかなか火がつきませんな」

「けさ、ガスの補充をやったばかりなのに、使いすぎたかな」ジェフリイがライターをふると、ぱっと液体燃料が飛び散った。「もう一度やってみましょう」

瞬間、高々と吹きあげた火焰に、男二人の顔はあやうく黒こげになるところだった。長身の男はおそるおそる近寄って、火を借りる。と、そのとき、ちょっとした騒動がおきた。

店の奥には扉が三つ、それぞれ奥まった少人数用の小部屋へとつづいている。そのひとつの扉の背後から、なにやら異様な物音がきこえてきたのだった。ばんばんと叩く音、家具がひっくり返る音、吶号に罵声、烈しくうごめく気配、ぜいぜいという喘ぎ、そして、しばらくすると、ふたたびばんばんと叩く音……。店の客たちは耳をそばだて、呆気にとられていた。すると、火を借りた男が、それが当然といわんばかりの顔で大股に進んでいき、勢いよく扉を開け放った。ジェフリイは男についていった。そのあとへ、ほかの客たちも殺到した。

一瞥したところ、家具がいくぶん配置を乱しているだけの室内に、異常はみとめられなかった。が、奥のほうで烈しくうごめく気配がして、何者かが数種類の言語でののしった。ジェフリイと長身の男は部屋へ足を踏み入れる。ほかの客たちは固唾をのみ、目をむきだして見まもった。

取っ組み合い——にはちがいないが、それは野次馬連が当てにしたようなものではなかった。部屋の片隅に、すらりと背の高い男がひざまづいている。片手にウイスキーグラス、もう一方に杖を持ち、その杖で床ちかくを舞う、なにやらちいさな物体にさかんに突きをくらわせていた。見ると、それはごくふつうに見かける家蝿で、男の攻撃をらくらくと、いかにも愚弄するように躱《かわ》しているのであった。こんな情景にすでにどれくらいの時間が費やされているのか、定かではなかった。やがて、遊びに厭いたように、家蝿はたかく舞いあがり、その場を離脱しようとした。意表をつかれて逆上したらしい男は、グラスの中味をぶっかけたが、命中しない。家蝿は急降下をこころみ、男の鼻に体当たりをくらわせると、ひらりと反転、どんなすれっからしにも、「勝鬨《かちどき》をあげた」と聞こえたであろう羽音をのこして、窓から出ていった。

すっくと立ちあがった男は、かたちばかり、ひざの埃をはらった。水で撫でつけただけの鳶色の髪が逆立っている。頰を赤い林檎のように火照らせ、血色のよい顔立ちは充実した心身の健康を物語っていた。蒸し暑い晩なのに、だぶだぶのレインコートを羽織り、ばかにおおきな帽子をかぶっている。

「おいおい、なんだよ」ジェフリイは、あいた口がふさがらなかった。

いかにもすずしげにまなざしをあげたのは、まぎれもない、オックスフォード大学英語英文学教授ジャーヴァス・フェンであった。「あわれなものだね。やつらには学習能力が欠如しているからな。あれほど微細な生物であれば、巨大な動物が立ちはだかり、わっと攻撃をしかければ、ひたすら逃げて、戸棚にでもかくれていようものだ。ところが、やつらはさにあらず。やたらと飛びまわっては、舞いもどってくる。窓にしたってそうだ。ガラス窓は通り抜けできないものと、何世代かかっても悟ることがなく、あいかわらずぶち当たっていく」いきなりそんな講釈がはじまった。

拍子抜けの客たちは席へもどっていく。火を借りた男が言った。

「ずいぶんさがしましたぞ。あなたの居場所は誰に訊いてもわからないのですな」

　フェンはあいまいなうなずきを返した。「ギャラット警部だな。ブルックス事件のその後はどうだ?」

「ぼく、ジェフリイ・ヴィントナーだよ」ジェフリイは精一杯あかるく言った。

「そんなことはわかっている」フェンはそう応じたものだった。

「じゃあ、あいさつくらい……」

「これは失敬。ご用件をどうぞ」

「用件って、きみにパイプオルガンの演奏を頼まれたからやって来たんだよ」

「あれれ? セント・クリストファーズ・コレッジのレイクスに頼んだつもりだったが」フェンは首をかしげる。「まあ、誰でもよかろう。やっこさん、よぼよぼの老人だからな」

　ジェフリイは椅子にへたりこみ、怒りにしばし言葉もなかった。「ここへ来る途中、三度も危険にさらされたんだよ」

「それはまたどういうことでしょう?」警部がするどく視線をむけた。

「暴漢におそわれたのです」

　フェンは唸った。「ううむ、いよいよ事件錯綜だな。ぼくは休暇をのんびりすごそうとやって来たんだが、まあよかろう。一杯やりながら話をきこうじゃないか」

　三人は語り合った。まずは警部がブルックス事件のその後をかいつまんで報告し（ジェフリイには既知の事実だった）、つぎにジェフリイが自分が蒙った災難をかいつままずに——部分的には尾ひれをつけて——語った。もともとおかしな、信憑性に乏しい事情だから、それくらいはして当然と思われた。いずれにせよ、フェンも警部もほとんど関心をしめさず、ジェフリイはがっくりとうなだれた。

「まあ、ぼくにまかせておけ」そんなジェフリイを見て、フェンはさらりと言った。

すると、警部が言った。「まことに結構ですな。スコットランド・ヤードにも言われています――あなたを阻止することはできないと」（フェンはぎらりとにらむ）「戦前のキャクストンズ・フォーリイの一件がありますからな」

「キャクストンズ・フォーリイ……あれは『事件』と呼んでもらいたい」フェンはしばし感慨にふけったが、「おい、いまヤードといったな。まさか事件を連中に引き渡したんじゃあるまいな」と、色めきたった。

警部はため息をもらした。「われわれ地元警察の捜査はほとんど進展していません。本日午後には被害者毒殺の報もとどき、情況はわるくなる一方です。もちろん、可能な限りの情報収集はしました――被害者死亡後の聞き込みはまだですが。これはいずれ、あらためてやります」味方に圧倒的に不利な地勢の戦場にのぞむ将軍のような顔つきで、警部はうなずく。「しかし、それでどうなるのでしょう。なにを聞けばいいのか、それすらも不明なのです。被害者に怨恨をいだいていた人間はいません。わずかに指針らしきものといえば、被害者は尋常ならざるなにかを目撃したらしい、ということくらいです。本部長はやむなくロンドンに応援要請をしました。敏腕刑事を派遣してくれるようです――たぶん、アプルビイあたりでしょう」

「アプルビイだと？　ぼくが現場にいるのに、アプルビイなんかになんの用があるんだ？」フェンは血相を変えたが、「むろん、あの男の腕はみとめる。なるほど大したものだ。だが、わからんのは――」しだいに歯切れがわるくなる。

　ジェフリイはひざを乗り出して言った。「ジャーヴァス、これほどの難事件となった以上、助っ人を頼めるのなら――」

「おまえさん、誰にむかって説教しているんだ？」フェンはぎらりと目をむける。

「もう一日かそこらは、われわれに時間があります。それでも新事実の発見がなければ、ヤードにまかせるのもやむをえないでしょう」警部は二人のごたごたを無視してつづけた。

「むろん、発見してみせるさ」フェンは断乎として言い放つが、さりとて名案もうかばないらしく、こうつづけた。「ともかく事件は三つの局面をしめしているようだな。一、ジェフリイ襲撃。二、大聖堂におけるブルックス襲撃。三、ブルックス毒殺。これらを別個に吟味してみるのもわるくはなかろう」しばし思案をめぐらし、「ジェフリイ、きみは、まず間違いなく金銭で雇われたであろう三人の暴漢におそわれた。百貨店の男はどうなったろう。そのまま遁走に成功したとも考えにくい。そっちに情報は来ていないんだな？」と、警部にたしかめる。

「ロンドンの人間が、こっちの事件と関係があるとも考えないでしょうからね。電話で確認は取っておきますが」警部はうなずき、よれよれの封筒を取り出して、メモを書きつける。

「この件はこれでよし」とフェン。「あとの二名の追跡はむりだろう。きみの頭上に落ちてきた旅行鞄はどうなった？」

「たしか列車の車室にそのままだったような……。うん、それに間違いない」

「指紋が出るかもしれませんな。前科持ちなら調書があるはずです。しかし、しょっぴいたところでむだでしょうな。なにも知らないでしょうから。旅行鞄の確保にはつとめます。地道にやるしかありませんからな」警部はまた封筒を取りだし、「警察には素人名探偵のような華やかさはありませんが、重箱の隅をつつくような忍耐づよい捜査があればこそ……」そうぶつぶつ言いながら書きつけた。「五時四十三分到着の列車でしたな」

フェンはさきをいそいだ。「つぎは二通の脅迫状。きみの旅行の阻止をたくらんだのはなぜか。心当たりは？」

「思うにあれは、ブルックス氏襲撃の真の目的をかくそうとする偽装工作なんじゃないかな。つまり、狙われているのはオルガン奏者だと思わせて――」ジェフリイは臆面もなく、他人の意見を剽窃する。

「クッだらねえ。どうしてそうややこしく考えて、ものごとを見えなくしたがるんだ」いまどき流行らないアメリカ英語の発音で、フェンはにべもなく一蹴した。「もっと素直なものの見方をしてみなよ――二、三日のあいだ、誰にもパイプオルガンを演奏させまいとしたのさ」

「そんなばかな――」

「いや、ばかではない」フェンはむきになる。「いいか。ブルックスが大聖堂で目にしたのは、なにかの犯罪の証拠となるものであった可能性が大きい。もしそれがパイプオルガンに関係あるものだとしたらどうだ？　ブルックスはそれを知り、それに気づいた敵は目撃者を消しにかかる」（ジェフリイがちいさく抗議の声をあげる）「万事首尾よくいって、もはや危険は去ったものと安心する。ところが一夜明けると、ブルックスは一命を取り留め、いずれあの化け物じみたからくり装置を」（ふたたびジェフリイの抗議）「演奏するかもしれないと知りあわてる。そこでまたもや暗躍し、ようやく目的を果たした。ところがこんどは、大聖堂にはなにかあるらしいぞ、と人々が勘ぐるところとなり（ブルックスが死体で発見されていれば、そんなことを思うはずはなかった）、堂内にのこる証拠を始末しなければならなくなった。そこで問題が生じた。問題その一、大聖堂が厳重な監視下におかれ、礼拝式を除き、関係者以外は堂内に入れなくなった」フェンが確認の視線をむけると、警部はうなずいた。「問題その二、その礼拝式が執行されるとき、やつらが忍びこみたいであろう、演奏台のあるオルガン・ロフト付近には、あらたに招聘されたジェフリイ・ヴィントナーなる人物が居座ることとなった。では、どうすべきか——ヴィントナーを行動不能にして、オルガン・ロフトから邪魔者を排除せよ」

「もっともな筋書きです。じつはわたしも、それしか思いつきません」警部は言う（「きみが考えたんじゃない。ぼくが考えたんだ」とフェン）。「しかし、そのブルックスが目撃したというのはいったい何なのでしょう？」警部は肩をすくめた。

「現場の捜索はやったんだろうな」

「やりましたよ。成果なしです」警部は渋い表情で答える。「いったい何を見つければよいのか、それすらもわからないんですからね。からくり装置だってなかを確認しましたよ」（「からくり装置……」ジェフリイは憮然とする）「しかし、なにもありません」

「墓はどうだ？」フェンは訊く。

「そこまではやっていませんよ。ですが、被害者だって、そんなところまでのぞいたわけではないでしょう」

「礼拝式を除き、関係者以外は堂内に立ち入れないということですが、聖職者はどうなんです？」

ジェフリイは尋ねた。

「大聖堂のお偉方のことですか。もちろん関係者扱いです。もっとも、堂内に入られたかたには、じゃまにならない程度に監視をつけてあります」

「大聖堂からして御用の対象なんだから、その住人に疑惑がむかうのは当然だな」フェンは言う。

「ごもっとも。しかし、そのことがまた事件を厄介なものにしていまして。大聖堂参事会員に見張りをつけるなんて、どうにもやりきれないことで」おのれが口にしたことながら、ぞっとしたらしい警部は、しばらく口をつぐんでしまった。やがて、「さて、なんのお話でしたかな?」

「つぎは、大聖堂におけるブルックス襲撃。手がかりは?」

「めぼしいものはありません。昏倒させられて、アトロピンを注射されています——左の前腕部に、静脈注射です」

「アトロピンはソポリフィック（催眠剤）じゃなかったか」フェンはただす。

「いえ、刺激性のもので——アフロディジィアック（催淫剤）じゃなくて……。なんというのでしたっけ?」

「致死量だったのか」

「五分の一グレイン検出です。致死量のはずですが、この手の薬物はまだよくわからないところがありまして。通常、医薬品としての使用の限度は、十六分の一グレインとされています。無発汗、口中の渇きなどの症状から、すぐにそれと診断され、タンニン酸、モルヒネ、エーテル、カフェインと、あらゆるものが投与されました。快方へむかうはずだったのです」警部の声は瞬間、おののいた。ジェフリイは警部の肩にのしかかる重圧に気づかされた。眼前のこの男は、いまにもそれに押しつぶされそうになっている。

「皮下注射器は未発見のままなのか？」

「そうです」

「小型のものだろうか」

「溶剤によるのです。硫酸アトロピンは、九十度のアルコールに三対一の割合で溶解しますが、水だと五百対一です。しかし、いずれにせよ、小型のものだったでしょう」

フェンは考えこみ、やたらと貧乏ゆすりをする。グラスを空けると、お代わりの注文に故障中らしい押しボタンをおした。「どうも殺しの手口がひっかかるな。たしかに、銃をつかえば銃声がひびく。だが、ナイフはどうだ。あるいは絞殺は……。おのれの手を汚すのをきらったか。女の犯行かもしれんな。ないしは女のような男」もう一度押しボタンをおすと、押しボタンは壁からこぼれ落ちてしまった。フェンはしばしそれを見つめていたが、やがて警部のほうへふりむいた。「アトロピンの入手はむずかしいのか」

「たぶんそうでしょう。くわしくは知りませんが」

「きみは警部《インスペクター》なんだろう。いったいなにを調べる《インスペクト》気だ？　乗車券拝見でもやるのか」フェンは大口あいてばか笑いした。警部とジェフリイはしらっと見まもる。フェンの笑いがおさまると、警部は説明した。「一般の調剤薬局で入手すれば記録にのこります。地元の薬局はくまなくチェックしましたが、問題はありませんでした。いまのところ全国の薬局に当たることはできません。それに、われわれが相手にしているのは完全な狂人とは思えません——おそらく、そういった事件ではないでしょう」しばらく考えてから、そう念を押す。「ともかく、その線をたどっても得るものはないでしょう。頭部の外傷は鈍器によるもので、腕力はさほど必要ではなかったという報告です。全体としてみると、犯人は医薬に明るい人物と思われます。同時に、計画性もにおわせます。拳銃ならともかく、護身用に毒薬を仕込んだ注射器を持ち歩く人間はいませんからね」

「ひょっとすると、ブルックス氏はかなり以前からなにかに気づいていたのかもしれませんね。それに勘づいた敵は、一気に決着をつけるために、聖歌隊の練習後の時間帯をねらった――」ジェフリイは思いつきを口にした。

　フェンは満足げにうなずく。「なかなかいいぞ。して、その方法、動機、機会は？」

「動機――ですか。ちょっと言葉の定義をおねがいしたいですな」警部はうんざりといった表情でそう言ったが、待ってましたとばかりに講釈されそうだったし、たんにフェンの口ぐせにすぎないようでもあったから、あわててさきへ話を進めた。「唯一の手がかりといえば、被害者のうわごとです。つぎの日の早朝、大聖堂の鍵をあけた聖堂番に発見されたときに――そういえば、聖堂番に話をお聞きになりたいのでは？」

「いや」とフェン。

「そうですか」警部はすっかり拍子抜けして、「現場においても、病院に運ばれてからも、被害者は絶え間なくうわごとを口走りました。そのほとんどはメモに取ってあります。大半は事件と無関係のようです。どうやら被害者は、郵便局勤務のヘレン・デュークスという尻軽女にご執心だったようで――」

「郵便局。なんだって郵便局の話をきかなきゃならないんだ？」

　警部はマイペースでつづける。「つぎに、当然のことながら、音楽についての発言。やはりこれがいちばんの気がかりだったようです。北面聖歌隊のバス歌手とは独唱のことでもめていたようですが、それこそ動機となるようなものではないでしょう」

フェンはすらりとした長身を持て余すように、がさごそと落ちつかない。「いったいいつになったら肝心な点にたどりつくんだ？」と不平を鳴らす。

「そして最後に、大聖堂に関係したことです。これを口にするには多大な苦痛と恐怖がともなったようで、多くを語ったわけでありません。コリンズの『月長石』に、なんという名前の人物でしたかな、老医師のうわごとの言葉の足りない部分を穴埋めするくだりがありますでしょう。わたしはどうも納得しかねましてね。錯乱状態の人間が、ああもきれいに整った文章を口にしようとするだろうかと。あの傑作の唯一のキズではないかと、つねづね考えているのですよ。探偵小説として過大評価のきらいもありますね。ポーの諸作もそうですが」

「わかったから、話のさきを。ブルックスはどんなことを口走ったんだ？」

警部はポケットからべつの封筒を取りだした。「要約すると、こうなります」そう前置きして、読みあげた。

「『ワイア。宙吊りの人——ロープ。うごく墓碑』」

沈黙があった。ジェフリイはこれらの言葉をはじめて耳にしたときのことを思い出したが、背筋にはあらためて寒いものが奔《はし》るのを感じた。（……ひとっこひとりいない深夜の大聖堂に、ひと晩中閉じこめられていたのです。いいはずはありません……）——特別に迷信ぶかい人でなくとも、そうであろう。むかし読んだ物語にこんな一節があった。「……無知なころの彼は、そういった場所での遭遇について書かれた書物を好んだが、いまでは思い出すことさえ堪えられない……」たとえそれがこの世のものとの遭遇であっても、場所柄ひとを狂気へ追いやることはあり得る。ジェフリイはそのことを語った。

フェンはうなずいた。その相貌が異様に暗く沈んでいるのは、フェンを知る者には、なにかひらめきを得つつある証左と見て取れたはずだった。無言のまま、空のグラスをかき集め、押しボタンをにらみつけ、みずから席を立っていった。もどってくると、グラスを乱暴に置き、どっかと腰をすえた。「それで?」

「『夜想』（十八世紀英国の墓地派詩人エドワード・ヤングの詩。生と死、霊魂の不滅を論じる）ですか……」警部は肩をすくめると、ぼそっとつぶやいた。

「いったいなんの因果かね。ぼくは文学かぶれの警官につきまとわれる運命にあるらしい」フェンは憮然として、乾杯のつもりでグラスをぞんざいにさしあげた。そしてウイスキーをがぶ飲みし、すこし咽《む》せ、ふきげんな口調でつづけた。「ものごとをもっと文字どおりに解釈したらどうなんだ。『ワイア』――無線、電気機器、押しボタン」と、床に落ちた押しボタンをにらみつけ、「『宙吊りの人――ロープ』――ひとが宙吊りになるのは、なにも首吊りとはかぎらない。はっきりした、おそらくはよからぬ目的をもって、昇降にロープを使うこともある。『うごく墓碑』――うごく、といっても能動か、他動か。つまり、みずからの意志でうごいたのか、何者かにうごかされたのか」そこでひと呼吸いれ、「こうして見てくると、おのずとあきらかになってくる。つぎに、堂内でロープを使わなければ入れない場所はどこか――階段経由では行けない場所はどこか」

警部が俄然、目をかがやかせ、腰をうかせかけた。

「そのとおり、《主教の二階廊》だ」フェンはうなずいた。

「なんだい、それは?」ジェフリイがきょとんとする。

フェンはジェフリイのほうへ向き直った。「きみが知らないのもむりはない。あの大聖堂のオルガン・ロフトは、内陣の南側の南面聖歌隊席の上方、かなりの高所にある。そのオルガン・ロフトから西の身廊の方向へ二階廊がのびていて、それは南側翼廊を支える巨大な石の円柱のところで行き止まりとなっている。つまりは、二階廊へはその行き止まりの方向からは入れない。その二階廊にいたるには、経路は二つ。ひとつはオルガン・ロフトからのものだが、これは十八世紀に煉瓦壁の仕切りができて通り抜けできないようになっている。もうひとつは螺旋階段。これは階下の小室とつながっていて、そこには戸外へ通じる扉もあるが、ここも封鎖されている。その小室は、一六八八年から一七〇五年まで主教の座にあり、魔女狩りをおこなった最後の大物として知られるジョン・サーストンの霊廟だ——《主教の二階廊》と呼ばれる由縁がこれだ。それゆえ、漆喰で塗りかためた煉瓦壁をつきくずしでもしないかぎり、侵入するにはロープを使って二階廊の欄干を乗り越えるしかないわけだ。もちろん、煉瓦壁にいじられた形跡はないな?」と、警部に目をやる。

首をうなずかせた警部は、いい知れぬ不安におそわれていた。「たしかにそれらしい場所ですな。そういった形跡は、見つける気になれば見逃すはずがありませんが、なかったです。もっとも、オルガン・ロフトから煉瓦壁に穴をうがとうと思えばたやすいことです。うすい壁ですし、工事はそうとうなやっつけ仕事だったようです。ロープの件ですが、二階廊へ侵入するにはロープを使用するしかないというのは、たしかにおっしゃるとおりです。すぐ下の壁面は聖イーフレイムの墓で、足場にするような突起はありません。また、巨大な石の円柱にしても、表面はガラスのように滑りやすい。しかし、ロープをつかって欄干を乗り越えるにしても、ロープの固定はどうするのですか?」

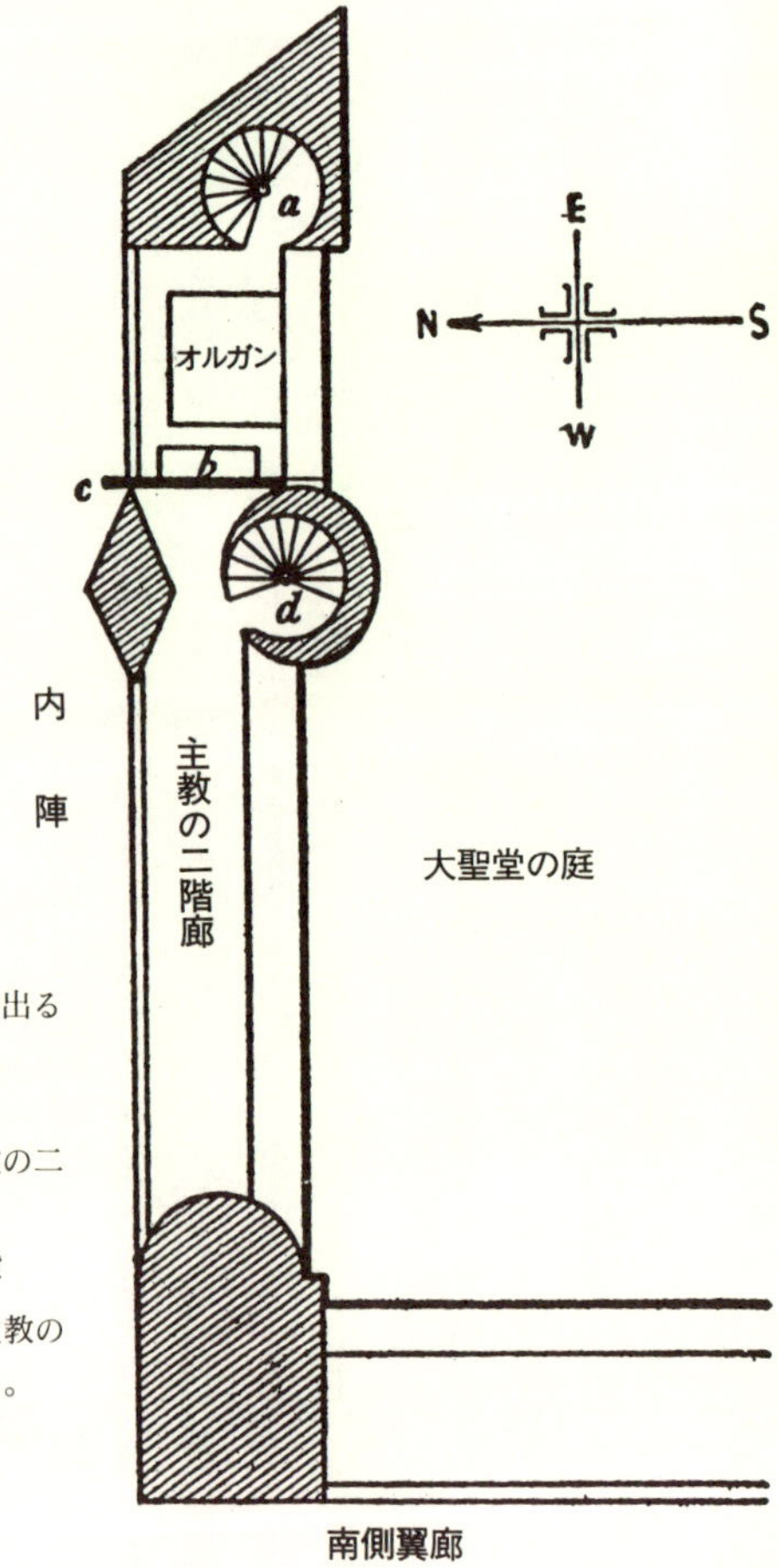

a. オルガン・ロフトから外へ出る扉に通じる螺旋階段
b. 楽譜棚
c. オルガン・ロフトと〈主教の二階廊〉を隔てる煉瓦壁
d. 主教の墓へ通じる螺旋階段

聖イーフレイムの墓碑は〈主教の二階廊〉の真下の壁面にある。

フェンは小馬鹿にするように鼻を鳴らし、ウイスキーをしこたまのどに流しこんだ。「あまりいい酒ではないな」そうぼやいてから、「投げ縄の名人が軽量の麻縄をつかえば、わけはない。欄干にはいたるところに唐草飾りの突起がある」

「でも、地上にもどってからはどうするんですか。ロープをそのまま放置しておけば見つかりますよ」警部はさらに尋ねた。

「そのままにはしないさ。欄干までの高さの二倍の長さのロープを用意する。そして、ちょっと特殊な結びをつかうのさ」フェンはだんだんはぐらかすような物言いをする。「ロープの一方をつかって降り、地上についたらもう一方をひっぱる。そうすれば、結び目はぱらりと解けてしまうのさ」と、満足げに椅子の背にもたれかかる。

「ほお、そんな結びかたがあるのですか」警部が疑わしそうに訊く。

「鵜呑み結びというのさ」

「どうしてそう呼ばれるのですか」

「うるさい読者にだまって信じこませるためさ」フェンはこともなげに言う。（お詫び　でたらめも甚だしい。この結びは実在し、シート・ベンドの名で登山で愛用されています――作者）

「だけど肝心なことは、そんな昇降をして、いったいなにをやっていたのかということだろう」ジェフリイがしびれを切らせた。「この点についてはいっこうに埒《らち》があかないじゃないか」

「だから、『ワイア』なのさ」その謎めいたひと言をつぶやくと、フェンは立ちあがり、室内の調度品を見まわるように歩きはじめた。「すぐに大聖堂へ行き、なんとしても《主教の二階廊》にもぐりこむ必要がある。許可はとれるな?」と、警部にたしかめ、「今夜は、蛾の画期的実験をおこなう予定だったが――」恩着せがましくそう言うと、ジェフリイへ目を転じた。「それで思い出した。捕虫網は持ってきてくれたか」

うなずいたジェフリイには、いっぺんにいまわしい記憶が甦った。「牧師寮に置いてあるよ。十七シリング六ペンスだった」フェンは聞こえないふりをした。

警部は話をさきへすすめた。「のこりは、ブルックス毒殺の件ですな。犯行につかわれたのは、またもやアトロピン――こんどは経口です。まったく無責任にもほどがある」顔色を曇らせ、「内部の人間の犯行ではなく、ワゴンが玄関ホールに放置されているあいだに、何者かによって毒物が混入されたのはあきらかです」

「ちょっとひっかかるな。どうも話ができすぎのようだが」フェンは足をとめ、そう訊いた。

「そうでもないのです。担当の看護婦は口の軽い娘で、患者のことを問われれば誰彼かまわずしゃべっていたようです。じつにトールンブリッジの半数の人間が、投薬が三十分ごとにおこなわれることを知っていたでしょう。ワゴンをおして玄関ホールを通りかかったとき、ベルが鳴った――担当している個室のベルで、そのようすを見に行く。患者はぐっすり眠っていて、部屋には誰もいない。ワゴンを取りにホールにもどったときには、仕込みは完了」

「こいつはたまげた！」フェンは奇声を発した。「ずいぶん大胆なまねをしてくれるじゃないか。付近に誰もいなかったのか？」

「いくらでもいました。面会時間だったのです」

「それがブルックスの薬とはかぎらないじゃないか。多少の間違いを気にするような連中ではないようだが」

ジェフリイの脳裡にべつの言葉がこだました。（……人の命を屁とも思わない連中にはちがいありませんが……）

フェンがまたうろつきはじめると、警部は話をつづけた。「わたしは今夜中に関係があると思われる人物、つまりは教会関係者の全員から、事情聴取をするつもりです。ミス・バトラーにバトラー牧師、ガービン牧師、スピッツフーカー牧師、ダットン、サー・ジョン・ダロウ、セヴァネク……」地獄から悪魔を召喚するようにそう名前をならべ、一瞬、残忍な喜色をうかべた警部であったが、「でも、どうせなにも出てきやしませんよ。なにもね」と、恥も外聞もかなぐり捨てたように、自暴自棄になる。

「がんばってください」ジェフリイは思わず激励の声をかけた。

警部は気を取り直すと、フェンに言った。「わたしが聞き込みをしているあいだに、大聖堂で《主教の二階廊》を調べてきてもらえれば助かります。二階廊へあがるには本来は参事会の許可が必要ですが、たぶんだいじょうぶでしょう。わたしが一筆、メモにしますので、それを警備の者にしめしていただければ、どこへなりとお通りになれます」

フェンはうなずき、グラスを空けた。一同立ちあがったが、警部は長嘆息するし、ジェフリイはアルコールで気ばかりおおきくなっているが、おつむのほうは朦朧たるものだった。

最後に警部は言った。「ともかく、どれもこれも推測の域をでませんが、すこしは光が見えてきたといったところでしょうか。これですくなくとも、二階廊になにがあるかは、はっきりするでしょう」

あいにくと、そうは問屋が卸さなかった。

第六章　大聖堂の殺人

「今宵、彼女の魂は
大広間いっぱいの死を相続するのだ」
マシュー・アーノルド（『安息』）

ホエール・アンド・コフィンをあとにして、一行は牧師寮へむかった。時刻は午後九時五十分――家々の屋根にも薄暮が降りてきた。夕靄が出て、トールンマス方面の岬をぼんやりとかすませ、湾の対岸に点在する白堊の家々を白くのみこんだ。陰気に啼いていたかもめの姿はすでにない。空はまるで死に花を咲かせようとするごとく、濃紺に深みのある輝きを見せていた。辺りはまったくの静寂につつまれている。その静けさを破るのは、楡の梢の巣へ帰ろうとする鴉の声ばかりであった。大聖堂は尖塔をいよいよ天高く聳えたたせ、町を見おろしていた。

ジェフリイは脚をひきずって歩いていた。太股の打撲の痣が広範囲にひろがっているようで、いまにも足が麻痺してしまいそうだった。おまけにフェンのペースに合わせて歩いていては、よくなるはずがなかった。フェンはその必要もないのに大股に進んでいき、のべつまくなしにしゃべりつづけていた。昆虫、大聖堂、犯罪、オックスフォード大学について語り、戦争、娯楽、忘恩の徒・

現代人、老舗ウイスキーの品質について舌鋒鋭く切り捨てていき、意気揚々たるところをみせていた。それにもかかわらず、ジェフリイはこの日はじめてほっとした気分を味わっていた。やっとのことでフェンがつかまり、謎のいくぶんかは解消された。自分はなりゆき上、標的にされただけで、特別な憎悪の対象ではないと思えるようになってきた。ふしぎなもので、とたんにフーガの主題の展開と縮小のためのアイデアがわいてきた。気分もかるくその曲想を口ずさんでいると、糞虫の習性についてうんざりするような蘊蓄を傾けていたフェンが耳にとめ、感想めいたことを口にした。ほとんど無言の警部は、フェンの話に感心していたはずはなく、事件の話をしようと時折、言葉をはさんだが、それはまるで大河の流れにマッチの火を投ずるようなものだった。

まだいくらも行かない途中で、散歩帰りのフィールディングと出くわした。ズボンを海水で濡らしている。フェン、警部とはこれが初対面であったが、あいかわらず暑さがこたえるようで、あいさつにも元気がない。「『トム・ジョーンズ』の作者じゃあるまいな」そう口走るフェンをとめることは誰にもできなかった。

いっしょに歩きながらジェフリイから事件のあらたな情況についての説明を受けたフィールディングは、いっそう元気をなくしたようだった。その顔色からすると、諜報部員としての将来は前途多難と言わざるをえなかったが、いま聞いたのが事実のすべてではないと知ると、いくぶん胸を撫でおろしたようだった。

「では、すこしは進展があったわけですね。これからどうするのですか」フィールディングは眉をひそめて訊いた。

ジェフリイは今後の予定をざっと話した。

「なるほど。しかし、黒幕は誰です？　まずはそれを突きとめなければ」なにか言わねばならぬと思ったらしく、フィールディングはそう訊いた。

この点については、ワトソン先生をしのぐワトソン先生を自任するジェフリイは、「ぼくらにできることといえば、よけいな質問をして捜査のじゃまをしないことだね。すでにその道のプロが二人も調査をはじめているんだ。ぼくらに出る幕があるようでは、法治国家の名が泣くよ」と、やたらとむきになって応じた。

「きっとお役に立てると思いますがね」フィールディングはなおも言う。沈黙。「あのう……」

「なんだい？」

「そちらのお二人のどちらか、ぼくを諜報部に推薦してくれませんかね」

「冗談じゃない。きみはまだそんなことを考えているのか。言っただろう、きみは向いていないって」

「どうしてそうわかるんですか。どうやら、ぼくをご存じではないようだ」

「よくご存じだよ。きみはとんでもない夢想家なんだ――現実離れにもほどがあるよ。いいかい、諜報部には拳銃も、美人スパイも、暗号もありゃしない。あるのは退屈なデスクワークや、それから――」そう言うジェフリイは、もちろんその方面の消息に通じているわけではないから、適当な話をでっちあげる。「居酒屋で兵士の与太話を聞き込んだりする仕事だね」（「どうしてそんなことを？」フィールディングはふしぎそうにする）「きみなんか、トールンブリッジみたいな田舎町にスパイがひそんでいるなんてガセネタをつかんでくるのがオチさ」

ジェフリイのかたわらで、警部がフェンに話していた。「……ついでにもうひとつお耳に入れておきますが、当地にはスパイが――敵国の諜報部員がひそんでいるようです。情報の漏洩があるらしいのです。いまのところ重要な情報ではないようですが、工作員の潜伏は確実のようです……」

さいわい、警部の話し声はフィールディングの耳にとどかなかった。ジェフリイはこの驚くべき発言の真偽のほどを警部の顔色にうかがいつつ、はやく話題を転じなければとあせった。フェンはと見ると、とくに興味もおぼえないらしく、あいかわらず藪や草むらをのぞきこんで昆虫さがしにいそがしい。

「海岸はどうだった?」ジェフリイはフィールディングに話題をむけた。

「有刺鉄線があって、じつに歩きづらい。あれで敵の上陸の阻止に役立つかどうかはしりませんが」フィールディングはむすっと答えた。ややあって、「例の娘が父親の執筆原稿を燃やしてしまった事件について、詳しいことがわかりましたか」

「なんだい、藪から棒に。なんにもありゃしないよ。事件とは無関係だろう」ジェフリイはちょっと面喰らった。

フィールディングはおもむろにかぶりをふった。そのようすからすると、この一件を事件解明の切り札と考えているらしかった。たしかにだれも調査の手をつけていない盲点ではあったが、紙くず同然の株券をつかまされた投資家が億万長者になる夢を見ているのと変わりはなかった。「宿屋の亭主はどうでした?」

「店にいないらしく、会えなかった」

「じゃあ、あなたは酒を呑んできただけなのですか」フィールディングはいくぶん軽蔑のまなざしをする。

「まあ、そんなところだね」酒の余勢も手伝って、ジェフリイはぞんざいに応じた。

「……乳白色の泡のような卵で、頭部が透けて見えるんだな。五月になると卵が割れて……」フェンはそんな話をしている。

「お話し中すみませんが、墓碑――何者かがうごかしたらしい墓碑について、考えておかなくてもよろしいのですか」警部がついに言葉を割りこませた。

「なんてこったい！　こいつはうっかりしていた」フェンは奇声を発した。「ふむ。被害者は背徳の主教サーストンの霊廟のことを言っていたのかな。しかし、報告によると煉瓦壁にいじられた形跡はないし、あそこにはそれらしい墓碑もない。となると……。なるほど」パチンと指を鳴らす。「聖イーフレイムの墓の巨大な墓碑にちがいない。《主教の二階廊》の下の壁面にある横穴式のやつだ。漆喰で塗りかためられていない墓はあれだけで、墓室をふさぐ墓碑は六個の大型南京錠で固定されている。すると、どこかに南京錠の鍵があるはずだな。だが、待てよ」にわかに眉間を険しくして、「なんのために墓碑をうごかしたのか……隠れ場所に使おうとでもしたのだろうか。被害者は『マグナス伯爵』（M・R・ジェイムズの怪奇小説）よろしく、南京錠のひとつがはずれているのを目にして、さぞかしぞっとしたことだろう。警部、これはぜひとも南京錠の鍵を見つけだし、内部をのぞいてみる必要がありそうだぞ」

「くり返しますが、どこにも荒らされた形跡はないのですよ。すくなくとも、漆喰で塗りかためてある墓はそうです」警部は職務怠慢をとがめられたように、むきになって説明したが、ふと気づき、「所詮、ただのうわごとかもしれませんよ」と、投げやりなことを言った。

一行は曲がり角にさしかかり、感じのわるい煙草屋の前にでた。二名の兵士が軍用トラックのステップに腰をかけ、手持ち無沙汰に煙草をくゆらせながら、アスファルトの舗装道路をながめていた。道のむかいを、短いスカートをはいた二人の店員ふうの娘が通りかかり、ちらちらと兵士のほうを見ては、くすくすと笑った。兵士らは下心まるだしで露骨に囃《はや》したてた。娘らはきゃっと黄色い歓声をあげて走り去った。警部はため息をついた。フェンはつかまえたバッタをマッチ箱に押しこめようとしている。するとかなたに、フランシスがこちらにやって来ようとしているのが見えた。こんどは、ジェフリイが吐息をもらす番だった——あの美の化身のような女は、けっして彼のために存在しているのではない。薄暮のなかで、その黒髪はいっそうふかい光沢をたたえているようだった。

「会議は?」フランシスと落ち合うと、ジェフリイは訊いた。

「かなり前に終わりました。みなさん——ほとんどのみなさんは、お帰りになりました」フランシスはあかるい声でそう答え、片足でつま先だって、バレエでも踊るようにくるりと旋回した。

「なんだか、うれしそうだね」ジェフリイはちょっと大胆に尋ねてみた。

「ええ、とっても」

「どうかしたの?」

「べつに。こんなときに不謹慎ですよね。さあ、あたらしい知人ができたせいかしら」フランシスはちょっとまぶしそうにジェフリイを見つめた。「どうして会議の終了を気になさるの?」

「きみのお父さんにお訊きしなければならないからね。礼拝式の曲目や聖歌隊との打ち合わせの日取りと場所、パイプオルガンの試奏のことなど」

「なるほどお仕事の話ですね」フランシスはにこりとして、「じゃあ、牧師寮にもどってもだめですよ。父は会議が終わるとすぐに大聖堂へ出かけていきました。もう三十分も前のことです」

警部とフェンがすばやく目配せをかわした。「お父上はどのような用件で大聖堂へ行かれたのでしょう?」警部が尋ねた。

フランシスは顔を曇らせ、言いにくそうに話しはじめた。「それが、父がいうには……ブルックスさんの身に起きたことを知りたければ、ブルックスさんがしたとおり、ひと晩大聖堂に籠もらねばならないと……。おかしな理屈ですけど」

「ずいぶん妙なことをなさいますね」警部はいくぶんトゲのある物言いをした。「もちろん、それで問題が生じるわけでもないでしょう。牧師寮住人用の大聖堂の鍵はお手もとにもどりましたか」

「はい。会食が終わったころ、サー・ジョンが届けてくださいました」フランシスはそう答え、「今夜は牧師寮におもどりでしょうか」と、フェンに尋ねた。

「もちろんさ」フェンは顔いっぱいで、心外な、という表情をした。「蛾の画期的実験をおこなう予定だったが、それは機会をあらためよう」

「食事はどうされます? これからおもどりになるのでしょうか。父のことが気になって、ここまで来てしまったんですが」

「牧師寮には行くが、警部をおいていくだけだ。関係者から今日の午後の行動を訊きたいそうだ。ぼくとジェフリイはちょっと大聖堂まで行ってくる——ついでに、お父さんのようすも見てきてあげよう」

「そうお願いできれば、ありがたいです。ひとりで大聖堂に籠もるなんてきいて、わたし、すっかり怖じ気づいてしまって。あんなことがあったあとですもの……。でも、心配のしすぎですね。父はお守りに四つ葉のクローヴァーを身につけていますもの、きっとだいじょうぶですね」フランシスは照れくさそうに微笑んだ。

「どうかご安心を。大聖堂は部下の者に監視させておりますので、めったなことは起こらないと思いますよ」警部はかるく口笛を吹いたが、調子っぱずれで、どこかうらさびしくひびいた。

牧師寮の門をくぐり、庭木のあいだを抜け、玄関から入った。玄関ホールには、スピッツフーカーがいた。万物の頌を口ずさみながら、レインコートに袖をとおそうと悪戦苦闘していた。「これはこれは、フランシスさん。騒々しいのは終わって、家のなかはもうもぬけの殻ですよ。わたくしが最後です」ころころと小太りの身体にあいかわらず精力を漲らせていて、身ぶり手ぶりをまじえていそがしく話す。「もちろんダットンくんはいます。ルミナル（催眠剤の商品名）と『憂鬱の解剖』（ロバート・バートン、一六二一年の著）を持って部屋へひきあげていきました。神経を病んでいるときに、いい読み物とは思いませんが、あれで気がやすまる人もあるのでしょうね。教授、昆虫採集はいかがでしたか。先日の一件、主教はそうやすやすとはお許しになりませんよ」そこでふいに口をつぐみ、とまどいの表情をみせたのは、警部の姿を目にしたからだった。「これは失礼。うっかりしておりました。警部さんはご質問がおありのようですな。おそらく、あらたな事態についての」

「よろしければ」警部はうなずく。「形式的な質問にすぎません。お時間のほうはよろしいでしょうか」

「ええ、いくらでもかまいませんよ。帰宅しても、ラム酒入りのホットミルクを飲んで就寝するだけのことでしたから」スピッツフーカーは、こんどはレインコートを脱ごうともがきはじめた。ジエフリイが手を借すと、すぽんとコルク栓が抜けるようなあんばいでぬぎ終わり、しばらく肩で息をした。

「すると、いま牧師寮におられるのは、あなたとダットンさんだけですな」警部は切り出した。

「そうです。五分間ほど前までは、ピースさん――バトラーの義兄です――がわたくしと話しこんでいましたが、帰っていかれましてね。入れ違いで残念でしたな。じつに興味深い話をききました。なんでも、ご自分の職業に深刻な懐疑をいだいておいでのようで。わたくしからも申しあげておきましたが、精神の問題、それは信仰の問題とくらべると不確かで非科学的なものなのですが、それをあつかうさいには――」

「ピースさんは大聖堂へ行かれたんじゃないですか」フランシスが言葉を割りこませた。

「おや、そうかもしれませんね。行き先はおっしゃいませんでしたが。気持ちのいい晩ですから、お散歩ということかもしれませんね」

玄関ホールに飾られた絵画のほんのわずかな傾きが気になるのか、入念にチェックしてまわるフェンが、口をひらいた。「ピース氏に会わねばならない。きみの実家に宿泊しているのだったな?」

フランシスはうなずいた。

「こっちへは遊びで来たのか?」

フランシスは肩をすくめ、「なにか用事があるようですよ。まったく急な訪問で、お会いするのもはじめてです。こちらがロンドンへ出たときも訪ねたことはありません」フェンは了解というしぐさをして、べつの絵画に関心をむける。「わたしは失礼してもかまわないでしょうか。台所を片づけてしまいたいので」フランシスは警部に尋ねた。

「三十分ほどならかまいませんよ」

「台所か自室におりますので、必要なときには声をかけてください」フランシスはそう言って出ていった。

「さあ、ジェフリイ、すっかり暮れてしまう前に、ひとっ走り、大聖堂へ行ってこよう」フェンはせき立てたが、ふとひらめき、「《主教の二階廊》ですが、煉瓦壁で封鎖されて以降、なにかの行事で公開するなどして、あそこへのぼったことはありませんか」と、スピッツフーカーに尋ねた。

瞬間、スピッツフーカーはするどい視線を返した。その油断のない目つきは、いささか取って付けたような、社交用のいつもの顔から発せられたものとも思われなかった。「これはこれは、《主教の二階廊》ですか。よくは知りませんが、そういうことはなかったと思います。すくなくとも記録にはのこされていません。ロープをつかえば、内陣からあがれないこともないでしょうが、さてそうしたことがあったかとなると……。あの霊廟が正式に公開されたことはありませんし、そんなことをすれば地元に大反対がわきおこったことでしょう。サーストン主教を祀っているのは、この大聖堂にとってけっして名誉なことでもありませんので、それなりに迷信がありまして……。あんなふうに別個に、まるで隔離するように安置されているので、二階廊のあたりは光線の加減でそう見えることもあるのでしょうな。あそこから誰かが見おろしていたなどと……」

フェンは好奇心を剝きだしにした――珍しい図といえた。「ご自分でも目にされた?」

「いま申したように、光線の加減でしょう」スピッツフーカーはおおきな身ぶりとともにそう応じた。「しかし、われわれとしても悪霊の存在を否定しているわけではありませんからね」

「それは最近のことですか」

「いや、そうではないでしょう」

フェンの好奇心は目に見えて凋《しぼ》んでいった。「つまり、主教の亡霊が内陣を見おろしていた、ということですね。それはじっとしてうごかないのですか」

スピッツフーカーは笑いだした。「言い伝えでは、二人連れということですよ。アベックですな。ですが、これ以上、わたくしの口から申しあげるのはやめておきましょう。ダロウにお訊きください。その手の民間伝承にくわしいので」ふと言葉を切り、「こういったご質問をなさるのは、そういう幽霊を狩りだすおつもりでのことですか」と尋ねた。

フェンは質問の含みに答えた。「二階廊は調査の必要がありますね。そのためには、主席司祭と参事会の承認が必要でしょうが、残念ながら、われわれは待ってはいられない。欄干を乗り越えて入ろうと考えていますが、どうですか、しばらく目をつぶってもらえませんかね」

「教授、見て見ぬふりなら教会はお手のものですよ。イエズス会ではりっぱに決疑法のひとつです。でも、どうやってのぼるのです？」

「ジェフリイくんがロープでのぼります」フェンはさらりと口にした。

「冗談じゃない。そんなことできないよ」ジェフリイは慌てふためいた。

「でも、誰かがやらなきゃ。問題はロープの固定ですが、この町に投げ縄の名人なんかいませんかね？」

スピッツフーカーの相貌に不審の色がうかんだ。「宿屋の亭主ハリイ・ジェイムズは、以前アルゼンチンの牧場ではたらいていたようですよ。とうぜん、投げ縄はできるでしょう」我が意を得たりと、ジェフリイとフィールディングは目配せをかわした。だが、「いや、とうぜん、というのは言いすぎでしょうか。すこし練習すればすぐに上達するでしょうし——しばらくやらないと腕が落ちるのもまた早い」いささか竜頭蛇尾の情報提供に、スピッツフーカーはしょぼんとしてしまった。

ジェフリイはたしかにその通りだと思った。ホエール・アンド・コフィンの亭主に疑惑の目をむけるには根拠としてよわいし、そもそも何者かがロープを使って二階廊へ侵入したというのは仮説の域を出ない。それでも、ジェフリイ・ヴィントナーを知っていて、その出現に狼狽した、あの陰気で、どこか滑稽な感じのする、ずんぐりした小男にとって不利な情報は、たとえそれが断片であっても、捨ててしまうのは惜しい気がした。

「なるほど。いずれ、その点ははっきりさせましょう。今夜はむりですが、さぐりをいれておきますよ」フェンはやや含んだ物言いをして、「もうひとつお訊きしたい。聖イーフレイムの墓の鍵の件です」

スピッツフーカーはぽかんとフェンを見つめ返した。「墓の鍵……？　ああ、なるほど。南京錠の鍵のことですな。まさか大聖堂の墓所をぜんぶあばくつもりではないでしょうな」すこし皮肉な口調になり、「はっきりとは覚えておりませんが、鍵は百五十年くらい前に紛失したか壊してしまったかのどちらかでしょう。聖イーフレイムには、もともと独立した礼拝堂があったのですが、十七世紀に現在の場所に遺骨を移した（といっても、ほとんどなにも残っていなかったでしょう）のです。南京錠を取りつけたのは一風変わっていますが、前例がないわけではありません。古代の石棺では、むしろこれがふつうでした。鍵は歴代の主席司祭が保管して――そうそう、主席司祭邸は十八世紀末に火事に遭っていて、鍵もそのときに焼失したのでした。くわしくは、やはりダロウにお訊きになるのがよろしいようで」

「鍵穴の型をとって合鍵を作ることはたやすいでしょう」警部は口をはさんだ。

「しかし、警部さん、お訊きしますが、なんのための合鍵です？　そんなことをするどんな理由があるのです？」スピッツフーカーは甲高い声をだした。「あの巨大な墓碑のうらの墓室にはなにもありませんよ。遺髪と遺骨がわずかにのこる鉛の柩があるだけです。むかしは寄進物を納めていたようですが、みんなヘンリー八世に持っていかれましてね。それっきり信心熱もさめてしまい、いまでは地元で知られるだけです」

「理由についてはわれわれに考えがありますが、いまはお話しするわけにはまいりません」警部は決まり文句ではねつけた。どんな考えがあるというのだろう——ジェフリイは内心思ったが、むろんそれは口にださない。

「さあ、行くぞ。なんだっていつまでも、こんなところで油を売ってなきゃならないんだ？」玄関ホールの傘だの杖だのをいじくりまわしていたフェンが、ついにしびれを切らせた。さっさと戸外へ出ていく。ジェフリイとフィールディングはあわててそのあとを追った。スピッツフーカーと警部は応接室へ消えていった。

牧師寮の裏手へ出て、裏庭を抜けていく。フィールディングが同行の言い訳に、おかしな理屈をならべたてる。大聖堂の境内に入るには、施錠された門をくぐらねばならないが、その鍵はフェンがダットンから借りていた。大聖堂の丘をのぼりはじめる。フェンはいつになく考えこんでいて、表情も険しい。大地は硬く乾燥していて、大気は異様なほど凪《な》いでいた。ジェフリイは目を凝らし、警備の警官の姿をさがしたが、闇が迫っていたし、また、ひとたび丘をのぼりはじめると木立や藪がじゃまで大聖堂の地上部分が見えにくく、時折ひらけるわずかな視界もすこしの移動でさえぎられてしまう。大聖堂の北側へまわろうとする人影が目にうつったような気がしたが、定かではなかった。

　窪地で足をとめる。そこはかつて魔女の処刑場であった。雑草が生い茂り、いかにもすさんだ感じがする。荆《いばら》も枝をのばしている。鉄の棒杭が残照を背景に影絵のように立っていた。縄や鎖を通した鐶がついていた。堪えがたいほどの寂寥感におそわれるなか、ジェフリイの脳裡にはある光景が鮮やかにうかんだ。丘の斜面を埋めつくす老若男女の大群衆——これからはじまる見世物にまなこを血走らせ、淫靡な欲望を掻き立てている。荷車が登場すると、収穫をまえにした麦畑を一陣の風が吹きぬけるように、囁きが人から人へとつたわっていく。みんな、よく見ようといっせいに身を乗り出す——祭式服の判事たち、主席司祭と参事会員、地元の旦那衆。そのうしろには、「民衆」という名の無数の頭部をもつ獣がつづく。あの女——隣家の娘じゃないか。見慣れたその顔には絶望の表情が貼りついている。口々に罪の告白の祈りをつぶやき、十字を切る。このつぎは誰だろう。その瞬間、失神寸前の女の胸に去来するのはなにであろう。恐怖か、遅きに失した改悛か、ゆるぎない信念か。アポリオンと蝿の王にむかってなにを叫ぶのであろうか……。さして想像力はいらない。余韻がいまもきこえるようだった。そんな情景の何週間、何か月、何年にもわたる堆積がこの場所にある。やがて、民衆は断末魔の悲鳴も聞き飽き、人肉と毛髪が焼けこげる異臭に吐き気をおぼえるようになり、女の最期を看取るのはわずかに役人ばかりとなる。みんなわが家にひきこもり、おなじ悪意にみちているものならば、生者と死者、どちらとつき合うほうがましだろうかなどと物思いにふけったりする。

　フェンは語った。「このあたりは魔女裁判と火刑が最後までおこなわれていた地域だ。ほかの地方では、五、六十年早く下火になっていたし、処刑方法も火刑ではなく絞首刑がふつうだった。トールンブリッジの惨状はイギリスを震撼させ、あまりのことに王室から調査団が派遣されるありさまだった。ことが終息にむかうのは、サーストン主教の死を待たねばならなかった。英国で有名な最後の魔女裁判といえば、エディンバラのウィア事件が挙げられるが、これが一六七〇年のこと。トールンブリッジではその後も四十年ばかりつづき、十八世紀にまでいたっていた。ジョンソン博士、宰相ピット、フランス革命――現代にもあと一歩という世紀だ。時代の壁なんてたよりないものさ。おまけに、人間は経験に学ばない、ときている」

なおも丘をのぼっていく。「とっぷり暮れてしまうと大した調査もできないが、夏場は灯火管制でもなかろう」フェンはレインコートのポケットから懐中電灯を取りだし、スイッチを入れた。

「われわれの推理はとんでもない見当違いかもしれないが、すくなくとも聖歌隊長さんは、われわれとおなじことを考えているようだ」

「大聖堂でなにをしているんだろう？」ジェフリイは言う。

「さてね。たぶん本人が言ったとおりにするのだろう。幽霊の登場を待って――はじめまして、とやるのさ」

丘をのぼりきる。大聖堂は黒々とそびえ、まるで夜の帳を棲家とする巨大な怪獣に見えた。身廊と、それと垂直に交わる南側翼廊にはさまれた一角、その芝生上に彼らは出た。その位置からは、扉は三か所見えたが、そのどの扉にも警備の者の姿がない。

「警官はどうしたのです？」フィールディングはささやくように言うと、ジェフリイの腕をつかんだ。

おなじ頃、牧師寮の応接室では、警部相手にスピッツフーカーが話していた。

「……ですから、大聖堂の警備が解除されるのを目にしたときは、わたくしは思いましたよ……」

警部が椅子を蹴立てて立ちあがった。「なにがどうしたですって？」

「もう一時間も前のことですが、警官のみなさんは、車でひきあげていかれましたよ。わたくしども何人もが目にしています」

警部はしばし呆然と佇み、おおきく目をみはった。やがて――「しまった！」そう叫ぶと、電話に飛びついていった。


フィールディングがささやいたのち、三人は息を殺して腑抜けのように突っ立っていた。すると、心なしか地鳴りがして、ぐらりと足もとの地面が揺らいだようだった。つぎの瞬間、大聖堂の内部で、凄まじい轟音があがった。そして……静寂。

まっさきに我に返ったのは、ジャーヴァス・フェンであった。ぱっと駆けだし、最寄りの扉の取っ手に飛びついた。だが、施錠されていて開かない。残りの二つの扉もたしかめたが、同様であった。大聖堂を回りこんで調べていこうと三人で駆けていくと、あやうく正面衝突しかけた人物があった――意外にも、それはピースであった。大わらわのていで、むこうから反対まわりに駆けてきたのだった。

「なんですか、いまのは？　いったいなんの音です？」ピースは慌てふためく。

「さてね」フェンはみじかく答え、南側の扉をたしかめていく。すると、開いている扉を発見したジェフリイがわめき立てた。

「そいつはちがうんだよ」フェンは叫び返した。「オルガン・ロフトへ通じる扉だ。そこからは大聖堂内部に入れない。ここもだめか。どれもこれも、しっかり鍵がかかっている」西側の扉をたしかめ、北へまわると、丘の中腹に警部の姿が見られた。気がふれたように大声でわめき、手をふりながらのぼってくる。さらにその後方、おそらく警部に電話でどやしつけられたのであろう二名の巡査が、こちらは自転車で必死に丘をのぼろうとしていた。

フェンは懐中時計をだしてにらんだ。「十時十六分。轟音があがってほぼ一分。ということは十時十五分だな」

「扉を破って入りましょうよ」フィールディングが鼻息もあらく言った。

「どうぞご自由に」フェンはしらっと応じる。「とてもじゃないが、むりだろうね。鍵を調達するしかないんだ――でなければ、ロープだ。ジェフリイにオルガン・ロフトから内陣に降りてもらう」(「いやだよ」とジェフリイ)「おそらく、また牧師寮住人用の大聖堂の鍵がなくなっていることだろう。もちろん、参事会員もそれぞれ鍵を持っているが」

警部と巡査二名は、ほぼ同時に到着した。フェンは情況を迅速にして簡潔に伝えた。必要とあらば、それができる男であった。

「やられました。あんな連中、子どもにでも騙されてしまうでしょう」警部は喘ぎながら話した。「お願いします。教えてください。うちのばかどもは、いったいどこへ消えてしまったのでしょう?」

「どうでもいいことさ。まずは大聖堂に入らねばならん」フェンはつれなく応じる。鍵の調達を命じられた巡査が、小走りに丘を駆けおりていった。

「オルガン・ロフトにあがって、そこから見えるかぎりのものを確認しておこう」そう言うフェンにつづいて、一同は長い螺旋階段をあがっていった。するとまもなく、いささかあっけなくオルガン・ロフトに出た。

大聖堂の内部は、ふかい闇のなかにあった。高窓から残照がもれ、葉形飾りのある柱頭をぼんやり照らしている。光線のかげんで、途轍もなくおおきな影が掠め去っていき、ぎょっとさせられる。四段の鍵盤をもつパイプオルガンの演奏台、頭上には塗装された長いパイプの列、そして左手には、オルガン・ロフトと《主教の二階廊》をへだてる煉瓦壁、その壁ぎわには大型の楽譜棚があるのがみとめられた。ジェフリイはフェン、警部とともに、内陣の上空にせり出している木製の欄干から身を乗り出し、下をのぞいた。フェンの懐中電灯の強力な光線が闇を截り裂き、空中を舞う無数のほこりが煌めいた。光があらたな影の世界を作っていく。

《主教の二階廊》の下方、やや左手に、巨大な墓碑がくずれ落ちていた。それはわずかに傾斜して、まるでなにかを支点にしているように、音もなく、ゆっくりと揺れている。壁面には巨大な空洞――聖イーフレイムの墓の墓室――がぱっくり口をあけているのもわずかに見える。光を目で追っていくと、巨大な石盤の下に、男物の黒い靴が片方のぞいていた。

「だ、誰かが下敷きになっています。あれは……」警部が首を絞められたような声を出した。と、そのとき、内陣のむこうで鍵穴に音がして、扉が開けられた。もどってきた巡査が、外に誰もいないので、堂内に入ろうとしているのだった。一瞬、懐中電灯の光線にたじろいだが、こちらを仰ぎ見ると、警棒に手をかけ、慎重に身廊へ踏みこんだ。

「ポター、戸口をかためろ。すぐにそっちへまわる。ぜったいに誰も通すな!」警部が叫んだ。その声はがらんとした堂内に響きわたり、あざけるようなこだまをなんども呼んだ。巡査は敬礼し、戸口へと引き返していった。

三分後、彼らは巨大な石の墓碑と、その下敷きになっている物体のかたわらに佇んでいた。大聖堂のあらゆる戸口に警備がつき、猫の仔一匹這い出る隙間もなかった。墓碑を取りのぞこうと力をあわせたが、まったく歯が立たなかった。

「こんなおかしなことってあるでしょうか？　ここには誰もいませんよ。それなのにこんな墓碑が壁から落ちてくるなんて、まるで……」フィールディングはジェフリイにささやき、壁面にぽっくりあいたぶきみな空洞に目をやった。それ以上、言葉にする必要はなかった。

警部は額の汗をぬぐった。

「こいつをうごかすにはクレーンが必要ですな。生存の可能性はないでしょう。全身の骨がこなごなでしょうから。被害者の身許は——まず、まちがいありませんな」

フェンは首をうなずかせた。「まちがいない。第一の犠牲者はオルガン奏者ブルックス。第二の犠牲者は——聖歌隊長バトラー牧師」

第七章　動　機

「行為で判断するな、動機を見よ」

W・B・イェイツ（詩劇『伯爵夫人カスリーン』）

フィールディングを宿に帰してしまうと、警部は怒りのこぶしをテーブルにたたきつけて話しはじめた。

「これではわれわれは盗掘団です。この一時間で墓をふたつあばきましたよ。わたしもロープをつかって《主教の二階廊》にのぼりました――まるでモデル・ホームの展示場です。数百年分のほこりと蜘蛛の巣がきれいに掃きよせられていました。なにもありません。階段下のかびくさい霊廟も同様です。小鳥は逃げさってしまったのです。何があったにせよ、いまとなっては後の祭りです」

煙草に八つ当たりして、乱暴に火をつける。

牧師寮の肘掛椅子にすらりとした長身をあずけているフェンは、ウイスキーグラスを手にし、前方の虚空を見つめていた。「予想されたことではあるさ。すくなくとも、われわれの推理の方向が間違っていないことをしめしている」そう応じると、表情にきびしさをにじませた。「奇妙な事件だな、ギャラット警部。じつに奇妙だ。事故か――いやいや。自殺か――ばかげている。不可能殺人——そう称《よ》ばざるをえない。それにしても手口がな」グラスをかたむけ、しずかにもの思いにふける。

時刻はまもなく零時になろうとしていた。やっとのことで墓碑が取りのぞかれ、聖歌隊長の見るも無惨な遺体が搬出された。厳戒態勢のもと、大聖堂は徹底的な捜索がおこなわれた。成果はなかった。堂内の暗闇にいくつもの懐中電灯の光線が飛びかう不気味な光景を、ジェフリイは生涯忘れはしないだろう。大聖堂はいまも徹夜の警戒がつづき、夜明けにはさらなる捜索が待っていた。必ずや、そこにだれかがひそんでいるはずだった。でなければ、まるで説明がつかないではないか……。

ジェフリイは、はっと我に返った。「フランシスには報せたのか」フェンがそう尋ねていた。

「伝えた。台所で」ジェフリイはぼそりと答えた。「黙ってきいていたよ。ぼくもどう声をかければいいかわからなかった」

「母親へは?」

「スピッツフーカー牧師にお願いしました。ほかに頼める人もいなかったので」警部は心許なさそうに話し、しばし沈黙する。「もちろん夜が明ければわたしも参ります。どうせ関係者全員に会わねばなりません」

「盗掘団と言ったね。どうだ、柩に荒らされた形跡はあったか」フェンは質問をむけた。

「見たかぎりでは異常なしです。言葉のあやで申したまでで。わたしにはなんのことやら、さっぱり見当がつきませんよ」警部は椅子に腰をおろすと、そうこぼした。

「思い当たるふしがないではないぞ」フェンはグラスにウイスキーをつぎたした。「問題がごちゃごちゃしているから、とっかかりがつかみにくいのさ。歴然たる事実からはじめてみよう。大聖堂の扉はすべて施錠されていて、鍵は堂内にも堂外にも発見されなかった。ぼくたちが大聖堂に到着したとき、付近にいたのはピースだけだった。堂内には誰もいなかった（ぼくたちが鍵の到着を待っているあいだ、堂外へ忍び出るような機会はなかった）。こうみてくると、何者かが被害者の頭上に墓碑を突き落としたという推測は不可能となる。そもそも重さ六トンもの墓碑をうごかして墓室にもぐりこみ、墓碑をもとどおりにして被害者が通りかかるのを待ち伏せるなんて、そんなばかな殺人の方法があるか。てんで話にならん」

「南京錠はどうなったのだろう？」ジェフリイが疑問を口にした。

「よけいな話をもちこむんじゃない」フェンは鋭くはねつけた。

「物陰にひとまとめにしてありました」警部がいそいで答えた。

フェンは憮然とする。「おふたりさん、ひとの話を聴く気があるのか。大学でも、まじめに講義をきいてもらおうなんてこれっぽっちも思っていないが、これでも面白可笑しくしようとひと知れず苦労しているんだ。たとえば、こんなくだらないくすぐりをいれてだな――」はたと気づき、「なんの話だっけ？」

「特別な話は、まだなにも」

フェンはじろりとにらみつけた。「じゃあ、きみらの考えをさきにきかせてもらおうじゃないか。いや、やっぱり待て」なにごとかを思いついたらしく、あわてて押しとどめる。「警部、警備をしていたきみの部下がどうなったか、それをきいておこう」

警部は渋い顔をした。「わたしの署名入りの（どうも簡単にまねができるようで）タイプ書きの連絡メモを受け取り、ここから十五マイルほどのラックスフォードという村に車で急行し、わたしと合流するつもりだったようです。あのぼんくらどもはほんとうに行ってきて、ついさっき署に戻りました」

「そんなメモを誰から受けとったんだ？」

「そこなのです。バトラー牧師の末娘のジョウゼフィーンから受けとったようで」

フェンはひゅうと口笛をもらした。「こいつは俄然、面白くなってきたな。では、その娘は誰にそんなことを頼まれたんだ？」

「それが不明なのです。事情聴取では、お巡りさんに頼まれた、と供述しているようですが」

「お巡りさん！」フェンは頓狂な声をあげた。「警部さんはそうとうお疲れのようだ。自分で出した命令をお忘れになるとは」いやにいたわるような目つきをむける。

「とんでもない。わたしじゃありませんよ」警部はむすっとする。「だからへんなのです。不可能殺人を犯すには警備の者がじゃまだった、てことですかね？」

「その点は、簡単に考えていいんじゃないですか。《主教の二階廊》にあったなにかを運び出すためでしょう」ジェフリイが言った。

「ほお、冴えているね」フェンが半畳を入れる。

ジェフリイはフェンを無視して、「そうなると、二つの事件は無関係ということも考えられますね。聖歌隊長の死はたんなる事故だったのかもしれない――実際、そうとしか考えられないふしがある」

「あれが事故だってのかい？　ばかなことを言うんじゃない」フェンは鼻息をあらくした。「たとえ南京錠をはずしたのがバトラー本人だったとしても、墓碑が落ちてきたら逃げようとするだろう。たとえ転倒しても仰向けで、頭部をかばってなるべく遠ざけようとするだろう。ところが実際はうつ伏せで、頭部もどちらかというと墓のほうをむいている」そして、しばし思案を巡らせてこう訊いた。「南京錠の鍵は発見されたか?」

警部は否定のしぐさをした。「どこにも見あたりません。これで事故説はほぼ消えましたな。裁判のことを考えると……まったく、必要なのは狂人法廷ですな。ブルックス事件だってあるのです。こっちも手つかずのままです」

「二兎を追う者はなんとやら……。あきらめずにやるだけさ」フェンは退屈そうにまぜ返したが、「鍵の話が出たついでに、この際、誰がどの鍵を使って大聖堂に入ったのか、はっきりさせておこう」ふと思いついて、そう提案した。

「そうですな。たしかにご推測のとおりでした」警部は渋々みとめた(「ぼくのいうことに間違いはない」とフェン)。「やはり牧師寮の鍵が持ち出されていました。その鍵はいまも発見されていません。あきらかに犯人もしくは犯人グループが使用したものと思われます。被害者バトラー牧師は自分専用の鍵で大聖堂に入っています。こちらは発見されております。被害者が身につけていました」その光景を思い出すのであろう、ちょっと言葉を詰まらせた。「報告すべきことは、以上ですが」

「つまり、なんのヒントにもならないわけだ。どうにも奇怪な事件だね」フェンはおおきくうなずくと、お手上げといったしぐさをする。「事故という線も捨てきれない——むろん、あれは犯人が意図したとおりの結果なのか、という意味においてだが」

「こういうのはどうかな」ジェフリイが口をはさんだ。「堂内にいた何者かは、逃走のためにオルガン・ロフトにロープでのぼり、ぼくたちが螺旋階段をあがってきたときはどこかに隠れていて、ぼくらが去ったあとに出ていった」

「それはありえません」否定という消極的行為であっても、ようやく議論に貢献できる機会が訪れた警部は、すこしほっとしたようだった。「オルガン・ロフトに隠れていたのなら、われわれが気づかないはずがありませんし、あそこにはロープの固定に適した物品がありません。パイプオルガンの椅子も、据え付けのものではないのでロープの固定はむりですし、そんな痕跡がなかったのはわたしがこの目で確認しています。そのほか、ロープの緊張に堪えるもの、もしくは多少なりとも不審なものもありませんでした。明日、あらためて現場検証をやりますが、おっしゃられた可能性はないと断言できます」

「《主教の二階廊》からオルガン・ロフトへ侵入することは?」

「空中を飛ばないかぎりむりです。例の煉瓦壁がありますから、オルガン・ロフトをのぞくこともできませんし、ましてや壁にとりついてまわりこむなんて――ご覧になれば納得されると思いますが、あの壁は内陣の上空にかなり出っ張っているんです」

「では、オルガン・ロフト、もしくはオルガン・ロフトへ通じる螺旋階段から、大聖堂内部に入ることもぜったいにむりだと?」

「そうです。その点は太鼓判を押せます」

ジェフリイは吐息とともに、せっかくの思いつきを反故にするしかなかった。

「そうなると……」フェンと警部が同時に口をひらき、双方顔を見合わせた。「シェイクスピアによれば」と警部。「ヘリックによれば」とフェン。フェンはぼやいた。「だれかこの部屋にあらわれて教えてくれないものかね。そのためには、そんなに人殺しをやらなきゃならないモノとは、いったいなんなのか」

するとドアにノックがあった。大天使ゲイブリエルがあらわれ、十分後に最後の審判のラッパを吹きならすと神の意向を告げたとしても、ジェフリイはこれほどまでに肝を潰さなかったであろう。戸口に顔をのぞかせたのは、青白い顔の眼鏡の若い男で、室内を安全確認するようにうかがって、足を踏み入れた。油脂まみれのつなぎの作業服姿で、電線の束と折り畳みナイフを両手にさげている。くわえ煙草が灰になっている。もごもごと聞き取りにくいしゃべり方をして、いくらかロンドン訛りがあった。

「ギャラット警部は？」若い男は一同にそう尋ねた。

警部が立ちあがる。

「大英帝国防衛委員会、無線通信班、フィプスです」ナイフで電線のさきを削りながら、若い男はそう名乗った。「署でこっちだといわれたんで。玄関があけっぱなしで、だれもいないので、勝手におじゃましました。ちょっとお耳を」そうみじかい言葉を畳みかけ、まるで無線を聴かされているようだった。

警部は中座をわびて、男と玄関ホールへ出ていった。数分間、フェンとジェフリイは黙って坐っていた。その沈黙のなか、フェンが二度ばかりつぶやいた。いちどは、「ワイア」と。そして二度目には、天井の一角を指さして、「こえびがらすずめ。スフィンクス・リガストリ」と。

やがて、警部はひとりでもどってきた。ひどく動揺しているようだった。しずかに着席すると、視線を絨毯に落とし、ぼやくように言った。「なにもかもぶちこわしです」フェンは鼻唄を一曲披露し、それが終わると、さらりと言った。

「そのふさぎこんだ顔色からすると、ついにくるべきものが来たのかい？」

警部は面をあげた。「これはあなたに、それからヴィントナーさん、あなたにも極秘にすべきことですが、黙ってなんかいられません。ご推察のことでしょう。この界隈を発信源とする敵国の無線電波が傍受され、この二日間、無線機の秘密の設置場所の特定をいそいでいたようです。極秘捜査で、うちではまったく気づきませんでした。捜査をはじめて四十八時間、なにもつかめずにいたようですが、今夜になってごく短い送信が傍受されたそうです。うちの部下がまぬけな命令に踊らされて、大聖堂の警備を解除した直後のことです」警部は沈鬱な表情でうなずいた。「これで《主教の二階廊》に——それとも螺旋階段の下の霊廟でしょうか——なにがあったかは、はっきりしましたな。よりによってなんという隠し場所でしょう。なんとも大胆不敵な……」警部は口笛を鳴らし、額にうかんだ汗をぬぐった。

フェンはうなずいた。どちらかというと、天井の蛾が気になるようであった。

警部はつづけた。「しかし、それにもましてやり切れない事実があるのです。送信は夜間に限られていたようで、そうなると教会関係者——鍵を自由にできる誰か——に敵国と通じている者がいると断定せざるをえなくなります」警部の声はかすれた。ややあって、「ブルックスはこの事実を知り、口を封じられたのでしょう。バトラー牧師もおなじでしょう。これで事件はまったくちがう局面に入りました。スコットランド・ヤードには即刻、応援を要請します。とてもわたしの手には負えません。殺人事件ならともかく、敵国の諜報活動だなんて……これはもう断然、ヤードの仕事でしょう」と、かぶりをふった。

フェンは虚空の一点を凝視したまま、グラスのウイスキーを半分ほど飲んだ。「どうにもよわったね」やんわりとつぶやく。

ジェフリイが我慢しきれずに言いだした。「いいかい、ジャーヴァス。ここまでことがおおきくなっては、個人の力ではどうにも――」

「また説教する気か」フェンは鋭く切り返した。その迫力に天井の蛾が逃げだし、窓のカーテンに何度もぶつかっていった。「ことのおおきさも、なにもかも重々承知さ。だが、おとなしくひきさがって、酒でもくらっていろとでもいうのか。お断りだね。先験論者のドイツ人どもにうろちょろされて、なんでこっちがお楽しみをあきらめなきゃならないんだ」いまいましげに吐き捨てる。「カントのやつめ。『純粋理性批判』にこんなことが書いてあったが――」

「ごもっとも」警部はすかさずさえぎった。「しかし、事態は変わりません。これは断然、ヤードの仕事なのです」

「そいつは聞き飽きたよ」フェンはいらいらを募らせる。「誰を寄越してくるんだって？　どうせなら顔見知りにしてもらいたいな。やつらの到着のまえにこっちで成果を出しておけば、事件解決に立ち会わせるくらいのことはするだろう」

警部は腰をあげた。「わたしは報告書を作成して、今夜はこれでひきあげます。この時刻では事情聴取はむりですからね。明朝は九時半ごろ、こちらへ寄らせていただきますので、ご意見をうかがいたいと思います。その時分には、ヤードも到着していることでしょう」（「断然、ヤードの仕事だもんな」とフェン）「そうなれば……まあ、なるようになるでしょう」なんとも頼りなく話を締めて、帽子を手にして戸口へむかった。「では、おやすみなさい。眠れそうにはありませんが」

「ごくろうだった、警部。おやすみ、おやすみ、おやすみ」フェンは肘掛椅子にもたれたまま、気だるそうに手をあげて警部を見送った。そして、のこりのウイスキーを一気にあおると、とたんに眉宇をひそめた。「無線機事件とはなんとも拍子抜けだね。シェイクスピアの『尺には尺を』なみのお粗末な結末だな。複雑な事件ではある。いくつか奇妙な点があって――」

ジェフリイがおおあくびをした。「やあ失敬。さすがに疲れたよ。なんという一日だったろう。きみの電報と脅迫状を受け取ったのが、けさのことだったなんて信じられないよ。こんな一日はもうごめんだね」うらめしそうに太股をさすりながら、ふらつく足取りでドアへむかう。「脅迫状が二通に、暴漢に遭うこと三度。百貨店員をしている伯爵や、グレアム・グリーンの小説に登場しそうな酒場の亭主と知り合い、最後には、人ひとり殺される音を聴かされた」

「さてね。そいつはどうかな」フェンはにやりと微笑した。「おやすみ、ジェフリイ。『今宵は内でも外でも、哀れな叫びや悲しげな慟哭を耳にさせるな。秘された恐怖を誘いだし、疑心暗鬼を生む偽りの囁きに静かな眠りを破られることも、まやかしの悪夢やおぞましき風景に顫えあがることもさせるな……』（E・スペンサーの詩『結婚祝歌』）」

つかまえた蛾をマッチ箱に押し込めようとしているフェンに、ジェフリイは一夜の別れを告げた。


なんと醜悪な……。あくる朝、ベッドに横たわったまま、穴のあくほど天井を見つめるジェフリイの胸に去来したのは、その想いであった。いたずら小鬼《ボブゴブリン》とスパイの取り合わせなんて、でたらめな異種混淆も甚だしい。殺人なら殺人ですっきりしていて潔かった。だが、スパイ事件なんて、つかみどころのない幽霊譚みたいで、どうもいただけない。朝の太陽はひとに正気を——すくなくともそれを正気と呼んでいるところの、恍惚とした忘我の状態を取りもどさせてくれる。万物を射抜くその雄々しい光のまえでは、いかに不可能殺人といえども正体を誤魔化すことはできない。どこかにささいな見落としか、誤解がきっとあるはずだ。ドイツの工作員による無線機騒動なんて、蓋をあけてみれば、機械いじりの好きな少年のいたずら、ということになりはしないか。事実をきちんとつき合わせてみるといい。すると——どうなる？　太陽光の殺菌能力もいささか精彩を欠くようだった。一夜明けたからといって、事情はなにひとつ変わらないのだ。なにかの錯覚と片づけてしまいたい昨日の出来事は、そんな虫のいい消却願望などにびくともしない。それどころか、あたらしい一日の計画に無邪気にあたまを悩ませる愉しみさえ許されない。心の二日酔い……染みや落書きで汚してしまった真新しい教科書……。底なしに気分が滅入っていきそうだった。のんきなはずの自分にいつのまにか侵入していた原我《イド》なんてものが、ひたすらいまいましかった。

　犯人追求、真相究明——我ながら、そういったものにはいたって淡泊にできているらしかった。でなければ、こんな部屋にいつまでも寝そべってなんかいない。この一室には、まるで人を寄せつけまいとするような陰気さが、瘴気のように立ち籠めている。ここを人間の棲家らしくしようとした奇特な人の努力が、のこされたいくつかの私物にむなしく偲ばれるばかりだった。そんなところから一刻も早くのがれたいと、いずれ自分もそそくさと出ていくことだろう。だが、その前に決めておかねばならないことがあった。自問自答という作業は、当人がいかに大真面目なつもりでも、いつしか横道にそれ、些末に陥り、ついには混沌に終わるものだと経験から知っていた。だが、男がベッドに寝ころんだまま、女について理性的に考えることが、いかに困難であるかは知らなかった。だから、このあとにつづいた胸中のやりとりは、混乱をきわめ、ほとんど取るに足りないものであった。ただ、そんななかから、いくつかはっきりしたこともあった――いくら想いを寄せても、それは一方通行の恋で終わりそうであるということ。そのへんのことをはっきりさせねばならないということ。そして、それをやるべき時期は、先方が肉親を亡くした翌朝ではけっしてないこと……。例のごとく、仕事の先延ばしに(それも無制限に)うまく理由づけもできて、その意味において肚《はら》の決まったジェフリイは、ごろ寝の理由もほかに見つからず、ようやくベッドから抜けだした。

タオルと小物バッグを肩にぶらさげ、浴室にむかって廊下を進んだ。浴室から、なにやらがさごそと、鼠が戸棚をあさるような音がした。フェンが入浴中なのかと思い、ドアをあけると、なかにいたのはダットンだった。顔を石鹸の泡だらけにして、一瞬ひやりとしたことには、カミソリをまさしく頸動脈あたりに擬したかっこうであった。なんだか気まずい対面となってしまい、ジェフリイは詫びをいって退散する。すると、背中から声がした。「朝食は四十五分後です」しばらくして、「おはようございます」あとからそうつづいた。

ダットンと入れ替わりに浴室にはいり、湯ぶねにつかったジェフリイは、あらためて昨夜の出来事について考えてみた。すると、ほどなくあることに思い当たった。あまりに単純で、明白で、どうしていままで気づかなかったのかふしぎになった。細部に問題をのこすものの、考えれば考えるほどそれらしく思えてきた。そうなのだ、けっして「閉ざされた箱」ではなかったのだ……。

気分も軽くなったところへ、フェンがやって来た。濃紺のシルクのガウンを羽織り、ふだんにもまして血色のよい顔色で、すらりとして、意気軒昂たるようすをみせていた。

「そっちで浴槽をつかっているあいだ、ひげを剃らせてもらうぞ。いそがないと朝飯に間に合わないからな」フェンは有無をいわさぬ口調でそう告げ、あたりに泡が飛び散るのもかまわず石鹸を塗りたくり、頬から咽喉にかけて一気に安全カミソリをあてていく。「昨夜はぐっすり眠れたかい？せっかくつかまえた蛾が、けさ死んでいたよ」

「むりもないね。きみはどうして昆虫を研究するふりをしているんだい？」

「ふり？」フェンは剃りあげたおのれの顔をざっと鏡でたしかめながら、「こいつはごあいさつだな。ぼくは文芸評論なんていう、鵺《ぬえ》のような商売に手を染めてはいるが、その実体は科学者なんだぞ。この明晰かつ正確無比な頭脳のはたらきをみればわかるだろう」そう自画自賛して、「だからといって、ロマンの世界を否定するのではない。昆虫の世界なんぞは、まさにメロドラマだ――文句なしに、『復讐者の悲劇』（英国復讐悲劇の代表作、一六〇七。作者不詳）だからな」

「じゃあ、よほど退屈な芝居なんだろうね」浴槽のわきで、ジェフリイの手に触れたものがあった。

「おもちゃのボートだ」風呂にうかべ、走らせる。

「エリザベス朝演劇はプロットにおいて秀でているわけではない」フェンは切り傷に止血薬を塗りながら、かってに話をつづける。「その演劇のつよみは、詩美という、こんにちでは失われた芸術にある。行為ではなく、言葉そのものに籠められた力がより深い感動を呼ぶことを彼らは知っていた。当時の一般の平土間客は、いまの大学出の成金連中なんぞよりはるかにりっぱな文化人だったのさ。そのおもちゃ、だれのだ？」

「ジョウゼフィーン・バトラーのじゃないかな――幼少期の思い出の品さ」ジェフリイはボートを転覆させようと、スポンジをしぼって湯をかける。「でも、きみのいう平土間客はユーモアのセンスはなかったようだね。ビアトリスとベネディック（シェイクスピア『から騒ぎ』）に我慢できたんだから」ボートを仔細に調べ、甲板に石鹸を乗せてみようとする。ぽちゃり、石鹸は湯のなかへ。「ジョウゼフィーンが父親の執筆原稿を焼き捨ててしまったのは知っているかい？」

「そして、お仕置きをうけたことか。きいたさ。いまのところ、事件との関連を考える必要はなかろう。論文の内容に興味はあるが、ガービンかスピッツフーカーにきけばわかるだろう。警備の警官にメモを渡したのが、その娘だってことにはすこしひっかかるが、これもそれほど意味はないことかもしれない。こんどの事件は枝葉《えだは》ばかりだな。肝心の胴体が空洞で、周囲は謎めいた注意書きやら、但し書きやらでにぎわっている」

「気づいたことがあるんだけど」

「いや、けっこう。どうせ見当違いさ」床屋で見かけるゴムまりつきの医療器具みたいな道具で、フェンはパウダーをあごに吹きかけると、洗面道具をバッグに放り込んだ。

「話をきく気もないのかい？」

「ないね」フェンはさっさと行きかける。「そんな長風呂をしていると朝飯をくいそびれるぞ。きみはそういう心配をしていればいいのさ」フェンは高笑いをひびかせ、浴室をあとにした。

ジェフリイにとって、ネクタイ選びはながらく儀式といえるものになっていた。スーツ、シャツとの組み合わせ、天候との兼ね合わせを考え、ここ十日から二週間ばかりのあいだに身につけたもののあいまいな記憶をたどる。この日、さんざん迷ったあげく選びだした一本は、けっきょく最初に手に取ったものだった。鏡台の鏡にうつったおのれの姿を点検する。人生における異性の出現は、ふだんにもまして、ひとにおのれの欠点を意識させる。それでも十歳は若返って見えたし、半神半獣のサテュロスみたいな悪童っぽい顔つきもわるくないはずだし、うすいブルーの眼も、みじかく刈りこんだ鳶色の髪も、魅力のひとつとして映るにちがいない……。そんな自己陶酔に浸っていると、朝食を報せているらしく、階下で鐘の音がした。しかたなくジェフリイはふたたび関心を外界へむけ、階段を降りていった。

わかってはいたが、フランシスの姿はそこになかった。実家で母親と一夜を過ごしたはずで、かわりにぶっきらぼうだが朴訥そうな婆さんが来ていた。フェンはすでにこの朝食の部屋に降りて来ていて、全神経を集中させて新聞を読んでいた。しばらくすると、ダットンがやって来た。繊細な手つきで、摘んできた花を花瓶にあしらう。それぞれ、朝粥《ポリッジ》を前にして席につく。ダットンは牧師寮の先客として、食卓の会話をリードする責任があると感じているらしく、ぎこちないあいさつのあと、なんとも悲しむべきことが起きました、というようなことを口にした。そんなとってつけたような物言いを気に入るはずもないフェンは、じろりと目をむけた。

「ほんとうに、心からそう思っているのかな」テーブルクロスにミルクが飛び散るのもかまわず、フェンはスプーンをふりかざして言った。「バトラー牧師はどちらかというと無愛想で、つき合いにくい人だったんじゃないのか」

ダットンは眼を伏せた。故人となったひとを批評してよかろうか、と悩んでいるらしかった。やっと口をひらくと、こう話した。「無愛想というのは、ほんとうでした。それで、その――わるく言われることもあったかと」どうにか話をまとめ、ちょっと誇らしげな顔をした。フェンの好奇心はかき立てられた。

「要するに、嫌われ者だったんだな?」

「そ、そんな……そうは言っていません。立場上、誤解も受けやすかったんじゃないかと……」あわてて前言を取り消そうとするダットンは、みるみる顔を赤らめ、やがて顔全体が頭髪の赤と区別がつかなくなった。これでは埒《らち》があかない。間違っても気長な性分とはいえないフェンは、ずばり言い放った。

「そんな玉虫色の答弁はごめんだね」ダットンの鼻さきにスプーンを突きつけ、「故人の人間関係について知っていることを話してもらいたい。どうせ警察の事情聴取できかれることだ。ぼくのほうが話しやすかろう。分別くさい顔もたいがいにしたらどうだ」そう意地悪くせまり、「それともなにかい、きみは他人のうわさ話がきらいなのかい?」やんわりさぐりをいれる。

ダットンの胸中に凄まじい葛藤がわきおこるのが、目に見えるようであった。一方には分別と羞恥、一方には証言者として脚光を浴びたいという欲望……。いささかあっけなく、後者が勝利を収めたようで、はじめはためらいがちに、やがては夢中になってしゃべるダットンに、フェンとジェフリイはただ黙って聴いていればよかった。

「バトラー牧師はご自分のことを、なによりも学者と見なしてもらいたがっていました。研究内容をくわしくは知りませんが、神学の一分野にはちがいありません。じつはガービン牧師が、その方面の研究者として第一人者――アルビ派の異説に関して上梓された著書は古典となっています――で、バトラー牧師の学問はインチキだと、よくおっしゃっていました。ですから、二人のあいだに確執がありました。とくに、ある貴重な揺籃期刊本《インキュナビュラ》のことでは、ガービン牧師が編集を担当し、出版の準備をすすめていたものを、バトラー牧師が無断で学術雑誌に発表してしまうということがありました。そのため、ガービン牧師は参事会員の辞職をも考えておられたと思います。最近も似通ったテーマの論文をきそって執筆中で、両人の確執はそうとうなものであったと思います」ダットンはふと考えこんだ。「こういったことが殺人の動機となるかどうかはわかりません。ガービン牧師がそうおっしゃっているように、学者としてのバトラー牧師はライヴァル視の必要もなかったとすれば、なおさらです」

「殺人の動機については、われわれに考えがある。人間模様をひととおり頭に入れておきたいだけだ。さきをつづけてくれたまえ」フェンはうながした。

「バトラー牧師はブルックスさんとは、音楽のことでもめていましたが、聖歌隊長とオルガン奏者とは得てしてそうしたものです。バトラー牧師がずいぶん身勝手な言い分を通そうとしたことは事実です。しかし、ブルックスさんはなかなかの策士で、うらではやりたいようにやっていました。スピッツフーカー牧師とは、おおむね良好な関係にありました。スピッツフーカー牧師が事実上、アングロ・カトリック信者なので、それについて主席司祭や主教に苦言を呈することはありましたが、それはそれだけのことでした。準参事会員に対する態度は、かなり横柄でした。その他のことは知りません。家庭は円満だったようです」ちょっと言葉を切り、「すくなくとも昨日のジョウゼフィーンの一件があるまでは。論文を焼き捨てた下の娘さんをこの牧師寮まで追いかけてきて、かなり乱暴な叱り方をしたようです。まあ、あの娘さんならそれもしかたがないと思いますが」

「バトラー牧師はこの町に移り住んでどれくらいになるんだい？」

「たしか七年です。それ以前も聖職に就いていたのでしょうが、場所は知りません。かなりの財産家のようです――というか、奥さんの持参金でしょうね。ヨーロッパ各地の図書館を歴訪し、三〇年代に二年ほど、一家でドイツに住んでいたようです。結婚前は、しがない書生――職人の息子の奨学生かなにか――でしたから、財産目当ての結婚だったのかもしれません」

いそぎんちゃくを逆さにしたような、バーミンガム製のおおきな鐘が鳴って、ベーコン・エッグが出てきた。ひどく悪臭を放つ、錬金術師の装置を思わせるコーヒー沸かし器もテーブルに置かれた。そういった中断をへて、ダットンの話はつづいた。

「バトラー夫人については、話せることは多くありません。万事控えめで、目立たない女性です。夫に虐げられていたのかもしれません。ジョウゼフィーンはきかん気で、ちょっと将来が案じられるような娘さんです。近所の貧しい子らと徒党を組んでは隣村へ喧嘩を吹っかけにいく、なんてことがしょっちゅうでした。ずいぶん危険なこともしました。それなのに、叱られるときはきまって自分だけいい子になりました。猫かわいがりの父親は、なにも言わないのです。

フランシスさんについては、さあどう言えばいいか」ダットンはかすかに顔を赤らめ、口ごもった。「あのひとは――いいひとです」手放しの褒め言葉――ジェフリイはそう思った。驚きはしなかったが、すこし気になった。

「セヴァネクはどうだ?」いまにも流砂に消えゆこうとする話を聞きだしてしまおうと、フェンはすばやくつぎの質問を繰り出した。

「ジュライはおかしなこともしますが、面白いひとです。バトラー牧師とは師弟のような関係にあります――いや、ありました。ここから数マイルのメイヴァリイで牧師をしています。なにかと教区を留守にします」ダットンの声にかすかな非難の響きがあった。やはりよく思っていないようであった。

「『泥沼に、もがく羊を置き去りにして』（ジェフリイ・チョーサー『カンタベリ物語』プロローグ）」フェンはセヴァネクの怠慢をそう喩えたが、誰も引用に気づかないので憮然とする。

「最近はとくに、師弟関係はぎくしゃくしていたはずです。ジュライは師匠の期待を裏切りつづけていますし、それに」ダットンは言い淀み、「フランシスさんとの結婚を望んでいるのです。バトラー牧師は反対していたようです——財産目当て、と疑っていたのかもしれません」とつづけたが、ふと気づいた。「もっとも、結婚しようと思えば自由にできる年齢の二人ですがね」

ジェフリイは面白くなかった。これまで、恋敵の存在をまるで考えていなかった。たしかに困った事態であった。ダットンは話をつづけた。

「ピースさんのことはなにも知りません。精神分析医というのですか、ずいぶん繁盛なさっているようで」聞き手にいやな思いをさせてはと気づかうつもりか、ダットンは「精神分析」というところだけ声をひそめた。「スピッツフーカー牧師とガービン牧師についてはいつも口論しておられますが、あれでけっこう仲がいいのです。スピッツフーカー牧師は裕福で聖職者も多い家柄の出身で、人生を気楽にたのしんでいらっしゃいます。信仰上、妻帯はしないということですが、ほんとうは相手がいないんじゃないですか」穿《うが》った口をたたいて、ダットンはまたちょっと赤面した。

「ガービン牧師は反対に、貧しくて、教会とは無関係の家柄の出身です。バトラー牧師とどんな関係にあったかは話しました。ガービン夫人はひどくわがままで、なんでも自分の思いどおりにしないと気がすまないひとです。夫に対してもそうですが、ふしぎなことに、これだけはうまくいかないようです。うるさく口出しはするが、なんの効果もない。ガービン牧師が防戦一方でいるものですから、近ごろではあきらめてしまったようです。バトラー牧師には好意をもっていませんでした。もっとも、誰に対してもそうですが」と、眉をひそめた。

「子宝に恵まれない夫婦生活が不満なのかい？」

「そんなことはありません。お子さんは三人いて、男二人に女一人です。ガービン牧師は息子さんたちを聖職者にしたかったようですが、そうはなっていません。よくある話です。アナトール・フランスでしたか、息子が父親と正反対の考えをもつのは、芸術家が恋人の乳房をかたどって酒杯にするようなものだ、といったのは」ダットンは調子に乗ってそんなことを口にしたが、顔じゅうを大火事のようにして、想像力逞しいおのれの脳裡へ前言を撤回した。「息子さんたちは軍隊にいます。娘さんについては存じません。ぼくはどなたにもお会いしたことはありません。ほかに誰かいましたか」

「サー・ジョン・ダロウ」ジェフリイが言った。

「そうですね。参事会尚書です。お金持ちなのに、シャイロックみたいな倹約家です」舌も滑らかになったダットンは、しだいにそんな文学的比喩をまじえて語る。「聖歌隊学校があったころは責任者として忙しかったが、近ごろでは悠々自適のご身分です。もちろん参事会員ですが、まるで『常任』ではないようなことになっています。いってみれば、年々、みずから聖職服を脱ぎすてられていくようなあんばいです」身ぶりでその脱衣の過程をしめして、「黒魔術、悪魔学の碩学でいらっしゃいます。この人も独身です」その口ぶりからすると、だから独身者はいけない、ということらしかった。この青年の胸には、鬱屈した結婚生活への憧憬があるのだ、とジェフリイは気づかされた。

フェンはマーマレイドをつけたトーストをかじりながら、ふむふむとうなずいた。「主教と主席司祭は留守だから、それでぜんぶだ。昨日のことについてちょっと尋ねたい。ブルックスが毒殺されたのは午後六時。きみはどこにいた？」

「外出中――散歩です」

「ひとりで？」

ダットンはうなずいた。「あいにくとそうです。音楽の勉強を禁じられてから、どうにも手持ち無沙汰で。海辺の断崖をトールンマスのほうへ」

「夜はどうだい――午後十時をすこしまわったころ？」

「自室で読書をしていました」

「窓はあけていたかい？」

「あけていました。暑い晩でしたので」ダットンはやや動揺の色をみせた。

「墓碑が崩れ落ちたときの轟音をきいたかい？」

「いいえ。まったく」

フェンはコーヒーを終え、席を立った。「ありがとう、参考になったよ。さて、仕事に取りかかるとするか――頼まれもしないやぼな仕事だが」ジェフリイとダットンも席を立った。見るとダットンは、マントを羽織るように、またもはにかみにつつまれていた。しばらくそわそわとうろついていたが、だしぬけにクロム鍍金のシガレットケースをさしだした。それぞれ、一服つける。沈黙。

「あのう、ぼくは……ちょっと部屋でやることが」ダットンはそう言って、もじもじする。

このあまりにも見え透いた嘘は、完全なる沈黙によって迎えられた。ダットンは、声こそ立てないが、気もふれんばかりに狼狽している。つまずきながらドアのほうへ進み、立ちどまると、ふらふらとふりむいた。「失礼します」蚊の鳴くような声でそう言いのこし、脱兎のごとく部屋をあとにした。

　ほっと安堵の吐息がもれる。「なんとまあ、こっちまで気がおかしくなりそうだ」フェンは言った。

「いくらなんでもへんだよ。副オルガン奏者なんてかわいそうな存在ではあるがね。どんなちいさな事柄でも自分には決定権がないから、自信の持ちようがないんだな。おそらく、無一文も同然だろうし――教会の鼠のように。そうだよ、ダットンはまさに民話の教会の鼠だよ」ジェフリイは言った。

「はにかみというのは、上等な隠れ蓑になるからな。小狡いやつもいるよ。あれはあれでりっぱな芝居だし、それもそれとわかるような芝居ではないから、なおさらたちが悪い……おいおい、なんだってこんな駄弁を弄していなきゃならないんだ。ピース先生にでもやってもらえ。さあ、とっと出かけよう」時計をにらんで、「警部もそろそろ顔を見せるころだろう。ダットンのおかげで、これから話を聴きにいこうとする連中についていくらか輪郭がつかめた。あの話のなかで興味深い点があったことには気づいているか?」

「いや。どんな点だい?」

「やつは轟音を耳にしていない」

「そんなことがだいじなのかい?」

「たぶんね」

第八章　大聖堂参事会員二名

イサモー　旦那、牧師虫が二匹やって来ましたよ。
バラバス　わかっておる。青くさい臭いがするわ。
クリストファ・マーロウ（『マルタ島のユダヤ人』四幕一場）

「さわやかな朝ですな」

フェンとジェフリイが牧師寮の私道から出ようとすると、警部が待っていた。そんなさわやかな朝の演出におのれもひと役買っていると言わんばかりの、いかにもほくほくとした声であった。たしかにすばらしい一日を予感させた。午後にかけてはまたうんざりするほど気温があがりそうではあったが、いまは完璧な朝といってよかった。トールンブリッジはまばゆい陽射しを浴び、あらゆるものが瑞々しい色彩を帯びていた。紺の地に銀糸刺繍をほどこしたような入江の輝き、そこを漁船がのどかなエンジン音をたてて外海へ出ていこうとしている。沖合にちいさくみえる灰色の点は、停泊中の軍艦であった。大聖堂はひときわ華麗で軽やかな姿を見せ、いまにも天空へ飛翔しはじめ、アルカディアかポアテスム（米国の小説家J・B・キャベルが創造した中世の架空王国）のお伽の国へ去っていきそうだった。さわやかな朝――たしかにそれに相違なかった。

だが、用件を切り出したとたん、警部の顔色は一変した。まるで敵に阿《おもね》るような一手を指すしかない、追いつめられた勝負師のようであった。警部のまわりくどい話を要約すると、ヤードに電話連絡をいれ、今日中に捜査官が派遣されてくる手はずとなったこと、そして(警部は消え入りそうな声で口にした)今後は捜査から民間人を排除すべしと通達があったこと、であった。

「お払い箱か。ふざけやがって」フェンはラテン語で呪いの言葉を吐いた。

警部はこの事態を残念がっていたが、「わたしの立場はご理解いただけると思いますが、あなたに情報が洩れていることが、すでに連中の気に入らないところでして。やはり、無線機の件はお耳に入れるべきではありませんでした」面目なさそうにフェンの顔色をうかがった。

だが、この事態はフェンの奮起をうながしただけだった。「警部、わるいがこの事件はもらったよ。賭けてもいい、きみらよりもさきに、ホシをつきとめてみせる」と、不敵に笑った。

「ありそうな話です。いまだってわれわれより真相から遠いところにいらっしゃるわけじゃない」

警部は寂しそうにうなずいたが、一瞬目を光らせて、「もちろん、あなたの事情聴取に関係者が自主的に応じるのなら、だれも文句はいえません」

「いまのうちにあるだけの情報はもらっておこうか。それとも、それもすでに御法度か」

警部はどこかに見張りがいないかとばかりに、あたりに目をやると、極度に声をひそめて話した。

「朝一番にジョウゼフィーンと会ってきました。あの娘はいまもって、例のメモはお巡りさんに頼まれたというのです」

「じゃあ、ほんとうの話なのさ」

「ちがいます。剛情に口を割りませんが、ぜったいに嘘をついています。しかし、あの娘がそう言

郵便はがき

料金受取人払

板橋北局承認

462

差出有効期間
平成17年10月
31日まで
(切手不要)

1748790

板橋北郵便局
私書箱第32号

国書刊行会 行

コンピューターに入力しますので、ご氏名・ご住所には必ずフリガナをおつけください。

☆ご氏名(フリガナ)	☆年齢 歳

☆ご住所 〒□□□-□□□□

☆TEL	☆FAX

☆eメールアドレス

☆ご職業	☆ご購読の新聞・雑誌等

☆小社からの刊行案内送付を □希望する □希望しない

愛読者カード

☆お買い上げの書籍タイトル

☆お求めの動機　1.新聞・雑誌等の広告を見て（掲載紙誌名　）
2.書評を読んで（掲載紙誌名　）　3.書店で実物を見て
4.人にすすめられて　5.ダイレクトメールを読んで　6.ホームページを見て
7.その他（　）

☆興味のある分野　○を付けて下さい（いくつでも可）
1.文芸　2.ミステリー・ホラー　3.オカルト・占い　4.芸術・映画　5.歴史
6.国文学　7.語学　8.その他（　）

本書についての御感想（内容・造本等）、小社刊行物についての御希望、
編集部への御意見その他

購入申込欄

書名、冊数を明記の上、このはがきでお申し込み下さい。
「代金引換便」にてお送りいたします。（送料無料）

☆お申し込みはｅメールでも受け付けております。（代金引換便・送料無料）
お申込先eメールアドレス: info@kokusho.co.jp

い張るかぎり、この方面はまったくの手詰まりです」

「奇妙といえば奇妙だな。どうして嘘をつくのだろう？」フェンはおおきくかぶりをふり、「ほかには？」

「以上です。午前十一時に司法解剖がおこなわれ、おって死因審問もあるはずです。いったいどんな評決が出ることやら――われわれは指をくわえて見ているしかありません。自殺、他殺、事故……それ以外の変死ってありましたかな。どれこれも、およそ考えられない線ばかりで」

「いや、他殺でじゅうぶんいける」フェンは話の性質にそぐわない意気込みをみせた。「無線機の行方はつかめたかい？　機材一式の引っ越しなのだから、運搬には車輛を使用したろうし、時間的にもかなり手間取ったはずだ。アンテナ線なんかもあったろう」

「なんにせよ、手がかりはありませんし、今朝おこなった大聖堂の再捜索においても、堂内にはだれも発見できませんでした。では、わたしはこれで」底なしの悲観論に陥る警部は、おのれに鞭打つように、つぎの聞き込み先へ出かけていこうとする。

「これからどこへまわるんだい？　鉢合わせは避けたほうがよかろう。関係者全員から二度ずつ事情聴取するのもばかげている」フェンはさめた口調で言った。「ぼくらはまず、ガービンのところへ行く」

「それもそうですね。では、わたしはバトラー夫人にしましょう。順番は関係ないですね」

「ホエール・アンド・コフィンの亭主をどうにかしないのですか？」ジェフリイは警部に尋ねた。

「どうにかって、どうすればいいのです？　あなたの姓名を知っていたから逮捕しろとでも？　無茶をおっしゃられては困ります」警部はちょっとむきになる。

「警部、さらばだ。幸運を祈る。このつぎはピリピ（ローマ時代の古戦場）で相見《まみ》えようぞ」フェンは声色《こわいろ》まじりに言った。

「それをいうなら、コウニ・ハッチ（精神病院の所在地名）で、でしょう」警部はそう応じた。

しかし、別れにはまだ早かった。大聖堂参事会員スピッツフーカー牧師が息を切らせて駆けつけてきたのだった。

「ヴィントナーさん。音楽……パイプオルガン……礼拝式」スピッツフーカーは喘ぎながら話しはじめたが、言葉にならないので、しばらく呼吸をととのえる。「昨夜のことがあってから、わたくしが聖歌隊長の職務を臨時に代行しています。こういった折ですから、朝の祈りはなんとしてもおこないたいのです」おおきな紫色のハンカチをだして額の汗をぬぐった。

「ちょっとお待ちください。まさか、本日も平常どおりに礼拝式をなさるのですか」警部が呆れ顔で尋ねた。

「もちろんですよ、ギャラット警部」

「しかし、昨夜あんなことがあったばかりで――」

スピッツフーカーはいらだちを声にしめした。「教会はいかなる理由においても礼拝を中止することはありません。神に祈りを捧げ、神を讃える必要があるなら、いまをおいてほかにありません」

「讃えるのですか」警部は揚げ足を取る。

「警部さん、ずいぶんおかしな物言いをなさいますが、いまは議論をしている時間がありません。ヴィントナーさん、よろしいですか――」

「しかし、あとがそのままでしょう――現場の痕が」警部はいくぶん業を煮やした。

「あれですか。きれいにしましたよ」

「いまなんと？」

「掃除夫たちに清掃させました。あとは墓碑をもとにもどすだけです」

「なんということを……まったく油断も隙もありゃしない」

スピッツフーカーはぽかんとした。「わたくしの権限でそうさせていただきましたが、いけませんでしたか」

「あなたのなさったことは証拠湮滅とかわりませんよ」

「だって、そのままにしておくわけにもいかないでしょう……そうでしょう、警部さん」スピッツフーカーはようやく狼狽の色を見せた。「これはなんともよわりましたな……うっかりしていまして。でも、もうやってしまったことですし」

「覆水盆に返らず」フェンが退屈そうにはさんだ。

「ともかく、ヴィントナーさん。夕べの祈りは三時三十分、聖歌隊の少年は二時に集合します。ブルックスさんは参事会会議室を練習場としていました。ちゃんとしたピアノがあるのです。それから……」スピッツフーカーはやたらと書き込みのある紙をごっそり取りだして、やがて一枚をさぐり当てた。「本日午後の曲目は、ノウブルのロ短調と、サムプソンの『来たれ、わが道を』です。少年たちにはおなじみの曲目です。このさきの予定曲目はここにあります。変更もふくめて、あとは一切お任せしますので」紙束をジェフリイに押しつけ、スピッツフーカーはいそいで立ち去ろうとした。

「ちょっとお待ちを」警部が呼びとめた。「そちらのみなさんで墓碑をもとにもどされるということでしょうか」

スピッツフーカーの赤ら顔に、ふたたび狼狽と不安の色があらわれた。「そのつもりですが、証拠物件がだめになるというのであれば……」（嫌味のつもりだろうか——ジェフリイは訝った）「しかし、墓をあけたままで朝の祈りをやるというのも、なんですね」少年のように微笑する。

「作業がこれからであれば、わたしも立ち会いたいのです。テストしたいことがありますので」警部の口調はにわかに形式ばったものに改まっていた。

「どうぞどうぞ。わたくしが責任をもって指揮を執らせていただきます」スピッツフーカーは興奮ぎみにそう言って、懐中時計をのぞいた。「では、いそぎますので、おさきに失礼します。朝の祈りまであと一時間もないのです」

大聖堂では、聖堂番と一団の男たちが崩落した墓碑を取りかこみ、げんなりと見つめていた。ジェフリイはこのときはじめて、聖イーフレイムの墓をじっくりとながめた。大聖堂本体と翼廊が十字形に交差する、尖塔の真下の空間、そこから東に石段を数段あがると内陣に入る。内陣の奥の南側には聖歌隊席と役員席があり、その頭上はオルガン・ロフトとなっている。そのすこし手前、ちょうど《主教の二階廊》の下にあたる壁面がぱっくり口をあけて空洞をみせている。すなわちこれが聖イーフレイムの墓で、崩落した墓碑が空洞（墓室）をふさいでいるのが本来の姿だ。周囲に鉄の鐶が埋め込まれており、墓碑の石盤のふちにも同様のものがある。それぞれの鐶の位置を合わせ、南京錠で留めて固定させる仕組みとなっているのである。空洞は奥行きはそれほどないが、横幅十フィート、縦六フィートあり、墓碑の石盤もそうとうな厚みがある。男たちの唸りとともに持ちあげられた墓碑は、超人的奮闘によって空洞におさまった。案外ゆるやかな嵌り方で、底辺は地上から二、三フィート、上辺はさらにその上方六フィートとなる。警部は木椅子を持ってこさせ、その上に乗ると、一方の手で墓碑を押さえながら、もう一方の手で男たちに離れるように合図した。そして、そうっと手をひっこめた。すると、南京錠で固定されていない墓碑はわずかに揺らぎ、微妙な傾斜角をもって手前にかたむいた——だが、そのまま落下する気配はみじんも見られなかった。警部は唸った。

「すこし力を加えれば落ちてしまうでしょうな」

フェンは無言で作業を見まもっていた。ジェフリイが一歩うしろへさがり、そのフェンの耳もとにささやいた。「内部に爆薬でも仕掛けたんだろうか。隙間があるけれど、気密性はじゅうぶん保てるんじゃないかな」

フェンはかぶりをふった。「それでは痕跡がのこる。おなじ理由で、ほかの仕掛けも考えられない」

「あそこから長い棒かなんかでつつくというのは？」ジェフリイは頭上の《主教の二階廊》を仰ぎ見た。

フェンはまたもかぶりをふり、指さした。「あんなふうにせり出していてはむりだ。それに、そんなことをして、そのあとどうする？　大聖堂から忍び出る方法が、いぜんとして不明なのだ。オルガン・ロフトへ逃れようにも、煉瓦壁に遮断されている」

「その問題なら解決したと思うよ」ジェフリイは胸中にとっておきの考えをもてあそんでいた。フェンは憐れむようなまなざしをむけた。

「ピースか。轟音の直後、大聖堂の周囲をうろついていたからな。大聖堂から忍び出て、扉に鍵をかけ、その鍵は所持品を調べられたときのために捨てさっておく。なるほどそう考えたいところだが、そうはいかない。これまでに知り得た事実とかみ合わないのさ」

あっけなく葬りさられたジェフリイは、すっかり気分を害し、手の内をさとられまいと、だんまりを決め込んだ。そうしていると、警部がテストの準備をはじめたようだった。警部の説明をきくと、英国人を英国人たらしめている漫然とした野次馬根性をみせていた一団の男たちは、口をあんぐりとさせ、顔を曇らせた。もう一度墓碑を崩落させよう、というのが警部の意向だったのである。

だが、それは思ったほど簡単なことではなかった。壁面に嵌めこまれた墓碑には、取っかかりにするようなところがなかったのだ。警部は鉄定規を持ち出してきた。梃子にしようというのである。隙間に差しこみ、できるかぎり身をひいて、腕に力をこめた。すると、巨大な石盤はぐらりと揺らいだ。みんな固唾を呑んだ。はじめはゆっくりと、やがては恐ろしいばかりの弾みをつけて、墓碑は崩れ落ちていく。途中、空中で真横になる寸前、墓碑の底辺は空洞のふちを離れた。背筋が寒くなるような、完全なる無音の世界での出来事であった。落下した墓碑は、床にあった木椅子をぺしゃんこに押しつぶした。

凄まじい轟音があがった――だが、昨夜耳にした音とはどこかちがう、とジェフリイは思った。その相違は、おそらくは壁や扉がもたらす消音効果によるものだが、それだけではないような気がした。なにやら狐につままれた心地がして、男たちがまたも唸りを発して超人的奮闘をはじめるのを、茫然自失の状態でながめていた。墓碑が六個の南京錠で固定され、椅子の残骸が取り除かれても、まだぼんやりしていた。警部が満足げに立ち去っていく。フェンとスピッツフーカーが話をしながら扉のほうへ歩いていく。いま一度堂内の光景を目に焼きつけてから、ジェフリイもそのあとにつづいた。

戸外のあかるい陽射しのなかで、フェンはスピッツフーカーに話していた。「いくつかお訊きしたいことがあります。ぶしつけな質問になるかもしれませんが、どうかお許しください」決まり文句を、いかにもそれらしくならべ、「それから、ぼくはもはや当局とは無関係の人間だということもご承知おきください」と、不本意ながら正直なところも言い添える。

「なんとまあ、それは――かまいません」スピッツフーカーは驚きと承諾を同時にあらわした。「警察はせっかくの助力を無用だというのですか。それはひどいですね。じつにひどい」舌打ちしてみせるが、どこまで本心やらちょっと知れない。「もちろん、質問にはお答えしますよ。歩きながらでかまいませんかね。こう見えても、常任の忙しい身なのです。朝の祈りまであと三十分もありませんので」小柄だが恰幅のいい体軀には寸足らずの上着をしきりにひっぱって、大聖堂の丘をくだっていく。

「おもに時刻に関する質問です。昨夜の午後六時と、午後十時から十時十五分にかけてです」

スピッツフーカーは一瞬、怪訝な表情をしたが、やがて顔を綻ばせた。「なるほど、アリバイ調査ですな。そうなると、わたくしには午後六時にアリバイがないということになりますな。自室にひとりでいました。家政婦がおりましたが、証人とするにはちょっと」と、自慢すべきことのようにそう言い、「十時から十時十五分にかけては、牧師寮の応接室で警部さんの聞き込みに応じていました。牧師寮の会食には午後七時ごろ、ガービンと連れだって出かけました。そこにブルックスさんの訃報がもたらされ、会食後は協議の場をもちました――ダロウ、ガービン、バトラー、わたくしがそのメンバーです」

「そのようですね。その会議に興味がありまして」フェンは慎重にさぐりをいれる。

「非公式の臨時会議です。主教と主席司祭には連絡してありますので、まもなく戻ってこられるはずです」話が矛盾しているようで、スピッツフーカーはしばし口ごもり、「もともと殺人事件など予想もしていない段階で、ブルックスさんの……事故について話し合っておこうというものでした。主席司祭のお帰りまでに、あるていど方針を決めておきたかったのです。残念ながら、わざわざ会議の場をもうけただけの意味はありませんでした。ダロウとバトラーは専任オルガン奏者の身分について法的経済的に議論し、ガービンはいささかお粗末な安楽椅子探偵を気取っただけです」

「では、あまり兄弟愛にあふれた会議ではなかったのですね」

「もとからぴりぴりした空気はありました」あまりにもそれとわかる仄めかしを口にして、スピッツフーカーは自分でぎょっとしたようだった。「結論はなにも出ませんでした――すべてにおいてです」さびしく笑って、「そして最後に、バトラーが大聖堂にひと晩籠もると言い出したのです。わたくしどもがあんなに――いや、もっと冷静であれば、引き留めたはずですが」

「会議が終わったのは何時ですか」

「八時五十分ごろでしょうか」

「牧師寮にいたすべての人間が、バトラー牧師の意向を知っていたのですか」

「おそらくそうでしょう。玄関でなにか相談していたフランシスとピースさんには、出かける前、バトラーが自分で話していました。ダットンくんもその場にいました」

「あの青年は、早々に自室へひきとったんじゃなかったのですか」ジェフリイが口をはさんだ。

「ひととおり情況を把握してからでないと、寝つけないのでしょう」スピッツフーカーはちょっと謎めかして、ひとり合点する。「ともかく、わたくしはダットンくんを見かけましたよ。ちょうどバトラーとピースさんが、大聖堂で落ち合う約束をしているときで――」

「なにをしているときですって?」

スピッツフーカーは驚きの色をみせた。「おや、話しませんでしたっけ。なにか用談があったようで、二十分後に大聖堂で落ち合う約束にしたようです。しかし、ピースさんはわたくしと長話をしてしまい、出かけたのは十時近くになってからで――」

「なんてこったい! そういうことだったのか。なにかあるとは思ったが――」フェンは思わず叫んだが、あわてて口をつぐみ、つぎの質問へすすんだ。「会議のあと、みなさんはどうされました?」

スピッツフーカーはちょっと考えてから答えた。「わたくしの知っているかぎり、ダロウとガービンは帰宅し、バトラーは大聖堂へ出かけていきました。フランシスは書物をもって自室にひきとったようです。ダットンくんはいつのまにか姿がなかった。わたくしは牧師寮の裏庭から大聖堂の丘へ抜ける門のところまで、バトラーを見送りにいきました。バトラーはふさいだ顔で黙りこくり、どこか不安そうな感じでした。そういえば、門のところで立ち話をしているとき、バトラーが四つ葉のクローヴァーを摘んで、上着のボタンホールに挿したのにはちょっと驚きましたね。ふだんはそういった俗信をあたまからばかにしている男でしたから。でも、いま申したように、ひどく不安そうでした。そのあと、わたくしは牧師寮へもどり、ピースさんと語らいのひと時をもちました」

「それについてはおききしました。ところで、セヴァネク牧師はどうしました?」

「さあ、どうでしょう。会食後、姿が見えなくなったようですが」スピッツフーカーは懐中時計に目をやると、「ではそろそろ失礼します。すこしはお役に立てたでしょうか」と、笑顔をのこして、そそくさと立ち去っていった。

フェンとジェフリイはならんで歩きはじめた。フェンは堅く口を閉ざし、聞き込んだばかりの情報を脳裡で反芻しているらしかった。ジェフリイも考えてみたが、ひらめくものはなかった。だれも聖歌隊長の死を悼んでいないらしいのが気になった。スピッツフーカーにしても、胸中にその想いがあったとしても、表面にはまるであらわれていなかった。

「バトラー一家が戦前、ドイツに住んでいたというのは奇妙だね」ジェフリイはフェンに話しかけた。

「たしかにひっかかる点だが、ほかの人間だってその可能性はある」フェンはそう応じた。「スピッツフーカーの話はなかなか面白かったと思わないか」

「そうだね。すこしはね」ジェフリイは鹿爪らしく眉をひそめ、返事をごまかした。「ずいぶんあわてて立ち去っていったものだね。まだ質問があったんじゃないのかい？」

「あとひとつふたつはな。たとえば——教会音楽に造詣が深いかどうか」フェンははぐらかすように言った。

「なんだい、その質問は？」

フェンはにやりとする。「おどろいたか。まあ、むりもないな。なかばめくら撃ちの質問項目だからな。それよりも、問題の時間帯の行動を関係者がそれぞれ、どのように供述しているかをメモにしておけば役立つだろう。ブルックスが大聖堂で襲われた夜については、いまさらアリバイをさぐってもむだだろう。まともな人間ならちゃんとベッドでおねんねしていたはずさ」そう言って、フェンは眉宇をきびしくひそませた。

ガービン邸はじめじめとうっとうしかった。こんな輝くばかりの上天気に、なぜそういう印象なのか説明しにくいが、フェンとジェフリイを迎えた、やたらと生い茂った花壇の植物といい、鬱蒼と葉を垂れた樹木といい、そうとしか形容しようがなかった。緑の氾濫ともいうべきこの庭には、涙にかきくれるニオベー（ギリシャ神話。神々に子を射殺され、悲しみのあまり石になったが、その石からは涙が水となって流れ続けた）が彷徨しているにちがいなかった。光をもとめて、おかしなところから顔をのぞかせる花弁もしょぼくれていて、小鳥の囀りも夏風邪でもひいたか、元気がない。

建物のほうも大差はなかった。ヴィクトリア時代のでかいばかりの不格好な建築物で、灰色の壁が湿気をふくみ、汗をかいているように見える。窓も訪問者を拒絶するような、なんとも無愛想なものだった。これが役宅でなかったら、ガービンも住まいにしないのではあるまいか。しかし、住まいとその住人はふしぎに似ている。まじめ一方でさえない外観に、それで満足しているような達観した表情――どうしてもそう見えてしまうのだが、ものごとを外見で判断してはいけないと、ジェフリイはいまさらながらに自戒した。

応対に出たガービン夫人は、チョコレートブラウンの地味なスーツを着ていた。前日、鉄道で乗り合わせたジェフリイを目にして内心驚いたとしても、顔色ひとつ変えない。ガービンは書斎で仕事中ということだったが、夫人の口ぶりからすると、その研究はなんの価値もない、やっている当人にさえ無益なものであるらしかった。不意の来客も歓迎せねばならないのは、牧師一家に課せられた苦行のようなものであるし、さいわい夫はほかの仕事をしているわけではないので、よろこんでお会いするでしょう、ということだった。

なにかとトゲのある物言いする夫人を、フェンは適当にあしらっていたが、ガービンの書斎の前で、こう問いかけた。

「バトラー牧師が他界されたのはおおきな痛手ですね。心中、お察しします」

夫人はしばし無言で応じた。やがて、「もちろんそうです——わたしどもにとっては。ほかの方は存じませんが」と答えた。

「バトラー牧師はあまり人に好かれていなかったのですか」

「とても我のつよい人でした。教授、言わんとすることはおわかりですね——頑迷固陋といいますか、無神経といいますか。対立もありました」

「そういった対立は深刻なものでしたか」

「それはわたしの口から申しあげることではありません」夫人は口をつぐもうとしたが、「カトリック信者も同然のスピッツフーカー牧師とは——」

「学者としてライヴァル関係にあったご主人とも……」

夫人は手摺りをつかんだ。その色白の顔が、かすかに蒼白の色をましたようだった。「こちらです」

ガービンの書斎はひろく、黒っぽい松材の腰板やマホガニー材の大型の家具と書棚が、いかにも暗い感じをあたえる部屋であった。絨緞も焦げ茶色であった。古びた肘掛椅子、ラックにならんだパイプ、扉のうえの壁龕《ニッチ》にはパラス（ギリシャ神話の女神）、もしくはなにかの聖人——薄暗い部屋で性別も容貌もよくわからない――の薄汚れた胸像があった。そして、驚いたことに、鴉がいた――鮮明な夢から目醒めたときのように、ジェフリイはしばらく、夢かうつつか、判然としなかった。鳥類が歩行の際にみせる特有のぶざまさで、机のうえを跳ねまわり、翼をばさつかせ、するどい眼光で珍客を射抜いた。

「わが家のペットが気になりますか」書斎机のむこうに、ガービンの長身がぬっと立っていた。「変わった趣味だといわれます。うちの住人となったのは、ほんの偶然のことからですがね」

「はあ」

ガービンは椅子をすすめた。「二年ほどになりますか、ある落ちぶれた外国船の船乗りから買い取ったのです。言葉をしゃべるということでしたが、うちではしゃべりません。たしかに」ちょっと言葉を切り、「いっしょにいて愉快な動物ではありません。ときどき、いやになります。逃げるよう仕向けたこともあるのですが、まったく関心をしめさないのです」と、手をのばして鴉を撫でようとする。鴉はその手をつついた。

そんな話を面白がるフェンではない。ずばり本題に入った。「バトラー牧師の死についてお訊きします。不審な点がいくつかあるので、当局とは無関係に独自の調査に乗り出しました」いつのまにか鴉のほうへさまよっていく視線をあわててもとにもどし、「ご協力いただけるでしょうか」

ガービンはフェンを凝視したまま、しばし無言でいる。やがて、椅子のなかで姿勢を変え、深みのある低音でゆっくり語りだした。「事件とそういう関わりかたをするのは、はたして賢明なことでしょうか。当局にまかせておけばよろしいのでは?」

「あるいはそうかもしれません。しかし、警察もあまり当てにはならないようで」フェンは応じた。

「フェン教授、あなたはこの手のことを一種のゲームのようにお考えなのかも知れませんね。正直に申すと、わたしはそう考えることができない人間です。人の死に際して、個人が能力を競い合うなど、あまり褒められたことではないでしょう。ぶしつけな物言いはお許しください」

フェンもガービンを凝視した。「では、こちらも腹蔵のないところを言わせていただきましょう。これは殺人事件なのです。すべての人間が捜査に協力すべきでしょう。とくに、いささかなりともその方面に経験のある者は」

ガービンは眉をぴくりとさせた。「そこにはご自身の虚栄心がはさまる余地は寸分もないと言い切れますか」

フェンはじれったそうなしぐさをした。「虚栄心なんて、人間の一挙一動、すべてにふくまれる、とロシェフーコーは言っていますよ。動機の純粋な行為なんて、それこそ幻想でしょう」

「しかし、それでも、純粋さに段階があるのではありませんか」

フェンは席を立とうとした。「これ以上このような話がつづくのであれば」

「まあまあ」ガービンは手を挙げて押しとどめ、「お気にさわったのであればお詫びします。わたしどもの世代は厳格に育てられ、またそういう職業に従事していますので。ロシェフーコーはキリスト教徒とはいえませんね。キリストの教えでは、無私の精神でものごとを為すことが可能です。ここのところをないがしろにすると、教義は根本から崩壊してしまいます」

「バトラー牧師があなたの研究アイデアを盗んだことも、無私の精神ということで済ませられますか」

「どうやら取り調べがはじまったようですな」ガービンは冷然と構える。「もちろんそうは考えません。しかし、赦すことはできます。バトラーは学者とは言い難いし、そういう素質の人間でもなかった。所詮、まねるか、盗むかするだけで、なにも生み出しはしません」

「ずいぶん手厳しいですね」

「そうかもしれません。他人を裁くことは神が禁じるところでもありましたね。では、こう言い直しましょう——バトラーは自分の度量に見合わないことを成そうとしていたと。舟に比して、帆がおおきすぎたのです」

「それでも、盗みは断罪すべきものとお考えですね」

「それは言うまでもない。が、わたしの倫理観を審査しにおいでになったわけでもないでしょう」

ガービンは苦笑する。「さきに申しておきますが、わたしはバトラーにふかい怨恨をいだいていたわけではありませんよ」

　鴉がふいに首をもたげた。制御不能の刈取機のようにはばたくと、机から飛びたち、扉のうえの胸像に舞い降りた。フェンとジェフリイは金縛りにあったように見つめた。「どうやら詩を解する鴉らしい」フェンはつぶやき、本題にもどった。

「きのうの行動をお話しください」

「そうですな」ガービンは両手を組む。「ブルックス毒殺の時刻の午後六時、わたしはこの部屋でひとりでした。レノアはブリッジの集まりで外出していて——」

「誰ですって?」ジェフリイは思わず訊いていた。

「レノア。家内です。ですから、その時刻にはアリバイがありません。十時から十時十五分にかけては——」

「九時から十時にかけてはいかがですか」フェンがさえぎった。

これにはガービンだけでなく、ジェフリイも驚かされた。ガービンはあきらかに慎重な口ぶりになった。「九時前に牧師寮を出て、帰途につきました。バトラーが大聖堂に籠もると言い出したのは知っています。海岸を散歩しました」

「バトラー牧師がピース氏と大聖堂で落ち合う約束をしたことはご存じでしたか？」

「聞こえてくるものはしかたないでしょう。あの場にいただれもが知っていますよ」

「会議の内容をお話しねがえませんか」

「バトラーの死と関係あるとも思えませんが」

「ご自由にお考えください。しかし、会議中、ブルックス氏殺害の理由に思い当たったというようなことを、バトラー牧師が口にすることはありませんでしたか」

「せっかくのご質問ですが、なかったですね」

フェンはうなずき、「ひょっとすると……。いや、警備の警官が立ち去った時刻による……まずはそれをはっきりさせねば」独言のようにつぶやいた。

鴉がはばたいた。風に揺れる木の枝がガラス窓にあたり、こつこつと音をたてた。フェンはついに我慢できなくなった。

「『たしかに、たしかにこの物音は格子窓からひびく音……』」

ガービンはふり返り、窓を見て、「枝ですよ。はやく剪《き》ろうと思っているのです。部屋が暗くなりますので」と、フェンの言葉を真に受けているらしい。ジェフリイはハンカチを取りだし、その陰で顔を赤くした。

「その散歩は何時まで？」フェンも笑いをこらえ、質問をつづける。

「十時半ごろでしたか。帰宅して、自分でココアを淹れ、暖炉の前で読書をしました」

「『消えかけた暖炉の薪がちらばって、床に幽霊のかたちをえがいた……』」こんどはジェフリイが口ずさんだ。

いささかぎょっとしたようすのガービンは、「ええ、まさにそんな感じでした。十一時過ぎにスピッツフーカーがやって来て、あらたな凶報をもたらしました。わたしたちはしばらく相談しました」

フェンは吐息をもらした。「ご協力ありがとうございました。思ったより有益でした。ところで、事件解決にあまり熱心ではないようにお見受けしますが」

「熱心ですとも。できる限りの助力は惜しみません。ただ、われわれ大聖堂関係者が事件にからんでいるという事情がありますからね」

「どうしてそうお考えです？」

「鍵の問題があるじゃないですか」

「なるほど、そうですね。境内に入るための鍵を、それぞれがお持ちだということですが」

「そうです」

「境内の鍵があって、大聖堂の鍵がない、というのもあまり意味がないようですが」

「そうではないのです。たとえば、大聖堂でだれかと会う手はずにした場合……」ガービンは言い淀む。「つまり、バトラーがピース氏とした約束のようにですね。その場合、境内の門の錠をあけたら、その門はきちんと施錠しなければならない。勝手に入ってくる……侵入者に備えてですね。

そして大聖堂の入口の錠をあける。あとからやって来る者は、境内の鍵があれば、大聖堂の鍵は不要なわけです」

「なるほど。では、昨夜、ピース氏は境内の鍵を持って出かけたわけですね。その鍵はどなたに借りたのでしょう?」

「そこのところはお役に立てませんな」

「ジョウゼフィーンにしても、おなじだったわけですね」

「ジョウゼフィーン・バトラー?」ガービンの声はにわかに緊張した。

「境内に入り、偽の連絡メモを警備の警官に手渡したのです。境内の門は何時に施錠するのですか」

「七時です。寺男が施錠します。北門、南門、牧師寮の裏庭に通じる門の三か所です」

「境内に入るには、ぜったいに門を通らねばなりませんか」

ガービンは肩をすくめた。「ぜったいに、ということはないでしょうな。その気になれば、侵入はたやすいはずです。施錠は、いわば良識に訴えるための措置ですから」

「なるほど。神聖な場所でいちゃつく不埒なのもいますからね」

ガービンはいらいらをしぐさにしめし、立ちあがった。この突然の挙動にびっくりした鴉が、消化不良のような声で啼きわめき、狂ったように飛びまわりはじめた。ガービンは、手で打って鎮めようとした。やがて、鴉は窓敷居に舞い降りた。

「どうもご迷惑をおかけしました」

「『夜の冥府から彷徨いいでたぶきみな古鴉……』」

ガービンはとまどいの目つきを返した。「気味の悪いことをおっしゃらないでくださいよ。さて、ほかになにもないのなら——」

「あとひとつ。宗教音楽には詳しいですか」

ガービンは苦笑し、「まったくといっていいほど知りません。関心がないのです。礼拝式においても、音楽が占める役割がおおきすぎると思っているほどです。神聖な儀式なのか、音楽発表会なのか、わからなくなることがありますからね。どうか気を悪くなさらないでください」ジェフリイにむかってかるく頭をさげる。「ほかに質問は？」

「『ほんとうに、ほんとうにギレアデに心の傷をいやす乳香がないというのか……』」ジェフリイが口ずさんだ。

フェンは書棚を見に行く。「ずいぶんと蔵書がありますね——」わずかに躊躇したが、朗々とした声でつづけた。「『忘れ去られた学問の珍しい書物のかずかずが……』」

ここらを汐《しお》に、聞き込みは事実上、終わりを告げた。ジェフリイはもはや抑えが利かなくなり、フェンも似たようなものだった。二人の悪ふざけを増長させたのは、皆目わけがわからないらしいガービンが、やたらとくそまじめな顔をしていることだった。ずけずけものを言った仕返しに、からかわれているのだろうなと思うばかりで、無言でいるしかなかった。別れのあいさつがあわただしくかわされると、フェンは戸口でふり返り、鴉に目をやった。

「『この心からおまえの嘴を抜き去り、おまえの姿を消し去ってしまえ』」

「『その両眼は夢見る悪魔の眼のような』」ジェフリイも言う。二人はそそくさと部屋をあとにした。

玄関まで来てすこし興奮もさめると、フェンはガービンにこう訊いた。

「エドガー・アラン・ポーの詩は知りませんか」

「ええ。詩歌は苦手で」

「『鴉』と題する詩もご存じではないですか」

「ほお、そんな詩があるのですか。どんな詩ですかね。まったく無知で」

「傑作ですよ。きっとお気に召すはずです。では失敬」フェンはにこりともせず、そう別れを告げた。

第九章　容疑者三名、魔女一名

「愚かなレダやエウロペのように
白鳥や白牛には騙されないが
ダナエーのように黄金の雨にはよわい」
ベン・ジョンソン（『カティライン』二幕）

「うかばれないね、ブルックス先生も。これでは捜査もしてもらえない。バトラー事件とくらべても手がかりがすくないからしかたがないが」バトラー邸へむかいながら、フェンはジェフリイに話していた。

「スピッツフーカーが無断で現場を片づけてしまったのは、なにかひっかからないかい？」

「ひっかかるといえばひっかかるし、そうでないといえばそうでない。法的に問題となるかもしれないが、そんなことはこっちの知ったことではない」

真夏の太陽が照りつけていたが、涼風もあった。大聖堂の町もいいものだ――ジェフリイにはそんな感慨がわいていた。教会と信徒が一心同体となったもっとも完全な実例がそこにある。いまも昔とかわらない信仰生活が綿々としてつづき、そこではちょっとした悪事やいたずらもおつな味付けとしておおらかにくるまれてしまう。そういえば、フェンはどうしてトールンブリッジに滞在しているのだろう。

「ここの主席司祭とは大学関係のつき合いがあるのさ。せっかく出むいてきたのに、留守とはけしからんな」フェンは憮然として、「まあ、いまに大あわてでもどってくるだろう。こっちも、そうのんびりはしていられない。来月には大学がはじまり、詩学でウイリアム・ダンバーを講じねばならん。オックスフォードを離れると、どうも心細くていけない」と嘆息した。

「とてもそうは見えないけど」

「いったいどんな新学期となることやら。こうしているうちにも、学生は刻一刻と白痴化しているんだぞ。ロバート・ウォーナー（E・クリスピン『金蠅』参照）の新作劇が地方公演にやってくるがね。昆虫の研究も成果があがっていない。入手したいものがあるから書店に寄らせてもらうぞ」

この寄り道は手間取らなかった。客と従業員の双方になにやら説明している店員にむかって、「昆虫！」とフェンは大声で呼びかけた。在庫があったのは、ほこりまみれの『ファーブル昆虫記』だけだった。

書店を出ると、フィールディングに出くわした。単独捜査で手柄をたてようという野心のもと、とりあえずうろついているものらしい。あらゆる方向から考えてみたが、さっぱりわからないとこぼすので、昨夜からの新事実を伝えるが、それで活気づくようすもなかった。ともかく、もう一度あたまをしぼり、宿屋の亭主にはなんらかのさぐりをいれてみるつもりだという。けさの聞き込み調査から仲間はずれにされたことが不服そうであったが、役立たずの人間を連れて歩くのは一人でたくさんということを、フェンが思いの外つよく態度ににおわせたので、フィールディングはあきらめてどこかへ去っていった。結果的に、彼はパブでダーツに興じることになるのだった。

バトラーの住居はがっしりとした不格好な建物で、小さな翼部をもち、いくつもの納屋と鉢植えの温室が手入れの行きとどかないだだっ広い庭に散在していた。門を入ろうとすると、不毛な聞き込みをちょうど終えたところであろう、警部が重い足取りで出てきた。こちらをじっと見る目つきは、あきらかにライヴァルの手の内をさぐるそれであった。これではまるで宝探しゲームで、チェックポイントの手がかりを相手にさとられぬよう、ひたすらポーカーフェイスをよそおう。

「やあどうだい？　こっちは順調だよ。事件は解決したも同然だね」フェンは意地悪く声をかけた。

「またまた。その手にはのりませんよ。これはというような情報をもっている人間はなかなかいませんね。動機がどうの、機会がどうのと騒いでも、犯行の手口が不明ではどうにもなりません。いや、無駄口をたたいてなんかいられない」警部もやり返す。

「やっとヤードは来たか。べつに駄洒落のつもりじゃないが」

「午過ぎでしょう。おかげでわたしは肩の荷がおります」警部はなげやりに言う。

「警部さんよ、そんなことでいいのかい？」フェンはからかうように言った。

「いいわけありませんや。しかし、いまのわたしみたいに、しっちゃかめっちゃかになれば、ひとのあら捜しなんかしていられないでしょう」

「あら捜しだ？　だれがそんなことをした？　きみんちのガミガミ婆さんじゃあるまいし」フェンはちょっとむきになるが、ふっと声をやわらげ、「あらたな手がかりがあったかどうか、それだけを聞かせてくれないか」と訊いた。

「ありませんね。ピースとバトラーが大聖堂で落ち合うことになった詳しいいきさつについてはわかりましたが、これはお話しするわけにはまいりません。ジョウゼフィーンはあいかわらず、おなじことを言い張るだけです。警官に頼まれたにしても、時間、場所、方法の点で矛盾しているのに、けっして主張を枉《ま》げようとしません。あの熱に浮かされたような、ぎらついた目つき……わたしはもう顔を見るのもいやですね。母親のバトラー夫人には会うだけむだでしょう。まるでこの世に存在していないような女性です。あの夫人が殺人に関与した可能性は、エヴェレスト登頂に成功する可能性よりも小さいでしょう」

「ぼくは登頂に成功したよ」

「またご冗談を。そんな人間はまだいませんよ。セヴァネクもだめですね」

「おや、あの男はここにいるのか」

「教区にもどる前に、しばらく寄り道をしているようです。事件とは無関係のようですね。ブルックス襲撃の夜はロンドンでした。ピース、ガービン夫人についても確認しましたが、判明したかぎりでは、この三人のロンドン滞在は確実のようです。それから、きのうの午後六時前後、病院に忍びこんだ人物について、病院で確認をとりましたが、これも徒労でした。裏口があって、誰にも見咎められずに侵入することは容易なのです」

「ふむ」フェンは考えこむ。「ひとつだけきかせてもらいたい。昨夜、きみの部下が大聖堂の警備を解除した正確な時刻はわかるか?」

「ええ、たまたまですが、わかっています。あのぼんくらどもも、さすがに警備を解除するにあたっては時刻を手帳に控えておいたようです。八時五十五分です」

「こいつはありがたい。神も仏もあるもんだな」

「おやおや、神だのみですか」警部はさえない口調でつっこむ。

「その時刻がもっと早かったら、せっかくの推理がぜんぶおじゃんになるところだった」

「推理、ですか」警部はなにか忌まわしい病名のように口にする。

「そうだよ、推理、推理、推理だ。推理がいっぱい、推理だらけだ。形のない、儚い幻影のような推理だ」フェンは言い出したら止まらない。「話をきかせてもらったお礼に、ひとつアドヴァイスをしてやろう」

「聞いて損するものでもないでしょうから、うかがっておきましょうか」

「そういちいち突っかかりなさんな。いいか、頃合いを見計らって、ピースが宿所にしている部屋を捜索してみろ」

「ピースの？　いったいなにをさがせばよろしいので」警部は口をぽかんとさせる。

　フェンは目を細めて話す。「まずは、牧師寮住人用の大聖堂の鍵。それから、皮下注射器に、アトロピン溶液の薬瓶。それだけあればじゅうぶんだろう。ぜんぶそこにある」

「な、なんと……」警部は心底、驚き入ったようすだったが、「わたしをかつぐ気なら、あとで逮捕しますよ」そう言って、さっそくにも踵を返して、バトラー邸へもどろうとする。

「おいおい、いまはだめだよ。こっちが聞き込みを済ませてからだ」

「そんな悠長なことを。処分されたらどうしますか」

「そんな隙をあたえないほど、質問攻めにしてやるさ」

「だめです。ただちに踏み込みます」

「そんな聞き分けのないことをいうのなら、教えてやるんじゃなかったな。だいたい捜査令状もないだろう」

「ええ、ありませんよ」警部はウインクしてみせる。「一か八かでやってみます」

「そこを一歩でもうごいてみろ。『泥棒！　不法家宅侵入！』と叫んで、みんなでつまみ出すぞ」

「ひどい人ですな」

「こいつはご挨拶だね。せっかく根も葉もある、ありがたいアドヴァイス――ほとんど貴重な情報提供といっていい――をしてやっているのに、こんな感謝のされ方をするとは」フェンはぼやく。

警部の口もとがわずかに綻んだ。「わかりました。負けましたよ。おさきにどうぞ。どうせばかを見るだけかもしれませんから、あわてることもないでしょう」と行きかける。「しかし言っておきますが、もしわたしをかつぐ気なら――」

「そんなに脅すもんじゃないね。そうだ、それからもうひとつ――だいじなことを忘れていた。司法解剖で、毒を盛られた形跡だとか、銃創や刃物傷といったものは発見されなかったか。そろそろ結果が出ているころだと思うが」

「ええ、なにも」

「大いにけっこう。こっちの考えとぴたりだ」

「残念ですが、お話ししたくともこれでネタ切れです。ところで、犯人逮捕はいつごろになるのでしょうか。ぜひお聞かせねがいたいもので」警部は皮肉たっぷりに訊く。

「それさね」フェンはふさいだ顔をする。「方法、動機、機会にはほぼ目星がついた。だが、犯人がだれか、さっぱりわからん」

バトラー邸の庭さきで、ピースはでっぷりした体軀をデッキチェアにあずけ、午睡をしていた。木洩れ日のあたる栗の木の葉を、その寝息で吹きあげているようなかっこうだった。そういえば、列車の車室で言葉をかわして以来、この男はどこか影の薄い存在で、きのうの会食においてもいやにおとなしく、記憶にのこるような言動もなかった。バトラー殺害のとき、大聖堂内にひそんでいたかもしれない唯一の人物であり、被害者と「用談」があったというのも、なにやらにおわせる。だが――ジェフリイは眉をひそめる。これもじゅうぶんに考えられることだが、もし無線機騒ぎが殺人事件と関係しているのなら、それはこちらがもとめている犯行の動機ではない。「大聖堂殺人事件」……。バトラーも、聖トマスや聖イーフレイムのように殉教者に列せられるのであろうか。あるいは「大聖堂外殺人事件」……。ピースは時間的に鉄道駅から病院にまわることが可能であった。しかし、それをいうなら、セヴァネクもそうだし、ガービン夫人もまたそうである。ブルックス毒殺をもくろんだ人物は、あらかじめ薬の投与時刻を熟知する必要があるが、前日の朝に入院したばかりの被害者のそういった情報を、この三人が得ていた可能性は小さい。消去法がつかえるかもしれない。たしかに、この事件には複数の人間がからんでいるようだから、事件当日の早い時間帯にロンドンへ電話で必要な情報を伝えることはできるが、それも不必要に手が込んでいるようで、考えにくいことではあった。

ピースは睡眠中であっても、羽振りのよいエリートたる雰囲気を発散させていたが、そのおだやかな寝顔は無垢の少年のようでもあった。寝息もけっして耳障りなものではなく、どこか煙突から吹きこむ風音を思わせた。高級な背広を平気でしわにして、おのれの肥満した肉体を臆面もなくさらし、肉づきのいい手を腹のうえに重ねて乗せている。そばの芝生には、『精神と社会』、細長いグラス、ラガービールのボトルが二本あり、うち一本は空であった。そんなのどかな牧歌的風景に悲劇のにおいは——すでに上演された悲劇であろうと、これから上演される悲劇であろうと——微塵もなかった。その眠りを破ることが憚られるような気さえした。

だが、そんなことに頓着し、逡巡するフェンではなく、ずかずかと靴音もたかく歩み寄った。ぎょっと目をさましたピースは、フェンを認めると、あわてて身を起こし、身だしなみをととのえようとしながら、眩しそうに目をしばたたいた。

「目覚めよ、アイオリスの風琴《ライア》。目覚めよ。おまえの弦を悦びにふるわせよ」フェンはそう声をかけた。

「悦び？　ほら吹き《ライア》？」ピースはわけがわからない。「ほら吹きとはひどい《ハード》ですな」

フェンは芝生に胡座する。「地べたも硬い《ハード》ですよ。ほかに椅子はありませんか。フィリダ、コリュドーン（ウェルギリウス『牧歌』に登場する牧童）ならいざ知らず、ぼくは願いさげでしてね」と、たんぽぽの根もとをさぐる。「蟻がいるぞ」

「アルカディア神話は、あきらかに性愛を起源としていますね」ピースの口ぶりはにわかに講釈めいた。「男女の鬼ごっこです。牧神パンは男性の欲望の化身であり、ニンフのシューリンクスはその欲望の対象で、つねにすり抜けて逃げていく。神話とは、そういった男性原理と女性原理の絶え間ない相剋で成立しているわけです」と語ったが、ふと考えこむ。「もちろん、そうでないとも言えますが」

フェンはうなずいた。「そういうふうにすべてを類型化することに、うんざりすることはありませんか」

「あります。じつに退屈です。しかし、その気になれば暇つぶしにはちょうどいい。ファウスト伝説なんかを例にとれば、無限に遊べますよ。異民族に蓄積された夢の宝庫ですからね。ゲームのルールはきわめて簡単で、自動化された機械の操作のようなもので、子どもでもできます。水は無意識です——考えてみれば、どうしてそうなんでしょう。もし海に飛びこんで海底を泳ぐ夢を見たなら、それは無意識が支配的なのです。でなければ——その人は胃がもたれているのかもしれません。円いもの、くぼんだものは子宮を意味し、女性原理です」空のビール瓶を取りあげ、底を手で打って、「たとえば、これはシンボルとしてのマンダラです。こういったものはおおむね男性原理です」

「現代ほど急激に信仰を喪失した時代もないようですね」フェンはしずかに言葉をはさんだ。

ピースは相槌を打った。「信仰……まさにおっしゃるとおりです。知的懐疑ではなく、信仰の喪失。もはや刺青も、化粧も、頭飾りも、魔除けの護符も信じられなくなった祈禱師みたいなものです」

「昨夜スピッツフーカー牧師と話をされて、なにか得るところはありましたか」会話の流れを変えようと機会をうかがっていたジェフリイが、それとなく口をはさんだ。

ピースはするどく見つめ返した——ジェフリイの魂胆はあまりにも見え透いていた。「あなたの信じるものをわたしのと交換してみませんか、と言われましたよ。たがいに足りない所を補って、結果として二倍の満足を得ることでしょうと」

「どう思われました？」

「牧師のおっしゃるとおりでしょう。わたしはこれまで経験したことがないほど教会に魅力を感じています。なにを信じるかが問題なのではなく、心を満たしてくれるものであればなんでもいいのです。わたしはなにかを信じたい人間なのです。対象は問いません。それが国家であってもかまわないと思っています」

思いの外、この男は強靭な頭脳をもっている——そう見直しはしたが、やはりそれは表面にすぎないだろう。肚《はら》の底はどうなのか。女か？ それはあり得る。学問的探究心か？ 話からすると、そういう印象は受けない。カネか？ 創造的な仕事か？ 籠づくりに一生の情熱をかたむける人生だってある。それとも、そんな奥底などないのか。たしかにそんなふしがあるが、中身は掛け値なしに空っぽなのか。あきらかに、自分を持て余している。他人の内面や奥底をのぞきこみすぎたあげく、おのれの内面を見失い、自分をなくしてしまったということなのか。

ビール瓶をもてあそんでいたフェンが、やんわり言った。

「人間の心理なんて、人間が世間むきにつくろう顔の多様さにくらべると、いかにも画一的でつまらないですね。たとえば、バトラー牧師がそうです」じゅうぶんに間をとり、話題をそこに定着させる。「この人については、だれもよく知らない」

「変人といっていいですからね」あきらめたように、ピースはしゃべりはじめた。「ほとんどつき合わなかったから、よくは知りません。わたしの商売に無知なくせに、頭から否定して、それへの反撥からわたしは仕事を続けてきたという経緯はあります。そのほかに言えることは、信じてもらえるかどうかわかりませんが（どちらでもかまわないですが）、きわめて利己的な人間でした。職業柄、ある程度の善意はみせて当然なのに、親切心のかけらもない。だからこそ、わたしはこうして出向いてきたようなものです」

「ほお」フェンはわざととぼけた返事をする。

ピースは膝を乗り出し、ゆっくりと語っていった。「わたしの父は財産家でした。子どもは二人です。父が亡くなったとき、わたしはすでに一本立ちしていましたが、妹のアイリーニは無収入でしたので、遺産は妹が相続することにしました――但し、将来、わたしが財政難に陥った場合には、わたしの子どもの利益のために遺産の半分は返還されるという取り決めのもとにです。元本には手をつけないことになっていたのです」そこでひと息入れ、ネクタイに手をやる。

「そういった取り決めは、妹の夫となったバトラーによって反故も同然となりました。遺産のすべてを自分たち夫妻の子孫のものとするようにと妹を説き伏せ、気のよわい妹を同意させたのです。ああいう強引な男でしたので、むずかしくはなかったでしょう」ピースの声はいくぶんうわずってきた。

「当然のことながら、わたしもわが子の将来を考えるわけですが、当節、世間はそれを簡単には許してくれなくなりました。こんな時局ですから、みんな財布の紐をかたく締め、自我がどうとかいう暇人も少なくなりました――じつにけっこうなことだと思いますよ。ところが、ごく最近知ったのですが、バトラーはそのほうが安全だと称して、遺産の名義をアイリーニから自分へ変更しようとしていたのです」ピースは口をへの字にゆがめ、侮蔑をあらわにした。「そんなことになれば、わたしの家族は困ったことになります。そのへんのことは手紙では通じませんので、こうして直談判に出向いてきたわけです。到着してすぐにこの件を切り出しましたが、バトラーはいやに落ちついているのです。そして、結論はあとで申し渡す、といいました――申し渡す、とはなんという言いぐさでしょう」ついに感情を抑えられなくなったピースは、立ちあがり、うろつきはじめた。

「結果的には、そんなことにはなりませんでした。ですが、いかにひどい話であるかはおわかりでしょう――これほど横暴な、ひとをばかにした話もありません。わたしが取り分を放棄したかのごとく、約束はわたしのでっち上げであるかのごとくの扱いです――わたしは契約書類も持参してきておりますよ。それなのにあの男は――二十年近くも、あのカネでぬくぬくと暮らしてきたあの男は、一方的に自分の結論を言い渡すつもりだったのです。それこそ、戸口に来ている物乞いか貧しい縁者を相手にするように」

復讐心に燃え立つ男がそこにいた。不正を糺《ただ》さんとする正義感、純粋な家族愛のほとばしらんばかりの吐露だった。それはいうまでもなく、殺人の動機として第一級のものだった。フェンは尋ねた。

「このたびのあなたの訪問の目的は、だれもが承知しているのですか」

「バトラーは自分に都合のよい話に仕立てて、言いふらしていたようです。親戚の者がゆすりに来ると」

「なるほど」フェンは考えこむ。「あなたにとって、その遺産はだいじなのですか」

ピースは真顔になった。「とてもだいじです。ヴィントナーさんには、いささか体裁のいいことを申しましたが、現実はそれほど甘くはありません。自分でもよくやってきたと思います。ほんとうはこういう職業に不向きなのです。だれもが自分に見合った仕事をしているというのに、わたしはちがう。自分の適性もわからない――俳優がよかったかな、と思うこともありますが」

「そうでしょうか」フェンはのけぞった。

「人生において処を得ていれば、いかに貧しかろうと、こんどのようなことにこだわったりしなかったでしょう」

フェンはかるくうなずき、「満たされない思いが、願望を生みますからね。たとえ、それが本来の望みとはちがうものをもたらすにせよ」そんなことを得々として語った。

「なぜこんな話をするか、察していただけると思います」ピースはデッキチェアに腰をおろした。すこしはにかんだような、ねっからの善人のような、ふだんの表情がもどっていた。「これまでに判明した動機からすると、わたしはバトラー殺しの容疑者の最右翼といったところでしょう。いまさら逃げも隠れもいたしません。事件が起きたとき、大聖堂にひそんでいたかもしれない唯一の人物でもあります。どうみても、わたしの立場はよろしくない」すこし言い淀み、「フェン教授、文芸評論家としてのご高名はかねがね存じあげておりましたが、この手の問題についても豊富な経験をお持ちのようですね。あなたにはすべてをうち明けます。自分の無実を証明したくて躍起になっているのではありません。そうではなく、真犯人逮捕のお役に立ちたいという一念で申しているのです」

この男はばかではない。おのれの立場がはっきり見えている。だが、そういった誠実さ、殊勝さは隠れ蓑にもなる。なにかべつの動機をかくすために、ひとつのことに注意を集めようとしていないか……。

フェンはやたらと咳払いをした。「警察には、いまの話を？」

「むろん、しました」

「そうですね。偽証するわけにもいきませんからね。では、逮捕は覚悟のうえで？」

「まさか……事態はそこまで来ているのですか」ピースは顔色を変える。

「いずれそうなるのは間違いないところでしょう」フェンはこともなげに言う。「あなたの行動をうかがいましょうか」

「行動？　なるほど、該当時刻の行動ですね。ほぼ定刻通りの列車で当地に到着し、まっすぐこのバトラー邸にやって来ました。バトラーは留守で、バトラーと妹がもどってくるまで十分間ほど、玄関前で待ちました――二人が帰ってきたのは、六時十五分です。すなわち、ブルックス殺害についてアリバイはありません。バトラーとわたしは牧師寮の会食に出かけることになっていましたが、バトラーはぎりぎりになって予定を変えました。わたしと面をつき合わせているのが我慢ならなくなったのでしょう。会食後、臨時会議がはじまったので、わたしは遠慮して、牧師寮の庭の四阿《あずまや》で休憩しました。そうしているのも退屈してきたので、九時すこし前に寮内にもどりました。二十分後に大聖堂に来てくれとバトラーに言われたのはそのときでした。わたしはスピッツフーカー牧師と話しこんでしまい、時間は気にしていましたが、少々遅れても問題なかろうという気でいました。フランシスは父親のことをひどく気にしていました。そして、あなたがたをさがしにホエール・アンド・コフィンまで行ってくるが、あとで大聖堂に父のようすを見にいきたい、その際にいっしょに行ってほしいので待っていてくれないか、とわたしに言って、出かけていきました。かわいそうに、お父さんのことがよほど心配だったのでしょう。ところが、そのフランシスがいつまでたってももどってこないので、わたしは十時少し前にひとりで出かけました――大聖堂には、あなたがたより五分は早く到着していたはずです。鍵のかかっていない扉をさがしていると、あの轟音を耳にしました。あとのことはご承知のはずです」

「またなんと好都合な……犯人とするにはもってこいですな」フェンはつぶやいた。「肝心なところで一、二分間の狂いがあるが、全体からするとささいな問題です」

「わたしにとっては大問題ですよ」ピースは顔をしかめる。

「で、例の遺産はどうなるのです？」

「バトラーが他界したいまとなっては、とうぜんわたしのものです。それでさらに情況は悪くなります。どうでしょうか、相続権を放棄すれば――」

「みすみす大金をあきらめると？　ばかなことを言いなさんな」フェンは本気で腹を立てた。「ぼくには遺産をのこしてくれるひとなんかいませんでしたよ。これでも金持ちの年増に取り入ろうとしたこともあるんですがね。じつにけしからんのは、真に億万長者に値する者が――」と言いかけたが、ばかばかしくなってやめ、腰をあげた。「こんな話はよしましょう。セヴァネクとフランシスに会いたいが、どこにいますか」

「さあ、そのへんじゃないですか」ピースは興味なさそうに答える。「わたしはどうすればいいのでしょう？」

「どうすれば、ですか」フェンは思わず叫び返した。「『やってしまえば、やってしまったことになるのなら、すみやかにやったがよかろう』」

「それはまた、どういう意味で？」

「どうもこうもありません。我がイギリスの偉大なる劇作家シェイクスピア（『マクベス』第一幕第七場、マクベスの台詞）ですよ。ヘミングズとコンデル（ファースト・フォリオ版シェイクスピア全集［一六二三］の共同編纂者、俳優）も、さすがにこの一節には絶句したことでしょう。こんなひどい語呂合わせもめったにありませんからね」

フランシスとセヴァネクは、雑然とひろい庭のべつの一画で、なにやら親密に話しこんでいた。

ダットンの話にあったように、いまにも結婚宣言をしそうな雰囲気のふたりで、ジェフリイはひどく気になった。恋愛をすると、ひとは奇妙な所有欲に目ざめる。フランシスを独占する権利をもっているわけでもないのに、セヴァネクの馴れ馴れしい態度が許せなかった。美しいものをあんなふうにあつかってはいけない。ジョンソン博士も言っているじゃないか。美はそれ自体、敬意に値するもので、そのような丁重さをもって接しなければならないのだ。それでなくとも、あの男は虫が好かない。けっして嫉妬がそう言わせているのではない。あの男の気取り、ぬらりとした捉えどころのなさ、妙にびくついたところが、いちいち気にさわるのだ。きゃしゃな指をした手を組み、小麦色のうすい頭髪をきれいになでつけ、灰色の目でひとの顔色をうかがうさまは、いやらしく映った。

　セヴァネクは挨拶がわりにフェンの捕虫網を話題にした。フェンはとんぼの捕獲に夢中だったので、かわりにジェフリイが相手をして、ちょっと嫌味な返事をかえした。その場の雰囲気はみるみる険悪となった。もとから沈んだ空気があったわけではない。喪中のフランシスの表情が硬いのは仕方ないが、本人はいまはショックのほうがおおきくて、悲しいわけではないと言う。しかし、そこにはかすかに苛立った気分があった。感情のそれというよりも、神経的ななにかであった。

「母がかわいそうで。父のために苦労ばかりしてきたのに、とてもつらそうなんです。そういうものでしょうか」フランシスはそんな話をした。

　襟と袖口の白以外は黒一色の、無地の喪服に身をつつんだフランシスは、やけに艶めかしかった。すでに円満な家庭を持ち、ほかの女には目もくれない（そういう主義というわけではなく、面倒だから）フェンでさえ感嘆の色をあらわにして、「『おお、わがアメリカよ、新天地よ』（ジョン・ダンの詩『床入』。恋

（人の体を新大陸に譬える）」とつぶやいた。ジェフリイはその詩の意味を知っているだけにフェンをにらみつけたが、気持ちはおなじで、ぼうっと逆上せんばかりだった。だが、セヴァネクが母音をやたらに延ばす例のいやみな発音で（もっとも、忘れることもあるらしく、そうでないときもあるが）口をはさむと、そんな至福のひと時は破られた。

「ぼくたちになにか用でもあるのですか」

この切り出しがよくなかった。フェンは大目玉でにらみつけた。こうなると相手が聖職服の人物であろうとなかろうと関係ない。「そうだよ。木陰でなかよくリゴドンを踊ろうときみの勝手だが、せっかく救いの手をさしのべにやってきた者に、ずいぶんなあいさつだな。口のききかたも知らないたわけ者らしい」フェンはみずから怒りをかきたて、そう痛罵を浴びせた。

「おやおや、ついにご乱心ですか」

「言ってくれるじゃないか。まったく愚かというか、まぬけというか」フェンにはこのやりとりを愉しむ余裕があった。ますます大目玉でにらみつける。

「よろしいですか――」

「いや、よろしくない」フェンは頑としてさえぎる。「質問に答える気があるのかないのか、まずはそれをきいておこう」

「ありません」

「なんだと？」フェンはのけぞった。「そうか。そういうつもりなら――」

「二人ともいいかげんにしてください」フランシスが口をはさんだ。「もう、子どもみたいなんだから。フェン先生、もちろんどんな質問にでもお答えします。そうするでしょ、ジュライ？」と青年牧師の顔をのぞきこむ。セヴァネクはしぶしぶうなずいた。

「失礼しました」

「こちらこそ」フェンも仕方なくあわせせる。

「歩きながら話しませんか。じっと立ったままもなんですから」そう言うフランシスにつづいて、一同は芝生の苗床を通り抜け、果樹園のほうへ歩いていった。

だが、そこでの聞き込みは実りあるものとはならなかった。セヴァネクにはアリバイがあった。ブルックス殺害の午後六時、セヴァネクはガービン夫人をブリッジパーティがあるという家まで送っていき、自分もしばらくその家に滞在しており、ブルックス毒殺は共犯者ぬきには考えられなかった。その後、聖歌隊長宅に立ち寄って荷物をあずけ、牧師寮の会食に参加した。会食後は散歩——行き先と目的があいまいだったが、途中で地元の名士に出会い、九時四十五分から十時二十分にかけて立ち話をした。聖歌隊長宅にもどると、バトラー牧師の訃報を耳にしたということだった。

フランシスは六時過ぎに買い物から牧師寮にもどると、ジョウゼフィーンの騒動の最後の顚末に立ち会った。ジェフリイ、フィールディングを寮に迎えると、居酒屋でひと時を過ごし、牧師寮へもどって会食。そののち、しばらく自室で読書をして、片づけに階下へ降りると、会議は終わっていた。台所で仕事をするが、父親のことが気になり、フェン、ジェフリイ、フィールディング、警部をさがしに出かけ、いっしょに牧師寮にもどる。その後、台所にいると、ジェフリイが訃報を伝えにやって来た。

「きみの家族のこともきいておきたい。五時から七時にかけて、お母さんはどうしていた?」フェンは尋ねた。

「友人宅で午後のお茶をとり、六時十五分ごろに帰宅しました。ちょうど父も帰ってきて、ピースさんはすでに門前で待っておられました。父は論文を焼き捨てたジョウゼフィーンを牧師寮まで追いかけていき、叱りつけ、帰宅したところでした」

「ということは、ぼくらが牧師寮に到着したとき、お父さんは寮内におられたわけかい？」ジェフリイが口をはさんだ。

「そうです。わたしたちが居酒屋へ出かけたあと、まもなく帰ったようです」

「なるほどね」フェンは気のない返事をする。「ジョウゼフィーンはどこにいるんだい？　できることなら話をききたいがね」

「家のなかだと思いますが」

「ふむ」フェンは枝から林檎をもぎ取り、ひと口かじって、もごもごとつづけた。「なかなかけっこう。きみたちの話はピース氏の話とも辻褄が合っているようだ」

フランシスとセヴァネクが目配せをかわした。ジェフリイはそれに気づいた。フェンも同様であった。

「だめだよ。隠しごとは」フェンは林檎を頬ばったまま、するどく問う。

「ピースさんのことですが、こうなったからには、いったんお引き取りねがいたいのです。父とはいろいろあったわけですし」フランシスはそう話した。

「まあね」フェンは返事をあいまいにした。「用談で来られたのだったね」

「用談だなんて」フランシスは目をみひらき、怒りをあらわにした。「ゆすり、たかりの類と変わりないのですよ」

「おやおや、きみがそんな世間知らずだったとはね」セヴァネクは冷笑をうかべていた。「カネに目がくらんだ連中はそういうものさ。ジャム瓶にたかる蟻とおなじだよ」

「それについては、べつの見方もあるようだが……まあ、いまはよかろう」フェンはやんわり言って、林檎をかじる。はやく話題を変えたいようであった。「これで、ダロウ氏をのぞくすべての関係者の、きのうの午後六時の行動が——すくなくとも本人の供述によるものが出揃ったわけだ。すなわち、

スピッツフーカー——自室でひとり（未確認、確認不能）。
ガービン——自室でひとり（同前）。
ダットン——散歩（同前）。
ピース——バトラー宅の玄関前（同前）。
セヴァネク、ガービン夫人——行動をともにする。
バトラー——牧師寮でジョウゼフィーンを叱る。
フランシス——買い物の帰途。
フランシスの母——友人宅で午後のお茶。
ジェフリイ、フィールディング——駅から牧師寮へむかう途中。
フェン——あれ、ぼくはなにをしていたんだっけ？」フェンは眉をひそめた。「そうだ、酒を飲もうとしていたんだ。午後六時というのは、そういう時間なんだぞ。世間のみんなが、開店時間を待って居酒屋にしけこむだけの常識人であれば、こんなやぼな事件も起きないんだ」林檎の芯を小鳥に投げあたえる。「それにしても興味深いアリバイの欠如ではあるな。さて、話は終わった。ジ

ヨウゼフィーンに会ってくるとしよう。家にいるんだね？」

「そうです。ジュライ、フェン先生を案内してあげてよ。そしてジョウゼフィーンを呼んできてちょうだい」セヴァネクはしぶしぶ承諾し、フェンを案内していく。ジェフリイとフランシスは、菜園まで散歩の足をのばした。ジェフリイは「その時」の到来を予感した。

「独身貴族」は急遽、防御態勢をとったが、落城は必至の情勢であった。城兵の士気は最低で、各方面を鼓舞してまわるが、それは長年住みなれた場所に別れを告げる惜別の巡回に似ていた。ジェフリイは畑のラディッシュを凝視しながら、胸中ではめまぐるしく思案を巡らせていた。だが、目的にむかって一直線に進む以外にこれという考えもうかばず、けっきょくこう訊いていた。

「婚約者はいるのかい？」

フランシスは首をよこにふった。けっして藪から棒の質問ではなかったようだ。

「じゃあ、ぼくと結婚してくれないかな」

フランシスは歩みをとめた。「ヴィントナーさん――ジェフリイ……。わたしたち、まだ知り合ったばかりよ」

ジェフリイは悲しげに顔を曇らせた。「わかっている。でも、自分を抑えることができない。きみが好きでどうしようもないんだ」

なんともたよりない愛の告白に、フランシスは思わず吹きだしてしまった。ジェフリイはひたすらラディッシュを凝視する――ラディッシュめ、おまえらなんかに中年男の求婚の気苦労がわかってたまるか。そして口では、「ごめん」とつぶやいていた。そう思ったからではなく、ほかに言葉が見つからなかったからだった。

フランシスは笑うのをやめた。やさしい目つきで見つめ、「笑ってごめんなさい。傷つけるつもりはないの。でも、こんなときに……」

「いや、そうじゃない。ぼくが不器用なんだ。聞かなかったことにしてくれ」

「だって、いきなりなんですもの。いくらわたしでも――びっくりです」

「考えてみてくれないかな？」

「そうします」真剣な表情で答えたフランシスは、はにかみながらつけ加えた。「素敵な方だと思っています」

「ぼくはそんなんじゃない。きみもバーゲン品に手をだすのなら、きちんと品定めをしなければね」捨て身の反撃に出た「独身貴族」が、そんなことを言わせるのだった。「ぼくは口うるさいし、嫁《い》かず後家みたいだし、身勝手だし、自分の習慣にがんじがらめだし、朝食時はふきげんだし――」

「もうけっこうです」フランシスは笑いがこみあげ、息が詰まりそうだった。「わたしだってそんな掘り出し物じゃありませんよ。この話はまたにしましょう――いずれきっと」

「セヴァネクはいいのかい？」

「そういうことってあるでしょう。心から望んでいるわけでもないのに、なんとなくそうなることって。気にしなくていいです。わたしが決めればいいことですから。たぶん、そのはずです」と、話を切りあげようとする。「実家へもどって母のようすを見てきます。あしたの朝、朝食前に散歩にいきませんか――海水浴でもどうかしら？」

「いいね」

「今夜からまた牧師寮にもどりますから、あしたの朝はノックして起こしてあげます。朝早くなら人もいないし、そうすれば——」そこまで言って、にこりとする。「ともかく、あした」

二人はしばし無言で見つめ合った。漆黒の髪、碧い眼、紅い唇、女神の姿態——なんと陳腐な……。こういったときの気持ちは、とても他人に説明できるものではない。いかなる詩人も言いあらわせはしないのだ。しかし、それはとても素直な温かい感情だった。そして、けっしてくらとめまいがして、幻覚がともなうようなものではない。そよ風に誘われたラディッシュが、みんなで葉っぱをちいさくうなずかせている。それがちゃんとこの目で見えている。陶酔感とはなんと素朴なものなんだろう。おお、わがアメリカよ、新天地よ。

フランシスが立ち去っていく。光につつまれ、女神が消えていく。畑のラディッシュもたんなるラディッシュとなった。それは食用野菜だった。ジェフリイはひとつひき抜き、泥をはらってかじりついた。

ひろい書斎の暗がりに、フェンとジョウゼフィーンがむかいあって坐っていた。語りかけるフェンはきまじめな表情で言葉かずもすくなく、答えるジョウゼフィーンは顔色も暗く、言葉かずはさらにすくない。乱れた前髪にかくれた両眼はおおきく見開かれ、異様な光を放っていた。黒のワンピースの下はきゃしゃな身体つきで、ときおり痙攣のように顫えた。肘掛椅子にふかく坐り、背中に受ける圧力を愉しむようにしている。

「お父さんの原稿を焼いてしまったのはなぜだい？」フェンは言葉しずかに質問をむけた。

娘はぴくりと反応をしめした。「どうしてこたえなきゃならないの？」

「理由はない。こたえてくれれば、きみのためになる」

娘は胸算用する。ほんとうならわるくない話だが、ただの口約束かもしれない。「どういうふうに？」

「あとでいいものをあげる」

「わたし、よくわからないの……しゃべっていいかどうか。気分がわるくて、ずっとめまいがしていた……あのあとはとくに。頭がへんになって、自分がなにをしているのかわからなかった。そしたら、いきなりぶたれた。指が触れただけでも、死んでしまいたいのに」と、手の甲で洟《はな》をすすりあげる。

「例のメモだけど、だれに頼まれた？」

「お巡りさん」反射的に答える。

「ちがうだろう？」

「お巡りさん、お巡りさん」娘はにこりとするが、笑顔がゆがんでいる。

「だれから渡されたんだい？」

「しゃべってはだめなの。でないと、もらえなくなるから」

「なにをもらうんだい？」

「それも、しゃべってはだめなの」

フェンはため息をつき、辛抱づよく、やさしくと、いま一度おのれに言い聞かせた。「お父さんにぶたれたことを、ひどく気にしているようだけど？」

「だって、あんまりなんですもの。わたしは気分がわるくて、自分のしていることがわからないだけだったのに」と、顔を両手にうずめる。

「かわいそうに」フェンは手を伸ばし、肩を撫でようとした。が、ジョウゼフィーンはびくりと身を退けた。

「わたしに触れないで！」

「わかった」フェンは手を引っこめる。「体調が悪いなら、医者に診せなきゃね」

「お医者さんを呼んではいけないの。病気と思われてはだめなの」

「だれがそんなことを言うんだい？」

「それは――」ふっと目をかがやかせる。大きく見開いた眼は尋常のものではない。「だめよ。うまくまるめこむつもりでしょう。しゃべってはいけないの」

「ああ、そうか」フェンは無関心をよそおう。「じゃあ、これだけは教えてくれないかな。どうしてお父さんにぶたれたことをそんなに気にするのか」

ジョウゼフィーンは肩をすくめ、「からだが汚れるからです。それが許されるひとは、ひとりだけです」言い終えると、全身を顫わせた。

「だれだい、そのひとは？」

「黒衣の紳士」

フェンは椅子にすわり直した。ようやく話がのみこめてきた。「アポリオンだね？」

「ご存知なの？」

「知っているよ。マレディィコ・トリニタテム・サンクティシマム・ノビリシマムク、パトレム、フィリアム、スピリタム・サンクトゥム。アーメン。トリニタテム、ソーラー、メシアス、エマニュエル、サバホット、アドナイ、アタナトス、イエースム、ペンタクア、アグラゴン……」

「イシロス、エレイソン、オテオス」ジョウゼフィーンの細い声がくわわり、二重唱のようになる。

「テトラグラマトン、エリ・サダイ、アクイラ、マグナム・ホミネム、ヴィシオネム、フローレム、オリージネム、サルヴァトレム・マレディコ……パーテル・ノステル、キ・エス・イン・コエリス、マレディカトゥル・ノーメン・トウム、デストルアトゥル・レグナム・トウム……」

単調なひびきがつづき、やがて朗詠は終わった。フェンは言った。

「わかってくれたね。ぼくは仲間さ。信用してくれ」ポケットからシガレットケースを出す。ジョウゼフィーンの貪るような視線を見逃さない。「どうだい？」

「ください。はやく」ジョウゼフィーンはひったくるようにして一本を抜き取り、口にくわえた。フェンは火をつけ、無言で娘が紫煙をふかく喫いこむのを見まもった。しばらくすると、ジョウゼフィーンは失望の叫びをあげ、さげすむように投げ捨てた。

「こんなの、ちがいます！」

フェンは席を立った。口調もきびしく、こう言い放った。「そうだよ、ちがうよ。ほんものは黒衣の紳士からもらうんだね」娘はうなずく。「ぼくがやって来たのは、きみの信仰を試験するためだ。イン・ノミネ・ディアボリ・エト・セルヴォラム・スオラム」

「わたしの信仰にゆるぎはありません」わるびれずに答えるジョウゼフィーンの声には、病的な興奮があった。「父は邪教の教えにまみれて死にました」

フェンは戸口でふりかえった。「ぼくは仲間だからね。きみの導師の名をきいておきたい」

瞬間、うすい蜘蛛の巣のようなものが娘をつつみこんだ。ジョウゼフィーンは口ごもり、またもや身を顫わせた。やがて顔をあげ、にこりとする。

「しゃべってはだめなの」

門のところで、ジェフリイと落ち合ったフェンの双眸は、怒りでつめたい光を放っていた。

「ジョウゼフィーンに会えたかい?」ジェフリイは声をかけた。

フェンはうなずいて、しずかに語った。「あの娘は麻薬中毒だ。おそらくハシーシだろう。紙巻きにしたものらしい。ただちに入院治療の必要がある。警部に電話でつたえておこう」そう語り、しばらくして、「事件とはまったく無関係だ――同一人物の仕業である点を除いては。なんの意味もない、破壊のための破壊行為だ。あの娘は肉体のみならず、心をも蝕まれた。そしておまけに――」

「なんだい?」

「あの娘は魔女だ」

「魔女?!」ジェフリイはぎょっと目をむけた。

「トールンブリッジには、旧習が根強くのこっている。ふつうの定義をもちいれば、ジョウゼフィーンはりっぱに魔女ということになる。父親の神学論文を焼き捨てている。父親に触れられるのをきらったのも、われわれが知る由もない、知りたくもない獣に肉体を捧げるためだ。父親は邪教の教えにまみれて死んだともいった。あの娘が悪魔と接触し、黒ミサに参加していることに、もはや疑問の余地はない」

第十章　夜　想

「わが血肉の一部、憎悪と復讐心が
処刑の遅れを許さない」
ウイリアム・クーパー（『狂気の間に書ける詩』）

午後になると、ジェフリイは聖歌隊と音合わせをして、夕べの祈りにのぞんだ。聖歌隊は期待どおりであったし、パイプオルガンもすばらしいものであった。日課や特禱がおこなわれる、オルガン奏者にとってはしばしの休息のあいだ、ジョウゼフィーンの境遇について考えた。又聞きの話だったが、恐怖と怒りに顫えがとまらなかった。悪質ないたずらであり、二つの殺人事件と直接は関係ないということだが、なぜフェンはそう断定するのか、まるで見当がつかなかった。関係者のうち、聞き込みをすべき人間はダロウをのこすのみとなっている。あのきざでいやになよなよした老人――参事会尚書にして、黒魔術研究の大家であるという。「あれは学問的興味の域を越えているわね」と、フランシスはそんなことを言っていた。きっとなにかある。なにか糸口がつかめるにちがいない……。

そのダロウ宅へ出かけたのは、夕食後のことであった。午後の半日、昆虫採集にいそがしかったフェンは上機嫌で、ますます意気軒昂たるようすだった。とめどなくしゃべり、連れのことなどお構いなしにどしどし歩いていく。ジョウゼフィーンはトールンブリッジから遠くはなれた、つまりは悪人の魔手のとどかない場所の、専門医のもとで治療を受けることになったという。

「数週間苦しむだろうが、時間の問題で回復するだろう。十五歳の娘を薬物中毒にしてほくそ笑んでいるようなやつだ。どんなご面相か、そいつを拝むのがいまから愉しみだね」フェンはそう吐き捨てた。

サー・ジョン・ダロウの住居は、入江を見おろす、モダンでしゃれた宏壮な邸宅だった。玄関扉があけられたとたん、屋敷の主人の潔癖性というべき几帳面さが偲ばれた。だが、驚きはそれにとどまらなかった。通された書斎には、常人にはちょっと理解しがたい趣味が横溢していたのだった。壁に飾られているのは、奇怪なヴァンパイアをえがいたフュースリの素描画、ダンテの『神曲』地獄篇第五歌をえがいたビアズリイの美麗な線描画であった。暖炉のうえのいちだんと高いところには、中世ドイツの画家の手になるものであろう、拷問シーンを克明に描いたおぞましい油彩画がある。デューラーの『メランコリア』の粗悪な複製画もあったが、これはこの恐怖の小展示室にいくらかの品のよさを、またそれだけ陳腐な感じをあたえていた。書棚にはびっしり書物がならんでいる。主人がなかなか姿を見せないので、背表紙の書名をたしかめていくと、しだいに気持ちが萎えてきた。それは、黒魔術研究文献の比類なき一大コレクションであった。ニコラ・レミ著『悪魔崇拝』の一五九五年初版本、『魔女の鉄槌』の近代私家本、コットン・マザー著『不可視の世界の驚異』、『サドカイ派の克服』など、その方面の貴重書が網羅されている。また、この蔵書の持ち主は、そういった自然界の暗黒面を真摯な研究の対象とするだけでなく、おのれのひそかな快楽の源泉にしているふしもみられた。ポール＝ジャン・トゥーレの『ムッシュー・デュ・パウル』、マルキ・ド・サドの『ジュスチーヌ』など、ポルノまがいの珍本も多い。無言でながめていたフェンがぽつりと言った。

「すくなくとも、人目をはばかるつもりはないようだな。この手の世界に書物でひたる人間に悪人はいない、という考え方もある。現実世界での不能がそうさせていると考えることができるからな。むろん、例外はあるが」

ようやくにして姿を見せたダロウは、ひどく気取った足取りで入室してきた。頭のてっぺんにわずかにのこる白い頭髪が逆立っている。「教授、ヴィントナーさん、ようこそ。お待たせして失礼しました。巨大なチーズ・スフレと格闘――いや、まさに格闘でして――しておりまして。他意はございません。いらしていることを、女中がなかなか告げなかったりしたものですから。どうぞごゆるりと」

室内の調度は豪華なものだった。ジェフリイはふかふかの肘掛椅子に身を沈め、その掛け心地を味わった。ダロウはひとりでしゃべりつづけた。

「ここの生活がどんなふうか、ちょっとご想像にはなれますまい――じつにさびしいものです。たまに来客があると、いっぺんに気分がうきたちます。ヴィントナーさん、聖歌隊はいかがでしたか」

「すばらしいのひと言です。なにも問題はありません」

「それはよろしゅうございました」ダロウはそっと指を組む。「聖歌隊学校が存続していたころは、生徒もいまとはちがいましたが」

むろん、そうだろう——ジェフリイは内心思った。校長の愛読書がマルキ・ド・サドなんだから。しかし、そのころは、ダロウもいまとはちがっていたかもしれない。

睡魔におそわれていたフェンは、それを振り払うように切り出した。「バトラー牧師殺害について、警察とは別個に調査しています。ご協力いただけるでしょうか」

「よろこんで。どのようにいたしましょう？」そう答えるダロウの声は、心なしかガードが堅くなったようであった。

「あなたの行動をお聴きしたい」

「わたしの行動ですか」ほ、ほ、ほと笑い声をたてたダロウは、脚を組み、それをまたもとにもどし、必要もないのにネクタイをいじった。「あの有能な警部さんがいらして、おなじ質問をされましたから、要領よくお答えできますよ。わたしには六時にアリバイがあります。この部屋で使用人と話をしておりました。しかし、十時十五分にはアリバイがありませんな。あのくだらない会議が終わると、やぼ用で業者のところへまわりました。残念ながら先方は不在で、わたしは散歩がてら、ぶらぶらと帰途につきました。帰宅したのは、半ごろだったでしょうか」

「何時の？」

「もちろん、十時の、ですよ」苦笑をかみ殺すように、ダロウは口辺をわずかにゆがめた。「夕食はこの部屋でひとりでとりました。ブルックスの見舞いに病院に立ち寄ったのは、五時十五分。ちょうどそのころ、患者は意識を取りもどしたらしいのですが、面会はかないませんでした。ついでに申しておきますが、牧師寮住人用の大聖堂の鍵を警部さんから預かったのは、そのときです」

「なるほど。その点も重要ですね。その鍵は誰に返しました？」

「まちがいなく、フランシスくんに。フランシスくんはそれをいつもの場所の、玄関の鍵掛けにかけました。この目ではっきり見ています」

「筋の通った話のようですな。バトラー牧師殺害について心当たりはありませんか」

「ありませんな」ダロウはしごくあっさりと答える。「あえて言うなら、近ごろこれほどめでたいこともなかった」

「めでたい？」フェンは見つめ返す。「バトラー牧師をきらっておられたのですか」

「はっきり申せば、大嫌いでした。あの男は学者でも芸術家でもなく、ましてや聖職者でもなく、ただの愚物です。才能や人間的面白味をかけらも持ち合わせていない空疎な人間、といったほうが正確かもしれませんな。わたしの研究をばかにしていましてね。人間だれしも自分がかわいいですから、ばかにされると癪に障ります。それがわたしが故人をきらう最大の動機です」そう語り、ダロウはかすかに顔を赤らめた。

「ブルックス氏はいかがです？」

「ブルックスくんとはウマが合いましたな。音楽というものをじつによく知っていました。あの男の子たちを、それはみごとな聖歌隊に仕立てあげましてね。ほんものの芸術家でした。『ああ、丸天井に響き渡る少年たちの歌声よ』」そう叫ぶと、ダロウは立ちあがり、部屋のなかを往復しはじめた。

フェンはそんなマラルメふうの感慨につき合う気などさらさらない。「犯人はなぜブルックス氏を殺さねばならなかったのでしょう？」ずばり、そう訊いた。

おおきく育った蘭の鉢植えが三鉢あった。ダロウは蘭の葉に指でふれながらこたえた。「さて、どうでしょう。バトラーの仕業なのではありませんか」

「それはあり得ないでしょう」

「そうですか」ダロウはかるく肩をすくめ、往ったり来たりをくりかえした。「ブルックスくんに怨みをもつ人間はいないが、バトラーにはわたしを含めて多数おります。しかし、誰が二人を殺したかとなると、わたしにはさっぱりですな」

すくなくとも正直に話している——ジェフリイは思った。が、この老人はとても一筋縄ではいきそうもなかった。二重、三重、いや、四重のまやかしだって、ないとはいえない。その気になれば芝居もできる。飄々と澄ましこみ、本性をあらわさないで、欺瞞をさとらせない。真実をあいまいにすれば、それだけ嘘も目だたない寸法だ……。

探偵を名乗るにしてはいささかせっかちなフェンは、はやくもいらいらしていた。やたらと貧乏ゆすりをして、唐突に質問の矛先を変えた。「聖イーフレイムの亡霊は出没しますか」

「聖イーフレイム？」ダロウはきょとんとした。

「バトラー牧師の死について、地元では妙な噂がたっているんじゃないですか」

ダロウはみるみる顔をかがやかせ、まるで幼児のように手をうってはしゃいだ。「なるほど！　いやいや、聖イーフレイムは生者の安寧をじゃましたりはしません。当地で旺盛な活動をみせるのは、主教のジョンの霊魂です——それはもうりっぱな幽霊で」

屋外では音もなく、なま暖かい夕立が降りはじめていた。水玉が窓ガラスをつたい、それらがくっついては離れ、離れてはまたくっつく。フェンは庭先にぼんやりと視線をむけている。

「そのへんのことを、ひとつくわしくお聞きしたいのですが」ジェフリイがおそるおそる口にした。

「その主教についてはあなたにきくようにと、スピッツフーカー牧師からも言われていましてね」フェンは言う。「たくさんの女を焼き殺した人物だということは知っています。どうやらその主教の霊魂は安らかな眠りにあるとは言いがたいようですな。とりわけ、あの一風変わった霊廟が、その神聖を破られるようになってからは」

「たしかに地元では、そんなことになっているようですな。わたしもいろいろと耳にしています——信憑性のある話のようです」こういった話の流れを、ダロウはあきらかに歓迎していた。「そもそも、なぜ《主教の二階廊》に安置されたか、というところからして因縁めくのです。密閉された場所に葬られるのをきらったふしがある——いってみれば、死後閉所恐怖症」ダロウは、ほ、ほ、ほと笑い、「つまり、二階廊はこの世への通用門というわけです。そういったわけで、二階廊の欄干のあたりに出没するのを見たという者が少なからずいるのです。主教が、それも女連れで——」

雨雲がひくく垂れこめ、室内は暗くなっていた。ジェフリイはもぞもぞと落ちつかない。こんな話を聞いているのは時間の無駄だった。だが、とても聞かずにはいられない。事件の謎を解く鍵がそこにある——そう直感した彼は、間違っていなかった。

ダロウはつづける。「これがなかなか興味深い話なのです。一六八八年、主教のジョンが当地に赴任してきたとき、二十五歳の若さでした。そういった地位に就くには、当時はとくにコネがものを言い、適性や経験はほとんど問題にされなかった。ジョンは、あきらかにその口でしょう。ひと口に申しますと、ひじょうに複雑な人格の持ち主です。堕落をきわめた悪党と、敬虔な清教徒が同居しているのです。父親はクロムウエル（清教徒革命でチャールズ一世を処刑）の一党にあり、晩婚で娶ったのは英騎士党《カヴァリ》派《ア》（チャールズ一世の王党派）の重臣の娘であった。このふた親にしてこの子あり、といったところで、父親からは峻厳さと無軌道さ、母親からは能天気な自堕落さを受け継いだ。イートン校経由でケムブリッジのキングズ・コレッジに進み、二十三歳で聖職者となる。戒律にしたがって妻帯はしなかったが、まもなく両親を亡くし、かなりの遺産を手にしました。当時の圧倒的買い手市場の夜の街で、欲望の捌け口を見つけることはたやすく、またそれを慎まねばならない理由もなかったでしょう。これが、ジョン・サーストン主教が当地へやって来るまでの小伝です。ですから、けっして凡庸ではなく、高等教育を身につけた有能な人物ではあったのです」

夢中になって語るダロウから、いつしか気取りも衒《てら》いも消えていた。この老人には物語作家の才があるとジェフリイは思った。もっとも、そこで語られているのは、けっして虚構の物語ではないのだが……。

ダロウはさらにつづける。「興味深いのは、魔女の処刑に先鞭をつけたのはこのサーストン主教ではなく、黒魔術を目撃した、もしくは目撃したと信じた町の民衆だったことでしょう。この地域に複数のコヴェン（魔女の分会）が存在していたのはまちがいありません。それでふしぎに思うのです。どうして特定の時代に、特定の場所で、こういったことが起こるのか。なぜセイレムなのか、なぜバンベルクなのか、なぜトールンブリッジなのか。しかし、事実はこのとおりなのです。黒ミサには、英国国教会に不満をもつ聖職者たちがかかわっていたとされています。大物聖職者も処刑執行者のリストに名を連ねるようになり、サーストンもその一員となったわけです。パニック状態に陥った民衆は、鵜の目鷹の目で魔女さがしをやる。自分を守るためには、さきに告発者になるしかありませんからな。サーストン主教がはじめからこういった風潮を奨励したり、それを愉しんだりした証拠はありません。しかし、まもなく変化が訪れるのです」ダロウは話を切る。フェンは二本目の煙草から、三本目に火をうつす。ひどく考えこんでいるようだった。

ダロウは話をつづけた。「魔女を拷問するのは告白を引き出すためだということは、記憶しておかねばなりません——もっとも、責めずとも告白する者もしばしばありましたが。また、拷問をくわえずに告白を再確認することも最低限、必要とされました。拷問方法は、鞭で打ち、熱した魔女椅子にすわらせ、親指をつぶし、脚をくじき、重しをつけてつり下げる、といったものでした。そういった場へ、サーストン主教はその役目でもないのに、お忍びで顔をだすようになる。処刑にも立ち会い、処刑方法が絞首刑から火刑に変更されたのは主教の意向だったともいわれています。いかなる法的論拠があったか、いくら調べても不明なのですが、途方もないこじつけがなされたにはちがいありません。イギリスのほかの地域ではどこでも絞首刑で、火刑はおこなわれていないのです。そういった断罪がはたして正当なものであったかどうか、いまとなっては知る由もない。サーストンはグランヴィルの著作や『魔女の鉄槌』を読みふけるようになりました。峻厳な清教徒としての血がいかに騒いだことか——そしてまた、そこで用いられる方法がいかに官能的に彼を刺激したことか。多くはうら若き乙女で、たいそう美しいのもいる。主教の死の前年、一七〇四年のことです」

ダロウは戸棚にならぶ革装の分厚い書物のなかから、一冊を抜き出した。そしてそれをうやうやしい手つきでひらき、頁を繰った。

「サーストン主教の晩年の日記です」

これにはフェンも好奇心をそそられた。

「幽霊の存在を証明する、現存するもっとも完全な記録であり、資料としての信憑性に疑問の余地はありません。主教は自分の死後、この日記を封印して処分するように命じたのですが、人間の好奇心はいたしかたないもので、また最後の数か月の記述の異常さのために、歴代参事会尚書が保管するところのものとなり、こうしてわたしの手もとにあるのです。ヴィントナーさん」ジェフリイのほうへ歩み寄り、「ご興味がおありでしょう。ぜひ朗読していただけませんか。わたしは何度聴いても飽くことがありません。日記そのものがすべてを語ってくれますので、よけいな前置きはいらないでしょう。フェン教授、お時間はよろしいですね」

フェンがうなずくと、ダロウはジェフリイに日記を手渡した。ずっしりと重量感のある書物には、おおきな書体のまめまめしい文字がならんでいた。ダロウはジェフリイの肩越しに頁を繰っていき、ある部分を指さした。

「この一節からおはじめになるとよろしいでしょう」

庭先には蕭々と雨が降り、ときおり雲間から洩れる黄色い光線のもと、ジェフリイはこわばった分厚い紙面に目を落とした。

一七〇五年二月二十七日 セント・ポール寺院ダン牧師の正論の誉れ高き説教集に曰く、肉体の快楽は神に対する秘事に非ず、節度を弁える限り、正しき物なり云々。ダン牧師自身、神の懐に抱かれる以前の若き頃、放蕩と浪費の限りを尽くし、倫敦の売笑婦、詐欺師と親交を結んだのは周知の事実。一度道を踏み外しても、若気の過ちと悔悛に至れば、地獄の業火を免責される。ならば、男盛りにして精気あふれる吾人が、何故大衆が享受する歓楽を我が身に禁じねばならぬのか。神話では神々も人間の娘と交わる。天上の者がユダヤ人娘と契るなど言語道断。斯様な不謹慎が許されるなら、罪など何処にあろうか。堅い信仰があれば、罪は犯した瞬間に贖罪される。

寝台に仰臥し、倫敦に於ける我が青春時代を懐古する。芝居見物、ウイチャリイ（英国劇作家）の喜劇……劇場の暗闇に漂う女の髪の香、女の胸元ばかりが白く輝く……『愛の技術』（ローマ詩人オウィディウス作）を紐解き、劇場で女が男を誘う条（ドライデン（英国詩人）は斯くの如く翻案している）を熟読――みな過ぎ去りし日の思い出だが、今も恋慕の情は強い。当地は田舎者ばかりで、無知で醜い。女は西班牙産の白豚の如し。

注・この日記を厳重に保管の事。

三月四日　今週二度、朝の祈りで娘の姿を見かける。顔を衣で被うのも慎ましいが、豊かな髪の美しさは隠しようがない。

三月六日　娘の名はエリザベス・パルトニイと判明。昨年、我が命に拠り魔女として処刑された女の姪と云う。卑賤の生まれであろうが、そうは思えぬ端麗なる容姿。一心に祈りを捧げるも、拙なきところあり。今週の火刑処刑者、計四名。見物人の数は減る一方。

三月二十一日　鞭打ちから帰宅。まもなく告白するだろう。全裸にして三本縒りの革鞭で責める。絶叫凄まじいが、悪魔祓いに伴う普段の快感もない。我が想念、依然として他所にあり。

三月二十六日　初めて娘と言葉を交わす。その肌の肌理《きめ》の細かさ、驚嘆に値する。性情はおとなしく、きわめて従順。教化のため、暫く娘を主教館に通わせることにする。「従順」を苦痛にのたうちまわらせる――その妄想抑え難し。

（ここでジェフリイは、教区運営に関して記された多くのページをとばした。つぎにエリザベス・

パルトニイが登場するのは、四月二十三日の項であった）

今宵、娘、四度目の訪問。教会への絶対的服従を説き、その証として我が面前で全裸とならんことを命じる。娘、大いに恥じらうも（様々な方法を用いた）我が説得に応じる。娘の羞恥、吾人の昂奮を掻き立てる。齢十七とは思えぬ見事に発達した肢体、長い巻毛の頭髪がそれを黄金色に覆う。ミルトンは彼の偉大な宗教詩において、髪に覆われたる裸婦の美を詠い、ダンもまた挽歌で詠う。娘、我が魂胆に疑念を抱き、怯懦の風情あり。娘の咽喉辺りに垂れる巻毛を我が指に巻き取り、あたかも殺傷せんとする。娘、愚かにも、我はキリストの花嫁なり、と云う。ならば教会の花嫁となればよい。魔女としての処刑を匂わせると、娘、遂に屈する。

甚だしき倦怠感。孤独になると館の静寂堪え難し。早々に就寝し、余計な想念や良心の呵責を払拭し、快楽の記憶に耽るに限る。この日記を階下の部屋に鍵を掛けて保管せねばならない。この館には不快な反響があり、やけに暗い。しかし、日記を放置するわけにはいかぬ。使用人は疾《と》うに退がってしまった。

八月十三日　万事順調。長期にわたり日記を認める余暇もなかった。疑惑の目を恐れるが、理性に照らして、我が行動に疚しきところはないと信じる。娘の肉体の浄化につとめたに過ぎない。それは教会史に於いて前例のないことではない。

娘、次第に無口、無反応になる。吾人の興味は失せた。もう会うまい。理性が非難の声を発しないのに、何故罪の意識を抱かねばならぬのか。

八月十五日　最悪の事態発生。娘、懐妊。火刑の恐怖ゆえ、他言を慎んでいる。

八月十六日　娘と密会。スレイターの囲い地のむこうの雑木林にて。娘、親に打ち明けると言い張る。火刑の脅しももはや効果なし。他に手立てはない。吾人に対する暴言の数々が娘の魔性の証明となるだろう。娘、この期に及んで悔悛を口にし、贖罪を願う。敬虔なる女の愚かしさ、唾棄すべきものなり。

八月二十三日　吾人に対する非難の弁は、案の定、娘の魔性の証明と判定された。疑惑の目を恐れてきたが、すべて杞憂であった。本日、告白させるため、拇指圧迫器使用。効果なく、石抱。罵詈雑言を吐き散らし、真の魔女を髣髴とさせる。恐らく我が信念を揺るがさんとして、娘の肉体を借りた悪魔が言わせているに相違ない。

娘、もはや一言も発しない。その射るような目つき、思い出したくもない。

八月二十九日　神よ、憐れみたまえ。娘の火刑を執行。その炎は永遠に燃えつづけるかと思われた。剃り落とした頭髪は別個に焼却。群衆が騒ぐので、役人に鎮めさせる。再度、告白を強要するも、依然として黙秘し、我が傍らを通過の折、戸締まりに気をつけよ、と囁く。火刑台に引き立て、磔にして、薪に点火。その姿、童女の如し。

娘の意味するところは不明。主教館は寒く、就寝するに限る。我が行動の正しきことを、娘は紛れもなく魔女であったことを信じる。

九月四日　罪人、愚行の報いを受ける。寝台に仰臥し、三方の幕をひき、一方を脇机の燭台から明かりを取るために開けておいた。その幕が突然（室内が無人にも拘らず）、無音にて閉ざされ、真の闇となった。幕のむこうに何者かの気配あり。幕の下から潜り込み、夜具を引っ張ろうとする。吾人の悲鳴を聞きつけて使用人が馳せ参じたが、室内には何もいない。使用人に付き添わせ、すべての灯火をともして、不安と恐怖の一夜を過ごす。戸締まりを厳重にしても、無駄であった。こんなことは誰にも打ち明けられない。神よ、守らせたまえ。

九月五日　館内を見回り、門口や敷居に魔除けの儀式をして、五芒星を描く。用心をすれば、どうにか息災でいられるだろう。だれにも滅罪の期間を奪うことはできない。風が出て寒い秋の日なのに、館内が熱気で蒸れる。朝の祈りから帰宅して、使用人にその理由を問うが、気づかなかったと云う。それどころか、ひどく驚いた様子で、「旦那様は書斎にいらっしゃるものと思っておりました。ほんの数分前まで書斎で跫音がしていましたので」と云う。書斎に行ってみるが、誰もいない。

九月十日　今日、初めて「それ」を見た。二度と見たくない。この恐怖から逃れるには、神の恩寵にすがるしかない。地獄の苦しみとは、肉体の苦痛ではなく、この恐怖のことだ。夜遅く、寝室へ行く際に書斎を覗くと、女中（そう見受けられた）が屈んで、暖炉の火を熾《おこ》していたので、自室へ退がるように云おうと書斎に入ると、「それ」はむくりと身を起こし、両手をあげて抱きついてきた。私は気を失い、床に倒れ、たまたま通りかかった下男に助け起こされた。下男は何も目にしていない。これ以上、記すことはできない。神よ、お慈悲を。

九月十三日　町に妙な噂が立ち、吾人を非難する声もあるようだ。七名の使用人が暇をとって館を退去した。暖炉も使わないのに、書斎に焼けた石炭が散乱する。館内の熱気、堪え難し。

九月十九日　クローゼットのカーテンを不審火で消失。消火に手間取る。

十二月二日　神の御加護で、ふた月が無事に過ぎた。館内の熱気もおさまる。悪魔の手先エリザベス・パルトニイもついに退散した。善が悪に勝った。安堵して、教区の仕事に精を出す。神は試練を課し、吾人は勝者となった。邪悪な亡霊はついに退散した。

十二月三日　今年のクリスマスを無事に迎えることは叶わないであろう。今朝、寺男が来て、吾人に面会を求める女が大聖堂北側翼廊のそばで待つと告げた。相手の素性はわからないと云う。行って、女を探すと、何者かが控え壁の陰にうずくまっていた。その皮膚は羊皮紙の如く、処々皮が剝け、中の頭蓋骨が白い斑点のように見える。眼球はない。その髪はいまなお美しい。おどろくほど美しい。だが、それを見ることも、もうないだろう……。

文章はそこで途切れていた。ジェフリイは頁を繰ってみたが、あとは白紙ばかりであった。ながい沈黙のときが流れた。ジェフリイはもの問いたげな視線をダロウにむけた。

ダロウはしずかに語った。「二十四日は、夜半から風が出て冷えこみ、明くるクリスマスの朝は一面、雪化粧でした。サーストン主教はベッドで屍体となっていた。顔に火傷のあとがあり、窒息死していました。断末魔に苦しんだようすはなかったが、口のなかには髪の毛がいっぱい詰めこまれていたのです」

ジェフリイは書物を閉じ、かたわらのテーブルに置いた。無言でそうした。

フェンは火の消えた煙草に、あらためて火をつける。「たしかに不気味ですな。当地の大聖堂にまつわる因縁話の凄惨さは、想像以上のものだったと言っておきましょう。地元では現在も悪魔崇拝がおこなわれているのではないですか。そう信じる根拠があるようですが」

ジェフリイが驚いたことに、ダロウは首をうなずかせた。「幼稚な黒ミサなら、たしかにおこなわれています——伝統の継承というような意味合いはなく、なんの脈絡もない、とってつけたようなものです。あれでも、ある種の人にはちょっとしたスリルなのでしょう」

　フェンはまたいらいらと貧乏ゆすりをしている。「バトラー牧師殺害と関係あるかもしれませんな。主宰者はあなたですか。いまうかがった話からすると、そういうこともなかろうと思いますが」

「教授、ご賢察のとおりです。一、二度顔を出したことはありますが、じつにいいかげんなしろもので、わたしに言わせれば邪道です。ばからしいので、近ごろは出かけておりません」

「警察に通報すべきと考えることはなかったですか。違法行為にはちがいないでしょう」

「あんな他愛ないものを。実際にごらんになればおわかりになりますが――」ダロウはふと懐中時計に目をやり、顔をかがやかせた。「八時半。昨日は木曜日。金曜は木曜のまえでしたっけ、あとでしたっけ？　あとですな」

「それがどうかしたのですか」ジェフリイはダロウの勿体つけにうんざりしていた。

「金曜は悪魔を讃える日なのです。毎週金曜日――ちょうど教会委員が会合をもつのとおなじように。集会場所に行けば、黒ミサに立ち会えるかもしれませんよ。いかがです？」ダロウはまるで日曜学校の行事を企画するような口ぶりで言う。

「名案ですな。参りましょう」フェンは快諾する。「しかし、さきに主宰者の名前をおききしたい」

「いや、わたしはほんとうに知らないのです」

「知らないはずはないでしょう」ジェフリイがするどく問い返す。

「ひょっとすると、サーストン主教かもしれませんね」つま先立って、ほ、ほ、ほと耳ざわりな笑い声をたてたダロウは、エドワード・リアの戯画の登場人物のようであった。「じつは主宰者も参会者も仮面をつけていましてね。となりが誰かもわからない。そうそう、われわれも仮面を用意しませんと」と、戸棚からなにやら気味のわるい物品を三つ取りだした。「動物仮面です。なかなかみごとな造形でしょう。ヒンズー教徒のものです。これで間に合うでしょう」面はそれぞれ、豚、牛、山羊をかたどっていた。

牛の面をかぶったフェンは、ふたつの穴からうすいブルーの眼をしょぼしょぼとのぞかせた。ジェフリイは豚、ダロウは山羊を選択した。しばし、たがいの変わり果てた姿をげんなりと観察しあった。

「見られたものじゃないな」フェンはためしに牛の鳴き声を真似てみる。すると、これがけっこう気に入ったようで、目的地に到着するまで、モー、モーとそれはうるさくてしかたがなかった。そんな大人げない一面が、フェンにはあるのだった。

トールンブリッジとトールンマスをむすぶ街道からすこしはずれた淋しげな場所に、以前はボーイスカウトが利用していた山小屋ふうの旧い木造建築があった。それが黒ミサが挙行されようとしている場所だった。以前の使用者の置きみやげとして、ビーヴァーだのカワウソだの、厚紙細工のちょっといびつな動物たちがホールの壁一面を飾っていたが、それが後方の席に陣取った新入りの山羊、豚、牛の三匹を見おろしていた。なんとも珍妙な構図だったが、そんな彼らに注意をむける参会者もいない。

参会者はかなりの人数にのぼり、それぞれ仮面をつけ、ほとんどが女であった。黒衣をまとった、やはり仮面姿の人物が二名、にわか造りの祭壇のあたりでちょっと手持ち無沙汰にしていた。場内はひっそりとしている。やがて、特別な夜がはじまった。それは退屈きわまりないものであった。ジェフリイがみたところ、ラテン式のミサから「罪の告白の祈り」と「栄光の頌」を省略したようなものであった。ジェフリイ、ダロウ、フェンは聖餐にあずかろうとはせず、またそれをうながす者もなかった。悪魔的な残虐に陶酔する場面もない——もっとも、ふつうのミサに陶酔感がともなうというわけではないが。生け贄もなし、淫靡な儀式もない。これほど退屈で没趣味な半時間を過ごしたことはないといってよかった。はげしく貧乏ゆすりをするフェンは、いまにも席を蹴立てて出ていきそうだった。儀式の結末はどのようなものか、最後にその興味だけがのこった。国歌「ゴット・セイヴ・ザ・キング」か「栄光の賛歌」を逆から斉唱するのだろうか。

だが、そんなこともなく、漫然としまりのない終わりがあっただけであった。ミサの執行者と助手が後方の一室へ消え、参会者は小声でささやきあったり、くすくす笑ったりしながら、戸外の暗がりへちりぢりになっていった。

「ミサのあとは乱交パーティが、おきまりのコースじゃないのか?」仮面をはずしたフェンが不服そうに言った。

「乱交パーティですか。ここでは無理でしょう」ダロウは周囲をしめして、苦笑した。「ここでやらかすには、そうとう勇気がいりますな」

三人をのこし、ホールはもぬけの殻となっていた。ジェフリイは祭壇まで行き、「聖杯」と「聖体パン」をしらべた。後者は蕪のおおきいのをうすく輪切りにしたもので、クレオソートを塗布して黒く変色させてあった。

「伝統的な手法です。なにかの本で読みかじったんでしょう」ダロウはさも軽蔑するように解説を加えた。

「聖杯」の中身は異臭を放つ液体で、どうやらキニーネをベイスにしたカクテルらしい。

「まったく、彼らの健康を祈るよ。さて、主宰者に話をきいてくるとするか」フェンは後方の部屋へ進んでいく。

「わたしはこれで失礼しましょう。調査といってもむずかしいでしょうな。秘密主義ですし、主宰者の口はとうぜんながら堅いでしょう」ダロウは嬉々として言った。「ともかく幸運を祈りますよ。わたしの足ではあとで追いつかれるかもしれませんが、おやすみの挨拶はここですませておきましょう。扉の影の殺人者にご用心——」ほ、ほ、ほと笑ったダロウは、ひょこひょこと山小屋をあとにした。

フェンはノブをまわし、扉をあけた。床板がでこぼこで、すり傷だらけだった。ホールに似ていたが、ずっとちいさな部屋だった。一組の粗末な椅子とテーブルがあるだけだった。

助手の姿はないが、ミサの執行者が衣を脱ごうと、こちらに背中をむけていた。ひとの気配を感じて、あわてたようすもなく仮面をつけ直し、ふりむいた。

「なにかご用ですか」あきらかにつくった声であった。ジェフリイはそれが誰か察しがつかなかった。

「お近づきになりたいと思いまして」フェンは言う。

「残念ですが、それはできません。素性を明かさないきまりです。あなたも仮面をつけていただきませんと」

「くだらないお遊びはたくさんですな」

ミサの執行者はあきらめたらしく、ちょっとおどけたしぐさにそれをしめした――と思いきや、黒衣の下から自動拳銃をつかみだし、フェンにむけて発砲した。

第十一章　鯨と棺桶

「なんという恥知らずな人殺しの一覧表だろうか」
トマス・オトウエイ（悲劇『救われたヴェニス』四幕二場）

銃弾が狙いをそれたのは天恵というべきであった。だが、あとから思い起こすと、ミサの執行者は指さきに衣の袖をからませていたし、それにあきらかにびくついてもいたのだった。フェンがとっさにひらりと身を臥せたのは、第一次世界大戦当時に受けた軍事教練のたまものだった。その経験がないジェフリイは、ただぼけっと棒立ちになっていた。ミサの執行者はひどく動揺していた。なぜそのとき、その場で二人を撃ち殺さなかったか、おそらく理由などなかったであろう。一瞬、生じたたじろぎ――そのうちに、銃声を聞きつけたらしいひとの跫音が戸外にした。ミサの執行者は黒衣と仮面の奇怪なかっこうで、直接戸外へ通じるらしいべつの戸口へと駆けていき、勢いよく扉を開け放って、姿をくらました。ほぼ同時に、誰かがあわただしくホールに転がりこんできて、二人が通った戸口に顔をみせた。満面に不安と怯えの色をうかべたダロウであった。ジェフリイは、正義感にかられたというよりは、たんに反射的に、追跡に駆けだした。フェンはようやく身を起こし、ぶつくさとぼやいていた。

ミサの執行者は好スタートを切っていた。まもなく完全な闇につつまれる空のもと、黒衣をひらめかせ、湿った地面のうえを飛ぶように進んでいくさまは、魔界の怪鳥を見るようであった。追跡に飛び出したジェフリイであったが、なにか策があったわけではなく、やがて追ってもむだと知れてきた。敵は立ちどまり、ふりかえると、発砲してきた。銃弾はすくなくとも百ヤードは手前に落ちたから、攻撃という点では無意味であったが、威嚇射撃としては効果があった。ジェフリイはしだいに速度を落とし、やがて立ちどまり、遠ざかる人影が木立のなかへ消えるのを見送るしかなかった。踵を返して引き揚げる。あまりかっこよくはなかったが、賢明な選択ではあった。

山小屋へもどると、フェンのつめたい言葉が待っていた。「追いかけたりしてどうするつもりだったんだ？　こっちは満身創痍だってのに」身体をさすりながら、フェンは恨みがましく言った。

「見失ったよ」ジェフリイは言わずもがなの報告をした。

事態に察しがついたダロウが、弁解がましいことを口にした。「教授、なんとなく気になって立ち去りかねていたのです。こんなことになるとは思いもしませんでしたが」

フェンは身体のあちこちを指で押してみて、ときおり悲鳴をあげた。

「なにがそんなに心配だったのか、話してもらえますか」フェンは詰問口調で尋ねた。

ダロウは即答した――ちょっとすみやかすぎるように思われた。まるで講義でもするように、「第一に儀式の性質です。第二に匿名性をまもろうとする会の絶対的な規約です。闖入者を歓迎するはずがありません。ですが、まさかこんなことになるとは……」と話し、そこにはもはや勿体ぶった調子はみじんもなかった。

フェンはふふんと鼻で応じ、梁の弾痕をしらべ、室内をあらためた。どう見ても、椅子とテーブル、大量のほこり、彼ら三人しかなかった。
「長居は無用だ」フェンは胸くそわるげに吐き捨てた。

「拙宅までごいっしょしてよろしいかな」

　フェンがさも迷惑そうにぞんざいなうなずきを返すと、三人は歩きはじめた。それぞれふさいだ顔で、言葉もかわさない。フェンがいかに沈思黙考していたかは、とんぼ三匹、黄金虫一匹、羽蟻の巣穴に目もくれなかったところにしめされていた。ジェフリイも考えてみたが、ひらめくものはなかった。ダロウの胸になにがあったかは不明だが、ときおり、『恐ろしき夜の都府《まち》』（ジェイムズ・トムソンの詩）の一節を口ずさんでいた。ダロウの住居近くまで来ると、フェンは俄然、大声を張りあげた。

「なんてこったい《オー・マイ・ディア・ポウズ》！」

　感きわまると、シロウサギの台詞（ルイス・キャロル『不思議の国のアリス』）を口走るくせがフェンにはある。それを知らないダロウは、ぎょっと目をむけた。

「おまえはなんという阿呆だ」フェンはおのれを罵倒する。

「こんな場面、以前にもあったような気がするな――犯人がわかったらしいきみに、教えてくれとせがんでも、なぜか教えてくれない」ジェフリイがぽつりと言う。

「理由があるのさ」

「どんな？」

「きみが犯人だからさ」フェンは真顔で言った。

「おい、やめてくれよ」

「まあな、冗談だよ。だが、教えないにはやはり理由がある。のっぴきならない重大な理由だ。いずれわかるときが来る」

「ほんとうに犯人がわかっているのかい?」

「論理的には間違いない。もっと早く気づくべきだった。残念なことに、物的証拠——犯人を絞首台に送りこむだけの証拠がない。だから慎重にことをすすめるしかなかった(もちろん、バトラー殺害についての話だ)。だが、犯人の一名の尻尾は確実につかんでいる。いや、それとも……」

「なんだい?」

「気になることがひとつある」フェンは考えこむが、「それもピースの供述しだいだ。すくなくとも——」またしばしためらうが、「いや、それで片づくはずだ」

「じゃあ、ピースは犯人ではないのかい?」

「むろん、ちがう」

「あのとき大聖堂内に忍びこんでいたかもしれない唯一の人物だよ」

「そんなことはわかっている」フェンは鼻息を荒くする。「それでも犯人ではない」

「動機があるよ」

「なにをいまさら。この事件における動機のなんたるかはすでにはっきりしている。金銭がらみの事件ではないのだ。それはそうと、すくなくともきみは、バトラー殺しの手口に気づいてもいいはずなんだぞ」

「ぼくが?」ジェフリイは愕然とした。

「そうさ」

「ピースが宿所にしている部屋で決定的証拠が見つかると警察に話したのは、きみじゃないか」

「おいおい、ジェフリイ、しっかりしろよ」とりわけ出来のわるい学生を相手にするように、フェンはため息まじりにかぶりをふった。「昨夜ピースが大聖堂に出かけたのは、ぼくたちが牧師寮に到着するすこし前のことだったな？」

「スピッツフーカーの証言ではそうだった」

「それで？」

「それでって、なんだよ？」

フェンはふたたびかぶりをふる。「だめなようだな。わかるはずだがな。きみだけじゃなく、ほかのみんなもそうだ。ともかくピースに会いに警察署へ行こう。いまごろは部屋からしかるべきものが発見されて、しょっぴかれたか、事情聴取かで署内にいるだろう」

「どうしてピースの部屋に目星をつけたのか、さっぱりわからないな」

「きみにはむりだね」フェンはつれなく質問をしりぞけた。

そうするうちに、ダロウ宅に到着した。気取ったおやすみの挨拶をするダロウとはそこで別れ、フェンとジェフリイは丘を町の方向におりていった。

ジェフリイはふとした思いつきを口にした。「あんなふうに薬物までつかって人心を操縦しようというのだから、黒ミサはなにかの秘密——たとえば国家機密なんかを聴き出すにはもってこいだね。参会者のほとんどが女だったし、なかには消息筋のお偉いさんの奥さんだっていたかもしれない」

「たしかにそうだ。あんなくだらん集会でも、大半の女たちはいけないことをしていると舞いあがっていたからな」

二人は無言で歩みを進めた。雨雲がひくく垂れこめ、大聖堂でバトラー牧師の無惨な屍体を発見した昨夜よりも、いっそう闇が深い。ジェフリイは懐中時計をのぞき、まだ九時半であることに驚きをもった。

「じゃあ、酒だ」時刻を告げられると、フェンはすかさずそう言った。

「どうしても犯人を教えてくれないのかい？」ジェフリイはもういちど尋ねた。「ダロウがいたからかい？　それとも、あの老人もなにか関わりがあるのかい？」

フェンは眉をひそめた。「さて、どうかな。そこのところがはっきりしない。犯人は単独ではない――三人、あるいはそれ以上かもしれない。確実なのは、ある人物がバトラー殺害にかかわっていて、ひょっとするとその人物が事件全体の首謀者かもしれないということだ」

「殺害にかかわっている……」

「そうだ。バトラーが大聖堂に入ったとき、やつらは無線機を運び去ろうと、単独もしくは複数で堂内にひそんでいたにちがいないんだ。ときに、きみは作曲家として有名なのか」しばらくしてフェンは尋ねた。

「いや、べつに。関係者にはいくらか知られているが、一般の人には無名だよ。どうしてそんなことを訊くんだい？」

「きみのフルネームを知っていたホエール・アンド・コフィンの亭主のことだ。事情通の音楽愛好家で、大先生の来店に腰を抜かした」（ジェフリイの顔がひきしまる）「という筋書きはありそうにないので」（ジェフリイは不機嫌に鼻を鳴らす）「そのへんのことをさぐる必要がある。敵のやつらはあまり手際がいいとはいえない。自分たちでもそれを承知しているだろうから、このつぎは備えを万全にしてくるだろう。ともかく、まずはピースだ」

警察署正面の石段に、煙草をふかしながらぼんやり通りをながめている警部の姿があった。フェンを見つけると、その表情はすこしやわらいだ。

「教授、ピースの宿所の件、大当たりでした。一枚はずれる床板の下、なんていうおきまりの隠し場所でしたから楽勝でしたよ。牧師寮住人用の大聖堂の鍵、アトロピン溶液の薬瓶、皮下注射器を発見しました」

「指紋は?」

「出ません。きれいにふき取られています」

「予想どおりだな。それでどうした?」

「逮捕しました。というか、ヤードの連中がしょっぴきました。いま取り調べをしていますが、供述は以前のくり返しです」

「ついにスコットランド・ヤードの登場か。アプルビイだったかい?」

「いや、残念ながら」警部はふりむいて署内をうかがい、声をひそめる。「無愛想な大男がふたり来ました。きわめて排他的です。到着早々ピースを逮捕して、もはや事件は解決したものとタカをくくっているようです。署内の一室でパイプをふかし、ラミイをやって遊んでいますよ」

ジェフリイが口をはさんだ。「動機の線をどれでいくか、絞る必要があると思うのですが。もし無線機がからんでいるとするなら——」

「連中は、遺産の件を偽装と考えているようです」

「作り話だというのですか」

「いや、そうではありません。それでわたしは困っているのです。裏を取ってみたところ、ピースの供述に偽りはなく、バトラーが妻に名義変更をせまっていたのも事実でした。なるほど、スパイ活動をカムフラージュするには好都合というわけです。しかしですね、殺人の必要が生じたときに、そう都合よく金銭問題が起きますかね。わたしにはどうも信じられません。もっとも、遺産の件を抜きにすると立件できないというわけではありませんが」

「たとえば?」フェンは問いただす。

「室内から発見された証拠品がそうです」

「それこそ偽装だろうよ。指紋がふき取られているという事実がそれを臭わせている」

「念のためにふき取っただけかもしれませんがね。もちろん偽装の可能性は、おっしゃるとおりだと思います。時間、侵入経路などについてしらべたところ、関係者の全員がピースの部屋に侵入可能でした。しかし、ほかにもピースに不利な点があって、とりわけ問題となるのは、バトラー殺害の該当時刻、大聖堂に忍びこんでいたかもしれない唯一の人物であるという点です。本人が鍵を所持していたかどうか、現場であらためなかったことで、わたしは連中に白い眼で見られていますよ」警部は口惜しそうにする。「当座どこかに隠しておき、あとで回収した可能性だってあるのですがね」

「でも、いつまでも鍵を隠しもたねばならない理由がないでしょう」ジェフリイは言う。「あとで牧師寮に返却してもいいし、どこかに隠したとしてもそのまま放置してもかまわない。もはや不要の鍵ですから」

「おっしゃるとおりです。その点はピースに有利ですね。しかし、まだあるのです。本人の供述によると、バトラー牧師邸に到着したのは六時五分、夫妻があいついで帰宅したのが六時十五分。その間、門前で待っていたというのですが、ブルックスの薬に毒物が混入された六時に、ピースが病院に立ち寄り、それからバトラー宅にむかわなかったかという点について、バトラー家は使用人も含めて外出中だったため、アリバイ証明ができないのです。ヴィントナーさん、ピースが駅からどの方角へむかったかご存じありませんか」

「さあ、見ていませんね」

「そうでしょうね。ですから、その公算はきわめて小さいと考えますが、可能性としてはのこるのです」

いらいらと貧乏ゆすりをするフェンが、するどく言葉をむけた。

「ブルックスにたいする最初の――大聖堂における襲撃はどう説明する気だ？　事件当日、ピースはロンドンにいたんじゃないのか。それに、注射器を自室に隠す必要がどこにある？」

「そうなんです」警部は鼻のあたまを掻く。「偽装がほんとうなら、犯人はずいぶんまぬけな工作をしたものです。ロンドンの連中も」署内にむかって親指を突き立て、「注射器をピースと関連づけることはできないとしています。しかし、共犯者の存在が確実視されているわけですからね。いずれにせよ、いま言った二訴因については、容疑を否定することができないのです」

「鍵の問題、動機の問題をあくまでも無視するならな。それでなくとも抜け道はあるだろう」

「お説にしたがってピースの無実を主張したくとも、なにをどう調査すればいいのか、まったく途方に暮れますよ。ロンドンの連中は事件はスパイがらみとにらんでいるようで、それはそれでいいのですが、それもピースをつづけばどうにかなると考えているらしく、その他のことにはいっさい目をむけようとしないのです」

「ピースと会えるかな。重要な質問が二つある。最初の質問にこっちが望むような回答が得られれば、どうにかものになる」

「そうおねがいしますよ。連中の許可を取ってきます。きっと立ち会うと言い出すでしょうがね」

フェンがうなずくと、三人は署内に入っていった。フェンはジョウゼフィーンのその後について尋ねた。

「まったく言語道断、人間のくずのやることですな。ええ、よくぞ気づいてくださいました。さいわい、いい医者が見つかりまして、北部の施設で特別治療を受けることになりました。バトラー夫人がつき添いを願い出ましたが、それは断りました。泣かれて困りましたがね。事件とは無関係だと思いますが」

「おそらくな。だが、引き留めておくほうが無難だろう。あの娘からなにか聴き出せたか」

「いいえ。医者が許可しませんので」

警部の話にあったように、ロンドンの男たちは安物のパイプをふかし、トランプに興じていた。警部がぼそぼそと打ち合わせをするあいだ、フェンは無表情で聞こえないふりをしていたが、なんだか病院を抜けだしてきた痴呆症患者のように見えた。やがて一同は連れ立って、狭いがこぎれいなピースの独房に入った。寝台に腰かけ、くわえ煙草で、『精神と社会』を読んでいたピースは、うれしそうな表情をした。

「これこれは、おそろいで。お聞き及びでしょう。どうにも風向きがわるいようです。なんども申しているのですが、どうしてあんなものがわたしの部屋にあったか、まったく身に覚えがないのですがね」ピースはにこやかにそう語ったが、その声には極度の不安と緊張があった。

「すぐにここから出してあげますよ」フェンはさらりと言い、表情をきびしくした。「いまからする質問に正確に答えてくだされば」

「どのようなご質問でしょう？」

フェンはしばしためらった。フェンがなにを言い出すのか想像のつかないジェフリイであったが、異様な緊迫を感じた。ロンドンの男たちもパイプをふかすのをやめた。

「大聖堂でバトラー牧師と落ち合うため、あなたが牧師寮を出たのは何時でしたか」フェンは質問を発した。

「それは――」ピースは一瞬、口ごもる。「十時すこし前です」

フェンはふりむき、警部にただした。「スピッツフーカーの証言によると、ぼくたちが牧師寮に到着する五分ほど前のことだったな」警部がうなずくと、フェンはふたたびピースにむかった。

「肝心なのはここからです」フェンは身を乗り出し、語気を強めた。「牧師寮を出たあと、どこにも寄り道をせずに、まっすぐ大聖堂まで行きましたか」

ピースは驚きの色をうかべた。「ええ、それはたしかに……」

「ばかな！」フェンは独房のなかをやたらとうろついた。「そんなはずはない。ぜったいにあり得ない。よく考えるんです。どこかで道草をしなかったかよく思い出すんです。すべてはこの一点にかかっている」

「そうおっしゃられても、そんなことは――」ピースは口ごもる。「いや、ちょっと待ってください……」

「なんです？」フェンは焦りで気も狂わんばかりになっている。

「そういえば、大聖堂の丘をのぼる途中、鉄の棒が立っている場所で、五分間ほど足をやすめました。魔女、魔女狩りにおける人間心理についてしばし想いをめぐらせ……」

「それは五分間だけですか。たしかにそうなんですか」フェンは勢いこむ。

「申し訳ないが、それ以上だったとは思いません。せいぜいそのくらいです」ピースは肩を落とした。

「そうすると、あなたはどんなに遅くとも十時五分には、大聖堂に到着していたことになるのですよ。われわれが堂内の轟音を耳にしたのは、十時十五分。それまでの十分間、あなたはなにをしていたのです？」

スコットランド・ヤードの刑事が顔を見合わせた。一人が言った。「あなたはまさにわれわれがなそうとしていた仕事を代行してくれていますね。その十分間に、この男が大聖堂に忍び込み、被害者を昏倒させ、墓碑を落とし、大聖堂から抜けだして、施錠したと信じる根拠があるのです。そのあと、あなたがたの前に顔を出したわけです」

「そんなことは断じてない。口をはさまんでくれ」フェンは頑としてはねつけた。

ピースは答えた。「たしか、大聖堂をぐるりとまわって、扉という扉をたしかめていました。バトラーが返事をしないので困っていたのです」

「すべての扉をたしかめたのですか。南側も、北側も？」

「そうです。何度もたしかめました」

「ありがたい！」フェンはハンカチを取りだし、額の汗をぬぐった。これほどの感情のたかぶりをみせるのはめずらしかった。「これでその可能性はのこされた」ひとりつぶやくと、ふと顔色を曇らせた。「事件当夜の宿屋の亭主の行動がつかめればの話だが」

「ハリイ・ジェイムズ？」警部が訊き返した。

「そうだ。じつはもうひとつ気になることがあって、これまでに容疑者候補にしてきた人間が全員、シロという場合だが、それはまずあり得ない。なんらかの形で大聖堂とつながりのある人物にちがいないんだ。もうひとつ」ピースに尋ねる。「牧師寮の裏庭から大聖堂の丘に抜ける門の錠は、どの鍵を使ってあけましたか」

「スピッツフーカー牧師に拝借したものです」

「それでけっこう。すぐにここから出してあげますよ。妙な気は起こさず、おとなしく待っているんですな」ふだんのぞんざいな口調にもどったフェンは、からかい半分、そう釘をさした。ピースがうなずくと、フェンはヤードの刑事に一瞥をくれ、ジェフリイ、警部とともに悠然と独房を立ち去った。

三人は警察署正面の石段まで来た。警部は言った。「なにをつかんでおられるのか、わたしには見当がつきませんな」

「まあな。きみにはむりだろう」フェンはにべもなく突き放す。「ついでに報告しておくことがある。殺人未遂事件があった」

警部はぎょっと目をむき出した。「な、なんですって？　だれです、狙われたのは？」

「ぼくだ」

「そんなばかな！」警部の目玉はいっそう飛びだした。「なぜ？……どうして？……」

　フェンは、黒ミサとその後の顚末について語った。

「黒ミサ……」警部は唸る。「なんとまあ、つぎはいったいなにが起きるのでしょう。ともかく、署内で正式な訴状を」

「そんな時間はない。あと三十分もあれば、すべて片づく。それには、ちょっと紙に書いて考えをまとめたい。黒ミサを取り締まりたいだろうが、今夜のごたごたで当分のあいだ集会はないだろう」

「あなたはどうされるのです？」

「心配ご無用」フェンは面倒そうに応じる。

「また狙われますよ」

「それはないだろう。あのときは正体を見破られたと早合点しただけさ。まったく間抜けなやつだよ。さあ、ジェフリイ、行くぞ」

「では、お好きなように。わたしは関知しませんからね」警部はおおげさにあきらめのしぐさをして、「しかしそれなら、あなたの考えをうかがっておきませんと。名推理もあの世では役に立ちませんから」

「じぶんの頭で考えな」フェンはそう捨てぜりふをのこし、ホエール・アンド・コフィンへむかうべく、どしどし歩き出した。

　警部から遠ざかると、ジェフリイはフェンに尋ねた。「どうして警部に犯人の名を告げようとしないんだい？」

「しょっぴこうとされても困るからな。敵のやつらだってとことんばかじゃなかろうから、逮捕を覚悟して、それに備えているだろう。いずれうごいてくるはずだ。いまはなにも嗅ぎつけていないと思わせて、泳がせておくにかぎるのさ。むずかしい仕事になるがな。とんでもなくむずかしい仕事だ」

宿屋ホエール・アンド・コフィンのバーは客で混みあっていた。いくらか人気がまばらなラウンジへまわると、そこにはダーツで遊ぶフィールディングの姿があった。ジェフリイはここしばらく、この二度にわたる命の恩人のことをすっかり忘却していたことに気づき、ちょっと良心がとがめた。見ると、いかにも手持ち無沙汰にして、元気もない。なにかで埋め合わせをしなければ、とジェフリイは思った。

フェンは亭主ハリイ・ジェイムズをつかまえると、さっそく質問をはじめた。回答はすみやかになされ、細部まで淀みがなかった。ジェイムズは開店（午後六時）から閉店（午後十時半）までバーにいた。九時半から十時半にかけては、三人の常連客と話をしており、その名前を挙げることができる（意外にも、フェンはほっと安堵の吐息のようなものをもらした）。六時の開店にはみずから立ち会ったのかという質問にも、亭主は首をうなずかせ、店先で待っていた数人の客が証言してくれるはずだという。不自然な点はなく、また予想された回答であったが、分厚い眼鏡レンズの奥でちいさな眼をしょぼつかせ、しきりに懐中時計の鎖をいじるようすに、ジェフリイはいっそう胡散臭いものを感じた。そういう嫌悪感を催させるなにかが、この小男にはあった。

「ずっとふしぎだったのですが、どうしてぼくのフルネームをご存知だったのですか」ジェフリイは質問をはさんだ。

「これはまた、ヴィントナーさん。ご謙遜が過ぎるようですな」ジェイムズはふりむきざま、顔をにんまりさせた。眼鏡レンズが電灯できらりと光った。「宗教音楽作曲家としてのご高名は、かねてより存じあげておりますよ」

「昨夜は、故人のどなたかと勘違いした、とおっしゃいましたね」

「ご迷惑だろうと思ったのです」ジェイムズは即答する。「有名人にしつこくつきまとう風潮は困ったものですから」

「宗教音楽がお好きなのですか」

「じつはそうなのです。生涯の趣味にしております」

うまく誘いこめた――ジェフリイは内心、ほくそ笑んだ。「一般のかたで、そういうひとにお目にかかれるとはうれしいですね。いつかゆっくり語り合いましょう。夕べの祈りなどは、どの作曲家のものがお好きですか」

ジェイムズはまた顔をにんまりさせた。「わたしは長老派教会信者ですから、国教会の礼拝で演奏される曲はあまり知りませんが、聴いたなかではノウブルのロ短調がなんとも知れずによかったですね」

「ぼくはスタンフォードの変ホ長調が好きなのです」そう言って、ジェフリイは息を殺して待ちかまえた。ジェイムズは眉をひそめた。

「変ホ長調？　そういう作品はありましたっけ？　変ロ長調はすばらしいし、あまり知られていないト長調、これもよろしいが」

ジェフリイは胸中ひそかにののしりの声をあげた。相手のほうがうわ手だった。

「あすの朝の祈りにぜひいらしてください。『出エジプト記』をバード編曲八部合唱でやりますので」

「ほお」ジェイムズが顔をかがやかせたので、ジェフリイは心臓を高鳴らせた。だが、「わたしはウエズリイ編曲のものしか知りませんな」とつづいたので、ジェフリイはがっくり肩を落とした。計略はまたもや不調に終わった。

ジェイムズは話をつづけていた。「失礼するまえに、あなたが作曲された聖餐式曲に敬意を表したいと思います。とりわけ、『クリード』がすばらしいですな。伴奏部でくり返し上昇する四分音符音型がよろしい……。では、これで失礼します。ジェニイ、こちらのみなさんをわたしの客としておもてなししなさい。フェン教授には例のウイスキーを」通りかかった女給に命じ、「秘蔵のリキュール・ウイスキーです。きっとお気に召すと思います」フェンにそう耳打ちして、「では、みなさん、ご機嫌よろしゅう」と一同を見まわし、立ち去っていった。

「秘蔵ね」フェンは舌なめずりしたが、それでも現物がはこばれてくると慎重に味をみた。

「こっちがたじたじだったよ」ジェフリイはいまいましそうにする。「にわか勉強にしては大したものだね」

「ぼくの好みは、ダイソンの二長調だな。宗教とロマンスの相剋というか、エロスと……」フェンはあわてて口をつぐんだ。「いや、どうでもいい。これで必要なことはすべて聴き出せた。さっさと仕事にかかるまでだ」

ポケットからよれよれの紙を数枚取り出すと、べつのポケットからちびた鉛筆を取りだした。一同、額を集め、フィールディングの助言にじゃまされながら、該当時刻における関係者の行動をまとめる作業に取りかかった。議論をかさね、たがいの記憶の不鮮明を罵倒し合いながら、ようやくつぎのようなリストにまとまった。

ガービン――六時、自宅でひとり（未確認）。七時半ごろ牧師寮到着。会食後に会議出席。九時すこし前、牧師寮から帰途につき、断崖にそって散歩（未確認）。十時半、帰宅。

スピッツフーカー――六時、自宅で仕事中（未確認）。七時にガービンとともに牧師寮へ出発、七時半ごろ到着。同時刻より会議終了（八時五十分ごろと推定）までアリバイあり。大聖堂へ行くバトラーを見送る。その後、十時近くまでピースと談論。十時、帰り支度をしていると、ジェフリイ、フィールディング、フェン、フランシス、警部が牧師寮に到着。十時五分から十時十五分にかけて警部の事情聴取に応じる。

ダットン――六時、散歩（未確認）。七時半、牧師寮に帰宅して会食。会食後は自室。但し、バトラー、ピースの両名が大聖堂で落ち合う約束をする現場に姿を見せる。

その後も寮内にとどまる（未確認）。

ダロウ――六時、自宅で使用人と用談中。早めの夕食をとり、病院にブルックスを見舞う。

牧師寮へむかい、八時ごろ到着。会議出席後、九時ごろ帰途につく。所用で地元業者を訪れるが、先方が不在につき、十時半ごろ帰宅（未確認）。

セヴァネク――六時に駅からガービン夫人とともに夫人の友人宅へむかう。しばらくそこに滞在し、そこから牧師寮にむかう。途中、荷物を預けにバトラー宅に立ち寄る。

会食後は散歩（未確認）。九時四十五分から十時二十分、地元の名士と立ち話。バトラー宅にもどると、バトラー牧師の訃報に接する。

ピース――六時に駅からバトラー宅に到着。バトラー家の門前にて待つ（未確認）。六時十五分にバトラー夫妻帰宅。七時半、牧師寮で会食。会食後、庭の四阿《あずまや》で休息（未確認）。九時少し前、寮内にもどる。バトラーと九時二十分に大聖堂で落ち合う約束をする。十時近くまでスピッツフーカーと長話をし、大聖堂に出発。十時十六分、大聖堂周辺で目撃される。

バトラー――六時ごろ牧師寮でジョウゼフィーンを叱責。六時十五分、帰宅。八時ごろ牧師寮到着。

九時ごろ大聖堂へむかう。遺体発見は十時二十分から十時二十五分にかけて。

ジェイムズ――六時から十時半までホエール・アンド・コフィン店内。

フランシス――六時、町で買い物（未確認）。牧師寮にもどり、ジョウゼフィーンの騒動の最後に立ち会う。六時十分ごろジェフリイ、フィールディングを迎える。会食後は自室で読書。会議終了後に姿を見せる（八時五十分）。台所で仕事（未確認）。戸外へでて、九時五十分にフェン、ジェフリイ、フィールディング、警部と出会い、いっしょに牧師寮にもどる。その後はふたたび台所（未確認）。

ジョウゼフィーン――六時、牧師寮で父親に叱責される。その後の行動は不明。但し、八時五十五分、大聖堂警備の警官に偽の伝言。
ガービン夫人――六時、セヴァネクと友人宅へ行き、ブリッジパーティ。十一時まで。
バトラー夫人――友人とお茶の時間を過ごし、六時十五分、夫と同時刻に帰宅。その夜はそのまま八時前まで夫とともに自宅にあり、八時以降は自宅にひとり（未確認）。その後、来訪したスピッツフーカーから夫の死を伝えられる。

フェンは最後の紙の欄外にこう書きつけた。

（1）警官が大聖堂を立ち去ったのは、八時五十五分。
（2）犯行に墓碑が使用された意味――未検討。
（3）ピースの部屋にたいする偽装工作――皮下注射器は余計。
（4）大聖堂の境内は夜間施錠されるが、鍵がなくとも侵入できる（現にジョウゼフィーンが侵入している）
ジェフリイの姓名を知っていたこと、投げ縄の件から、ジェイムズに要注意。ほかにも共犯者存在の可能性。
以上のリスト、ならびに列挙の諸点から、バトラー殺害にかかわった、もしくはその実行犯にして、スパイ工作の首謀者たる人物がうかびあがる。

フェンは顔をあげ、ジェフリイとフィールディングに目をやった。「どうだい、これでわかっただろう？」

「わからない」ジェフリイは正直に言う。

「この大たわけめ！」フェンはそう罵倒した。

第十二章　キューピッドのリュート

「死の国で聞こえるキューピッドのリュートよ」

A・C・スウインバーン（『死のバラッド』）

　翌朝は、熱気を含んだまばゆい朝靄のなかであけた。ジェフリイは寝苦しい夜をすごし、悪夢と紙一重の夢にうなされた。寝ては覚め、うとうとしてはまた目をさます。明け方ようやく深い眠りにおちたら、とたんに（そう思った）ドアにちいさなノックがあった。薄目をあけると、夜はすっかり明け放たれていた。寝ぼけた声であわてて返事をすると、ドア越しにフランシスの声がした。

「わたしは準備ができました。朝食の支度があるから、いそがないとむこうでゆっくりできませんよ」

　時計をみると、まだ六時過ぎであった。甲斐甲斐しいというかなんというか、女というものに呆れる思いでベッドから抜けだした。

　一階に降りると、フランシスはチェックの開襟シャツに濃紺のスラックスという服装で待っていた。艶やかな黒髪、ほのかに紅潮した透きとおるような白い肌——その美しさにジェフリイはあらためて息をのんだ。そして、けさのフランシスはどこかあどけなさを漂わせている。はやく遊びに連れて行ってくれと瞳をかがやかせる少女のようで、妙に男心をくすぐる。父親の死をどう受けとめているのだろうか——ふと、そんな疑問が脳裡をよぎった。フランシスはそれを察したようだった。

「父親を亡くしたばかりなのに朝っぱらから出歩きたがるなんて、と思っているでしょう」

「いや、そんなことはすこしも」

フランシスはさびしげに微笑する。「自分でもびっくりしています。でも、悲しくもないのに、そんなふりはできません」

「お父さんが好きではなかったの？」

「とても好きでした。だから、びっくりなんです。好きといっても、遠い存在だったというか……」ちょっと笑って、「わたし、つまらないことを。ごめんなさい。どう表現したらいいかわからないの。もちろんとてもショックでした、あなたが報せに来てくれたときは……。でも、そういう気持ちはながくつづかなかったんです。家族でさえほんとうの父を知らなかった。仕事で閉じこもってばかりでしたから」

出発した二人は庭を抜け、トールンブリッジからトールンマスへつづく断崖のほうへ道をたどりはじめた。

「知り合いと会わなければいいわ。わたしはたしかに遊び歩いていられるような立場にはないもの」

「こんな時刻、まともな人間ならまだ寝床にいるよ」

フランシスはふりむきざま、顔をにんまりさせた。「ほんとうに嫁かず後家みたいなんですね」

「そうさ。女性にもてないわけさ。女は男らしい男が好きなんだ――無口で、頼りがいがあって、毛むくじゃらの巨漢。D・H・ロレンスの小説にでてくる猟番や炭坑夫みたいなタイプ」

「そんなの、おかしいわ。人それぞれですよ。そんなもっともらしい、十把一絡げな言い方をするひとは、女のことをなにもご存じないんだわ」

「そうだよ、ぼくはなにもご存じないんだ」

「そうらしいですね。そばにいてほっとするのは、それもあるんです。ほんとうに純情な男性なんて、ちょっとすてきです」

「セヴァネクはその点はどうだい？」

フランシスはさっと目をむける。「どうしても話がそこへいくんですね」

「ぼくは嫉妬ぶかいからね」

「そうなんですか。まあ、うれしい。あのひとは純情とはいえませんね。ずいぶんしょってるから」

「婚約しているんだろう？」

「はい」ちょっとあわてた返事がある。

「フランシス……きのうの話、ぼくは本気なんだよ」

フランシスはジェフリイの腕をそっと取る。「いまはその話はよしましょう。もうすこしあとで」

ジェフリイはなんとなくむっとした。フランシスはそれを察したようだった。

「あとできっとお返事します」

ジェフリイは考えこむ――この女と知り合ってまだ四十八時間と経っていない。たしかにその私生活に立ち入る資格はない。このさきだってないだろう。そんなことは自分でも望んではいないかもしれない。結婚するということは、多くのことに諦めをつけることなのだ。ましてや、相手の気持ちさえ知らずにいる……。

来るんじゃなかった——ほとんどそんな気分におそわれた。女として美しく成熟したフランシス……。もしも強引に——いや、だめだ。もっと考える時間がほしかった。自分の不器用、臆病に気分が滅入るよりまえに、なんだか滑稽に思えてきて、つい声にだして笑った。

「どうして笑うの？」

「ぼくはばかだから」

「そうかもしれませんね。しばらく話はよしましょう」

ふたりは無言で歩いていった。太陽はまだ低い位置にあったが、輪郭を炎でゆらめかせ、熱い陽射しを降らせていた。灼けてほこりっぽい道から、小山を越える小径にはいり、そのさきの丘の中腹の森にはいった。森のなかはひんやりとして、緑の潤いとでもいうべきものが心地よかった。枯れかけた下草の茨や羊歯が絡み合っている。野薔薇はほんのすこしだけ、酸味のつよそうなちいさな黒いちごがあった。丘をのぼるせまい小径は、しだいに谷間にはいりこんでいく。いたるところに岩がころがり、赤土が清水で湿っていて、彼らはなんどか足を滑らせた。

森を抜けると、暗い洞窟から出たような気がした。巨石が点在する、ハリエニシダが囲む空き地にでた。頭上にはかもめらが翼をおおきくひろげたまま、自在に大空を滑っている。そのするどい啼き声と、遠くに聞こえる潮騒が、耳にとどく唯一の音であった。若鳥は茶色の産毛が抜けきらず、まだ醜い。一羽などはずいぶん低空まで降りてきたので、発声でふるえるのどが間近に見えた。

ほどなく、入江が見えてきた。切り立った褐色の断崖がつづき、その下にわずかに砂地も見える。桟橋の残骸があった。木材は腐り、二台のトロッコが脱線したまま放置され、錆びついたレールはゆがみ、途切れていて、どこにも通じていない。丈のひくい雑草が陽に灼けている。海原にさざ波をたてたそよ風が、二人の顔を撫でて通りすぎていった。思いっきりのびをして、動物になりきるフランシスであった。

「気持ちいいわね」

断崖ぞいに道をたどる。彼らと歩調を合わせるように、海上には赤、茶、青の三角帆のちいさな釣船が、かもめの先導で進んでいく。しばらくすると、フランシスが手招きするので、断崖の先端まで進みでた。眼下には、白砂といっていい美しい浜がひろがり、かわいい入江の水はガラスのように透きとおっていた。

「きれいだね」ジェフリイは感動のない声で言った。

「さあ、行きましょう」

「行きましょうって、あそこへ降りる気かい？　冗談じゃない。転落して首を折るのがおちだよ」

「降りる道があるんです。馴れが必要だけれど、大したことはありません」

「とてもそうは見えないけど」

「誰も――ほとんど誰も知らない穴場です。いつでも貸し切りにできるんです」

「棺桶は鉛のやつにしてもらいたいね。ぼくの残骸がなにかのこっていたらね」

髪の毛が逆立つような離れ業をなんども演じながら、断崖をつたいおりていく。

「やれやれ。帰りもうまくいけばいいが」磯に降りたつと、ジェフリイは肩で息をして言った。

「登りはかんたんですよ」フランシスは砂浜で軽やかにステップを踏んだ。「すてきでしょう。ふたりきりのプライヴェート・ビーチね。泳ぎましょうよ」

「そんな用意をしていないよ」

「いいじゃない。わたしだってそうです」

ジェフリイはまじまじと、フランシスの顔を見つめた。「いいのかな……それほどながいつきあいでもないのに……」

フランシスはさもおかしそうに笑う。「いやね、いまさら。それとも、海水浴はきらいなの？」

「そうじゃないけど、しかしね……」

時遅しであった。フランシスはさっさと脱衣に取りかかっていた。内心ひやひやしながら、ジェフリイも見ならった。ふたりとも生まれたままの姿になると、しばし無言で見つめ合った。やがて、どちらからともなく笑い出した。

「そんなに見つめないで。いやらしいわ」フランシスはぷっとふくれてみせる。さきを争うようにして海にはいる。ジェフリイには海水がひどく冷たく感じられた。

みごとなクロールで、あっという間に沖へでていくフランシスを、ジェフリイはすこしあっぷあっぷのていで追いかける。

「快感だね。なんだか禁断の快楽って気もするけど」どこまでも澄んだ海水は底まで透けて見える。小魚が寄ってきて、秘めごとめいた二人のまわりで戯れる。

海からあがり、岩陰で甲羅干しをする。肩に腕をまわして抱きよせようとすると、そっと押し返された。

「だめ。こんな恰好よ」

事ここに至って、ジェフリイはにわかに顔が火照った。ふたりとも衣服をつける。

「フランシス……」

「なに？」

「ぼくの気持ちはわかってくれているね」

「はい。わたしもあなたが好きです」

あっけらかんとしたその声に、ジェフリイはむしろ戸惑った。

「じゃあ、結婚しよう」

ながい沈黙があった。やがて、返事があった。「ごめんなさい……それはできません」

「どうして？」ジェフリイはかなり乱暴にフランシスの腕をつかんでいた。

「いたいわ。はなして」

「でも、どうしてなんだい？」

「父のこと。ずっと考えていたけど、こうなったからには母を放っておけない。わかってもらえますね」

「わかるけれど、きみはきみじゃないか。どうにかなるよ。お母さんには同居してもらえばいい──そうそう、ジョウゼフィーンもいっしょにね」ジェフリイは不本意ながらそうつけ加えた。

「そう言ってくださるのはうれしいけど、約束はできない──すくなくともいまは」フランシスは笑って、「約束だなんて──なにか偉そうな口をきいてしまったわ。おかしいわね」

「きみが拒むのは、セヴァネクのことがあるからかい？」

「ちがいます」これはあっさり否定する。「彼と結婚することはないでしょう」

「ぼくが好きなんだね」

「そうです。でも……どうしたらいいか。急なお話だから。待ってくれますね?」

「いや、待てない」

「だめ、待ってくれなきゃ。あんなことがあったんですもの。父の身にいったいなにが起こったの? あれは事故だったの? そうなんでしょう? いくらピースさんでも……」

「逮捕されたよ」

「知っています」この一件は二人のあいだに暗い影を落とすようであった。「フェン教授はなにか発見なさったかしら」

ジェフリイはフランシスの肩を抱いた。「きみが気にすることはないさ。しかるべき人間に任せておけばいい」唇を近づけようとすると、フランシスはそっと顔をそむけた。ジェフリイは彼女からはなれる。フランシスはすこし涙ぐんでいるように見えた。

「もう帰りましょう」

断崖をぶじにのぼりきると、だしぬけにフランシスが抱きついてきた。彼らは熱い口づけをかわした。そして無言で、牧師寮にもどっていった。

かくして三日目がはじまった。


後日、この日を回想したジェフリイは、まるでだれかが大号令を発したかのように、あらゆる饒舌が一瞬にしてやみ、一気に大団円に雪崩れ込んだような感慨をもった。これまでは関係者をひとりずつ個別に、まるで居ならぶ蠟人形を相手にするようなやり方で聞き込みをしてきた。そしてちょっと背中をむけているすきに、その一体がうごきだし、殺人を企てた。しかし、いまや終幕は眼前に迫っており、そこではいかなる誤魔化しも通用しないと直感が報せていた。洞窟のまえで暗闇の奥から跳び出してくる猛獣を待ち伏せる。その正体は依然として知れないが、もはや推理のときではなく、決着をつけるべく最後の死闘がのこされているのみであると感じていた。

ジェフリイは朝の祈りの演奏を終えると、フェン、フィールディングと連れだって、町はずれのちいさなパブにむかった。フェンにはなにか考えがあるらしく、それを話すにはホエール・アンド・コフィンではなにかと邪魔がはいるし、他人に聞かれてはまずくもあった。フェンは地域のおおきな地図を携えて来ていて、歩きながらしきりにそれをひらいてはながめる。ずいぶん無茶な折り方をするものだから、地図はしまいにはくしゃくしゃになって破れてしまった。

「やつらが町なかを拠点にしているとは考えにくい。そんな危険なまねはしないだろう。これまでもそれらしい場所にさぐりをいれてきたが、むだだった」フェンはそう語る。

「傍受された無線通信について、詳しいことがわかりましたか」フィールディングは質問する。

「あとで当局にたしかめるが、まだ解読中だろう。暗号解読はひどく時間のかかるものだ。それに」フェンは皮肉な色をうかべる。「ほんの断片的な通信だったから、なにもわからずじまいになるんじゃないかな」

そのとき、邪魔がはいった。彼らは両側に高い櫟《いちい》の生垣のある、墓地にそった細道をすすんでいたが、その垣根のむこうから、いきなり声がしたのである。

「『それをさがすには指ぬきがいるし、細心の注意もいるじゃろう。フォークや希望も必要じゃ』」

まるで天の声のように、その声は言う。「正体はお見通しだぞ」うんざりした顔で言い放った。

フェンは、はたと歩みをとめた。

「『鉄道株では死んでしまうが、笑顔や石鹸は大喜びじゃ』」

「シャールマイン！」フェンが呶鳴りつけると、声はやみ、垣根ががさごそと音をたてた。「あれは、オックスフォード大学で欽定講座を担当している数学教授だ」フェンは憮然として告げた。

垣根のうえに、さんばら髪の老人の首がぴょこんと出た。

「シャールマイン、そんなところでなにをしているんだ？」フェンはしらっとして尋ねた。

「わしか。見てのとおり、休暇を愉しんでおるんじゃよ。赤の他人になんと無礼な物言いをする男じゃ」老人の首はそう応じた。

フェンはむっとした。

「ぼくを見忘れたか、このおいぼれめ」フェンは尖った声をぶつける。

「そういえば思い出した。きみはたしか、ニュー・コレッジの売店員じゃろう」そう言いざま、首はひっこんだ。

フェンは生垣の切れ目まで猛然と進んでいった。数学教授もそこへ姿をあらわした。

「『じゃが、希望に胸をふくらませる甥っこよ、気をつけよ』」数学教授はフェンの鼻さきに指をふり立て、ぞっとするようなささやき声でつづけた。「『もしスナークがブージャムじゃったら、おまえは神隠しにあって、二度ともどってこられない。きっとそうなるんじゃ、きっと――』」

「いいかげんにしな」フェンは一喝をあびせた。「惚けたふりをしたってだめだぞ。このジャーヴァス・フェンを知らないとはいわせない」

「おや、そうでしたか。あの御仁はもっと若い男かと思うとりました」

「もういい。話してもむだだ。行こう」

「これからどちらへ?」数学教授がすかさず問いただすので、ちょっとぎょっとさせられた。

「おまえさんに関係なかろう。知りたければ教えてやるが、これから一杯やりに行くのさ」

「ならば、わしも同行いたそう」

「だめだよ。邪魔だ」

「『スナーク狩り』の朗唱を聴かせてやるから」

「いや、けっこう。間に合っている」

「わしが同行するといったら、するんじゃ」数学教授が地団駄踏んでごねるので、さすがのフェンもたじろいだ。

「絶対に行くつもりか」フェンはしかたなく念を押す。

「わしに絶対などない。わしで絶対なのは、微分法だけじゃ。それだってむかしにくらべればあやしいもんじゃて」数学教授は言う。

フェンはひと声うめき、肩をすくめるしかなかった。歩きはじめると、フェンは聞こえよがしにジェフリイにささやいた。「この年寄りのことは気にしなくていい。嘘つきで、手癖がわるいが、行動をともにして困ることはなかろう。だいいち、追いはらいたくとも、どうすればいいんだ?」

かたわらで、数学教授はルイス・キャロルをしずかに口ずさんでいた。

居酒屋スリー・シュルーズ(三人の阿婆擦《あばずれ》)に客の姿はなく、無愛想な顔つきの頑固そうな亭主がグラス磨きに精を出しているだけであった。フェンはビールを注文し、数学教授をついて代金

待って、話をはじめた。テーブルにつき、数学教授の『スナーク狩り』七歌の朗唱が終わるのを辛抱づよく待って、話をはじめた。

「われわれの作戦を話せば、おおむねこういうことになる。(a) 敵のアジトを発見すること、(b) 敵の計画の全貌を探りだすこと」

「それだけでいいのかい?」ジェフリイが口にすると、フェンはぎらりとにらみつけた。

「ほかに手だてがあるというのなら言ってみろ。他人が話すといかにも単純そうに聞こえるだけだ。われわれがやってはならないのは、ただちに逮捕に踏みきって、敵の計画がわからなくなってしまうことだ」

「わかったよ」

「よかろう。そこでだが、この地域で廃墟となっている建物を調べていくと、ひとつの結論に達した。例の山小屋のほかに考えられる唯一の場所といえば……」フェンは地図をひろげ、ある場所を指さした。ジェフリイがぼんやり目をむけると、「スレイターの森」とあった。

「なぜ町はずれにあるとわかるのですか」フィールディングが口をはさんだ。わずか数時間後、ジェフリイはこのフィールディングの出しゃばりを悔やむことになる。

「それはわかるさ。ある主要人物の行動をひそかに追っていくと、おのずと知れてくる。その人物はなにかと町はずれに出かけていく。きまって同じ方角だ。ただの散歩とは思えない」

そこへ、しばらく奥へひっこんでいた亭主が、一通の封書を手にしてやって来た。

「あんたがたのなかにいますかい?」亭主は封筒の宛名をみて、「ジャーヴァス・フェンというひとは?」

「ぼくだ」フェンは答える。

「入口のマットのうえに落ちていました。さっき郵便受けに音がしたんでさ」

亭主はそれだけを伝えると、グラス磨きにもどっていった。フェンは手紙を開封した。タイプ書きの手紙であった。

『こちらの正体を見抜くとはなかなかのものだが、逮捕は無理だろう。証拠が不十分だからな。こちらには大物の後ろ盾もついている。いちどきみと会って話がしたい。午後はいつもどおりにやっているよ。(ミサで手荒なまねをして失礼したが、あれはわたしの指図ではない)敬具』

「こんなのおかしいですよ。犯罪者はこんなことしません」フィールディングが思わず叫んだ。

「そうかもしれん。いかにもまやかしっぽいからな。だが、優越感にひたろうとする欲求もありありとしている。さて、どうしたものかね」フェンは首をかしげ、「たしかにこっちには物的証拠——煙草の灰だとか、足跡だとか——がない。時間的情報と、奇怪な殺人の手口に関する情報だけだ」

「敵はきみのことをあまり恐れていないようだね」ジェフリイは言った。

フェンはしばし、なんとも名状しがたい目つきでジェフリイを見つめた。「そのようだな。たしかにぼくは手も足も出ない。拳銃で脅したって、なんの情報も得られないまま、こっちがお縄だ」

「かっさらってきてちょっと痛い目にあわせる、てのはどうですか」フィールディングがひざを乗り出す。

「そんなことをしようとしたら、背後からズドンとやられて一巻の終わりだろうね」

「くわばらくわばら」数学教授がつぶやいた。

「おまえさんは黙ってな。ともかく陸軍省に電話して、無線について情報がないかたしかめてみよう。マキーヴァという男がいるんだ。電話番号は何番だっけ？　官庁の何番かなんだが」

「電話帳で調べれば？」

「電話帳なんかに載っているもんか。番号問い合わせもだめだ。国家機密なんだぞ。たしか、5、6、8、7という数字の組み合わせなんだが。5867、7685、7865……どうもちがう」

「組み合わせをぜんぶ書き出して、片っ端からためしてみては？」フィールディングは提案する。

「それでは時間がかかりすぎる」

「わしが組み合わせを書き出して進ぜよう」横合いから数学教授が口をはさんだ。すでに紙と鉛筆をにぎりしめている。

「ほかに連絡をとれる人間はいないのかい？」

「いない。ほかの人間では相手にしてもらえない」

「じゃあ、はやくやってください」

数学教授は作業に五分間ほど要した。やがてリストを差し出す。ジェフリイはざっと目を通した。

「5687が抜けていますよ」

「そんなことはありえない。四の階乗なんじゃから」数学教授は言う。

「それでも5687がありません」

数学教授はリストを穴のあくほど見つめた。やがて、言った。「こいつは妙なことじゃ」

「なんだよ。ぼくに貸してみろ」フェンがじれる。「いいか、それぞれの数字を順番にならべて、つぎに……」

「もういいから」ジェフリイはさえぎり、「ともかくこのリストをながめてみろよ。これという番号はないのかい？」

フェンはずいぶん時間をかけてながめていたが、やがて、「ない」と言った。

「ともかく電話をかけてみたらどうだい？」

「道路わきに公衆電話がありましたよ。この店に入るときに見かけました」

フェンがしぶしぶビールを飲み干すと、みんな一団となって出かける。あいかわらず店内にほかの客はいない。電話ボックスに押し込まれたフェンは、つぎつぎとダイアルをまわしていった。電話がつながったさきは、精神病院の看守室、大手の葬儀屋、劇場、首相官邸、カフェ・ロワイヤルのサー・ジェイムズ・エーガット（劇評家）（おそらく混線だろう）であった。みんなして小銭の確保にポケットをひっくり返し、両替になんどもパブへ走った。やがて、誰もがおどろいたことに、ほんとうに電話がつながった。

「やあ、きみか、マキーヴァ。フェンだよ……忙しい？　そんなこと知るもんか。一分間だけ時間をくれ……いや、そうじゃない、酔ってなんかいないさ。よく聞いてくれ」

フェンがひととおり事情を話すと、受話器のむこうからかなりながい雑音がした。

「軍の作戦計画についての極秘情報だ」フェンはつづける。「そうなんだ、それを危惧しているんだ……そうだよ、この大戦が負け戦となったら、きみの責任だぞ。ヒムラーといっしょにブタ箱にぶち込んでやる……。おまえたち、しばらくあっちへ行ってな。ちょっと内緒の話があるんだ」フエンにそう言われて、ジェフリイとフィールディングは店内にもどった。

ビールを注文して飲みなおす。すでに気だるいほど気温があがっている。ジェフリイは椅子にもたれ、ぼうっとしたひと時を味わった。窓のあたりで蠅がうるさく飛びまわっている。どこか遠くで、自動車がエンジンをかけて発進していった。パブの亭主は、たいしてきれいにもならないのに、あいかわらずグラス磨きに精を出している。ジェフリイはフェン宛の手紙をもういちど読んでみた。いやに馴れ馴れしい言葉づかいがいやらしく感じられた。これを書いた人物は十五歳の娘を薬物中毒にし、一人の男を狂気へ追いやったうえに毒殺し、もう一人の男を血みどろの軟体動物のようにした。暑い日なのに悪寒が奔《はし》った。しずかにビールを飲んでいる数学教授にも、手紙を見せた。

「わしにはなんのことやらさっぱりじゃが、たしかにおかしな手紙ですな」数学教授は言う。「一時休戦を申し出ているようでいて、案外これは――」

ジェフリイとフィールディングは、がばと身を起こした。ふたりの脳裡におなじ考えがうかんでいた。

――フェンは、ばかに長電話をしているじゃないか。

わるい予感とともに店から飛び出した。戸外に人影はなく、電話ボックスは扉が開けっぱなしになっていた。ボックスのなかは無人、受話器がぶらさがり、しずかに揺れているばかりであった。かすかにクロロホルムの臭いがした。

あとから出てきた数学教授が、電話ボックスのかたわらに立っていた。そして、おごそかにこう語った。

「あれあれ、まるで神隠しじゃな。スナークはやはりブージャムじゃったか」

第十三章　さらなる死

「頭で作りだした憎しみがなによりもいけない」
W・B・イェイツ（『わが娘のための祈り』）

あわてて道路に飛び出し、目に見えるものをたしかめた。しかし、車の発進音を聞いたことを思い出し、それもむだとわかった。砂利道の路地にはタイヤの痕があったが、マカダム舗装の道路にはいるところでそれは消えていて、車の去った方角を特定することはできなかった。むろん、どこにも人影はない。大胆かつ巧妙な拉致事件であった。

警部に電話連絡をとった。受話器のむこうで警部が吐いた罵詈雑言のかずかずは、まさにジェフリイの気分を代弁していた。逃走車の追跡に全力を挙げると約束した警部は、対策を検討したいから署に来てほしいと言った。ジェフリイとフィールディングはただちにパブをあとにした。行儀よくビールを飲んでいる数学教授とは、それが永久の別れとなった。

署へむかうジェフリイの胸中は暗然としていた。フェンから犯人の名を聞いておかなかったから、その方面からフェン救出の手だてをさぐることはできなかった。犯人追跡の興奮などまるで感じなかった——嘔吐感、失望感、はげしい自責の念があるばかりであった。あんな置手紙にまんまとだまされた、まぬけな自分がそこにいた。

苦虫を嚙み潰したような顔で報告をきく警部に、建設的意見をもとめるのはむりであった。ロンドンから来た男たちは、けさ早くにロンドンへ帰っていった。なんでも、ピースの過去を洗うためらしい。フェンが拉致されたときに独房にいたピースは無関係だと、フィールディングは力説したが、その説に破綻があるのはジェフリイにもわかった。敵が複数であるのはまず間違いないからである。犯人グループの一人として、ホエール・アンド・コフィンの亭主ハリイ・ジェイムズの名がいやでもうかぶ。警部が言うように、そこにわずかな突破口があるように思えた。だが、捜査令状を手配して踏みこむことはたやすいものの、それは敵も予想していることであろう。一別以来、警部のもとにはいくつかの情報がもたらされていたが、いずれも否定的内容のものばかりだった。鉄道の車室でジェフリイの頭上をおそった旅行鞄は発見されていないし、それを仕掛けた男の足取りもつかめていない。百貨店の暴漢も、混乱に乗じてほかの売り場から遁走に成功したらしく、つかまっていない。しかし、これらのことは、いまとなっては二次的な問題でしかなかった。警部はジェイムズの任意同行を検討していたが、フェンが誘拐されてしまったからには慎重にならざるをえなかった。フェンが殺されて(そう考えるだけでジェフリイは気分が悪くなった)いないとしても、こちらの出方次第でどうなるかわからないのだ。

けっきょく、宿屋の宿泊者である自分がもっとも怪しまれないという理由で、フィールディングが潜入員の役を買ってでた。彼に一任することに心許なさを感じるジェフリイと警部であったが、ひそかに宿屋にさぐりをいれることが唯一の策であるのは否めなかった。フィールディングが忍びこんで調べるあいだ、ジェフリイがバーに待機し、緊急の場合に備える三番手として、警官が戸外にひそむことに話は決した。

そういうことで、十五分後、混み合うバーの客となったジェフリイは、心臓の鼓動を高鳴らせながら、じっと待っていた。フィールディングの作戦計画は可能なかぎり単純にしてあったし、二十分経過しても帰還しない場合は、警官が踏みこむ手はずとなっていた。ウイスキーをちびちびとなめながら、懐中時計の分針をにらむ。四から五へ、五から六へ……それは永劫の時の長さに思われた。周囲ではきわめてしずかに、なにごともなく、飲酒という行為がおこなわれている。こういった作戦に対して敵がなにも準備していないと考えるのはあまりにも楽観的で、すでにこちらの動きを察知しているかもしれなかった。しだいに心細くなってきて、人ごみのなかにいることが、これほど身に沁みてありがたく感じたことはなかった。ジェイムズはまったく姿を見せない。ひたすらフィールディングの身が案じられた。

そのフィールディングは、早くもめざすものにたどりついていた。そして、さらに言えば、めざましい成果をあげた代償に生命の危険にさらされていた。宿所にしている部屋を出ると、腰板のある狭い廊下を、低い梁に頭をぶつけないようにしながら進み、諜報活動というものにいくらか幻滅を感じていた。沈着冷静ということにおいては、じつは彼はかなりの資質に恵まれていたのだが、ジェフリイと同じく、敵がこちらの動きに気づいていないはずはないという考えが脳裡をよぎると、いくらか怖じ気づいたのは無理からぬことであった。ためしに廊下の右手、ひとつ目の扉を押してみる。そんな安易な場所に犯罪の痕跡が転がっているとも思わなかったが、ひとつでも見落としがあってはならなかった。扉はなんなく開き、天井の低い、白い腰板のある、更紗に飾られたあかるい居間があった。誰もいないが、奥の閉ざされた扉のむこうから話し声がした。つま先だって、扉に忍び寄り、鍵穴に耳をあてる。会話の断片がきこえてきた。

「……ここの海岸で釣れる海鰻は二十フィートどまりですな」

「……コーンウォールだと、もっと大物がかかるがね」

「真鰯の生き餌をつかわないと、海鰻の食いがわるくていけない……」

どうやらお門違いらしく、フィールディングは踵を返そうとしたが、ふと思いとどまった。ふつうの宿泊客なら、謝罪すればすむことだ。もしふつうの客でなかったら……。しずかにドアノブをまわし、ほんのわずかに扉をあける。すると、室内から驚いたような声がした。

「おい、誰だ？」

もはや逃げ隠れはできなかった。扉をおおきくあけ、室内に足を踏み入れる。なかにいたのは二人の男だった。ひとりはハリイ・ジェイムズ。そしてもうひとりは……。

セヴァネク。

テーブルをはさんで向かい合い、それぞれビールジョッキを前においていた。部屋は居間をそのまま縮小したようなものだった。数冊の本が散らかる（そのなかには、宗教音楽の入門書があるのをフィールディングは見逃さなかった）だけで、この部屋が住居として使用されている痕跡はなにもなかった。

「やあ、フィールディングさんじゃないですか。ようこそ。なかなかお目にかかれず、残念に思っていましたよ」セヴァネクがあっけらかんと声をかけた。

「これはこれは、お客さま。なにかご用でしょうか。おくつろぎいただいていることと思いますが」ジェイムズも言う。

「どうです、ビールでもいっしょに？　ぼくは酒はめったに飲まないのです――やはり世間の目がありますからね。ハリイとはこうしてたまに、釣りの話などを肴にしてやるんです」

セヴァネクはそう言って、椅子から腰をあげ、フィールディングとひとつしかない戸口のあいだに立ちはだかる。おおきな窓には掛けがねがかかっていて、裏庭の侘しい光景をうつすばかりだった。正面突破しかない――それはわかった。二人の男が異様な目つきで見つめている。全身から力が抜けていくようだった。しゃべろうにも、言葉がのどにつかえてでてこない。

フィールディングはとっさにテーブルをひっくり返し、ジェイムズにむかって椅子を蹴りとばした。ジェイムズは一瞬よろめいたが、すぐに体勢を立て直した。それきり、ジェイムズもセヴァネクもうごかない。フィールディングは部屋の隅までゆっくり後ずさると、壁に左の肩をこすりつけた。

「おやおやフィールディングさん、どうしたというのです？」セヴァネクの声がする。

心臓のあたりがぐんと恐怖に襲われた。鼓動が止まりそうだった。胸いっぱい空気を吸いこんで、雄叫びをあげようとした。

つぎの瞬間、室内は鮮血に染まっていた――フィールディングのぼんやりした記憶にあるのは、銃声とともに烈しい衝撃を受け、身体が半回転して壁に激突、その場にどさりとくずれ落ちたことだった。そして横たわったまま、意識を失ってはならないと、身体の一部が機能しない心理的ショックに堪えねばならないと、必死に自分の舌を嚙んだものだった。やつらはフェンの監禁場所を口にするかもしれない。それを聞き逃してはならない。そのためにも、死んだと思わせなければならない……。眼前にメリー・ゴー・ラウンドが旋回する。無数のきれいなひかりの乱舞が見える。激痛がおそってきた。長いトンネルか迷宮のなかにいるような、ふしぎな反響をもって男たちの声がした。

「どうしてハジキなんかつかうのです？　これで二度目ですよ。銃声を聞かれたらどうする気です？」ジェイムズが詰《なじ》るように話している。

「誰も聞きはしないさ。いいか、ここの責任者はぼくだ。万事まかせておいてもらおう」

「おやおや。では、うかがいますが、なにかいい知恵でもあるんですかい？　階下にはヴィントナーのやつががんばってるし、店の外にはサツも張っているんですぜ」

「ここは脱出の一手しかない。モノを処分して逃げるだけだ。うまくすれば、スコットランドにたどりつける……」

「うまくすれば、ですか。けっこうな話ですな」

「ヴィントナーに一服盛ってくるんだな。そして奥に運び込んで、気分がすぐれず休んでいる、と思わせるんだ。すこしは時間稼ぎになる」

「まったくあなたには感心しますよ。いつも行き当たりばったりで」

「ぼくは拳銃をぶっぱなすことに抵抗感がなくなっている。そのうち、きみに銃口をむけるかもしれないよ。じっさい、ひとりのほうが遁走には都合がいい」

「ちょっと――誰か来ますぜ」

「いや、ちがうな。誰も銃声を聞いてはいない。さっさとヴィントナーに一服盛って来い」

「フェンは？　あの男はどうするのです？」

「いまごろ往生しているだろう」

「そうでしょうかね。あのていどのガスの量ですからね。部屋の密閉も完全ではなかったし。あなたが妙にサディストぶったりするから、こっちがやばくなっていますよ。すぐにあの癲狂院の廃墟へ行って、ひと思いに片づけてしまうんですな」

「そんな時間があると思うのか、この——石頭。さっさと行って、言ったとおりにしてこい」

ジェイムズはしかたなく出ていった。フィールディングにはこれが限界で、ジェフリイに情報を伝えることもかなわず、ついに意識を失ってしまった。五分後、ジェイムズはもどってきた——その五分間、セヴァネクはせわしなく室内を往復し、面長の肉のうすい顔から汗をぬぐい、小麦色の髪をかきあげ、いらいらと手を組んだりした。鼻の下と、右眼のまなじりがたえず痙攣している。

「羊みたいにおとなしく飲み干してしまいましたよ。階下の者にあとの処置を命じておきました」ジェイムズは手みじかに報告すると、ふりむいて、フィールディングのようすをたしかめた。「まだ呼吸がありますぜ。こんな至近距離で仕留められないようでは、飛び道具をおもちゃにするのはもうよしたほうが身のためですな」

セヴァネクはすっと銃口をむける。

「おっと、そいつはだめですぜ」ジェイムズは言った。「いままではついていた——たしかに階下では誰も耳にしなかったようです。だが、このつぎはそうは問屋が卸さないでしょう。もっとしずかに片づける方法がありますよ。手を貸してください」

フィールディングをガスストーヴのほうへ曳きずっていく。可動式のガスストーヴで、壁にあるガスの元栓からゴム管でつながれていた。ジェイムズはそのゴム管をストーヴからひき抜き、フィールディングがだらりとあけている口のなかへ挿入した。ポケットから絆創膏を取り出すと、フィールディングの鼻孔と口の端をふさぐ。そしてガスの元栓をひねった。一歩退くと、ガスが通るかすかな音を耳でたしかめ、フィールディングの傷口から流れる血液が、でこぼこの床板にゆっくり広がるさまをながめた。

「これでくたばるでしょう。さあ、高飛びといきますか。ブリストルまで行けば、Gがスコットランド行きの飛行機を手配してくれるでしょう。これでやつらに引導を渡せるってものですよ」

「ポケットの中身を改めておいたほうがよかろう」

「なら、いそいでくださいよ。あなたが来なくても五分で車を出しますからね」

「よかろう」

ジェイムズは後ろ手に扉を閉めて、出ていった。セヴァネクは身をかがめ、ぐったりと横たわるフィールディングのポケットをさぐりはじめた。


だが、ジェフリイはむざむざと敵の術中にはまったわけではなかった。彼にはめずらしい鋭い観察力で、最後に注文したウイスキーがカウンターの上にぶらさがるボトルから注がれたものではなく、上物だという口実のもとに、女がどこか奥から運んできたものであることを見逃さなかった。さらに、カウンター横手の「従業員用」と表示のあるドアのわずかな隙間から、何者かがこちらをうかがっていることにも気づいていた。ジェフリイはちょっとわざとらしい仕草とともに背中をむけ、ウイスキーを飲むふりをして、そのじつ、ウイスキーを襟からシャツのなかに流しこんだ。気持ちわるいなんてものじゃなかったが、上着のボタンをかけるとうまく染みがかくれた。さいわい、ほかの客に気づかれて、騒がれるようなこともなかった。口をぬぐうふりをして、カウンターへ行ってグラスを置き、世間話のひとつもしてお代わりを注文した。女が出ていく。だらりとカウンターにもたれかかっていると、横手のドアがそっと閉まったのが眼の端に映り、当座の危険は去ったと知れた。フィールディングが敵の手に落ちたのはあきらかで、早急に手を打つ必要があった。

ジェフリイはさりげなく店の入口まで歩いていくと、しばらくそこで足をとめ、「ウイディコム・フェア」の一節を口笛で吹いた。あらかじめ決めてあったその合図に、巡査がそっと立ち去っていった。その巡査は店の窓から姿を見られることのない地点まで来ると、全力で駆けだした。署まで五分とはかからない。十分もあれば、宿屋を完全に包囲できる計算だった。

店内にもどると、ジェフリイは洗面所へむかった。そこには建物の宿泊施設部分へ抜ける通路があることを思い出したのだ。それにしても、どこから手をつけるべきか。そこは部屋と廊下が複雑な迷路のようになっていて、不慣れな者には右も左もわからない。ここ一番、頭をしぼってみる。フィールディングが宿所にしている部屋はわかっている。フィールディングはそこを起点として順番にさぐりをいれていったと考えるのが妥当であろう。時間的に見て、それほど遠くまで行ったはずはない……。ジェフリイはほどなく、いましがたフィールディングが姿を消した部屋にたどりついていた。

室内に足を踏み入れた瞬間、奥の部屋の扉が開いた。セヴァネクが出てきて、ドアを閉め、鍵をかけようとした。セヴァネク！　だが、ジェフリイに考えている余裕はなかった。それがたとえカンタベリ大聖堂の大主教であったとしても、同じことだった。気がついたときには、相手に馬乗りになっていた。セヴァネクはまだ、ひとの気配さえ感じていなかった。

多くの乱闘がそうであるように、ここでもまた、ルールもなにもない、行き当たりばったりの、むちゃくちゃな揉み合いがあるばかりだった。しかし、奇襲をかけた分だけジェフリイが優勢で、セヴァネクは拳銃を構えることもかなわなかった。加えて、ジェフリイのほうが体力的に勝っていた。勝負はセヴァネクが腰板に頭をぶつけ、ううんと呻ったきり延びてしまったことで決着した。

セヴァネクが完全に気絶したかどうか、ジェフリイにたしかめる時間はなかった。奥の部屋から、つうんとガスの刺激臭がしたのである。あわてて部屋に駆けこむと、ガスの元栓を閉め、フィールディングの鼻と口から絆創膏をはがし、思いつくかぎりの応急処置をほどこした。フィールディングはまだ呼吸をしていた。階下から、自動車の発進音がきこえた。それとほとんど入れ違いに、数台の自動車が到着して、階段に殺到する跫音がしたのは、警察にちがいなかった。ジェフリイはフィールディングを抱きかかえ、奥の部屋から出た。見ると、セヴァネクの姿は消えていた。さっきの車で逃走したのだろうか。いや、そんなはずはない。階段を駆けおりて戸外へのがれるほどの時間はなかったはずだ。

警部は医者を伴って来ていた。医者はただちに気付け薬と包帯を取り出し、フィールディングの治療にかかる。ジェフリイは警部にわかったかぎりの情況を説明した。

「セヴァネク！　そうだったのですか」警部は唸った。「しかし、いまもってわからないのは……」と言いかけたが、「いや、ともかく逮捕に全力を尽くします」

「ジェイムズは車で逃走したと思います」

「では、やはり逮捕します。県警と軍に連絡して非常線を張りましょう」警部はそう述べると、あわただしく部屋をあとにした。

「意識がもどってきましたよ」医者が言った。フィールディングの頭を抱きかかえている。「どなたか病院に連絡して、救急車を手配させてください」

　フィールディングは目をあけると、はげしく嘔吐した。声にならない声で話そうとする。

「落ちつきなさい。もうだいじょうぶだから」医者はフィールディングにそう語りかけ、「致命傷ではないでしょう。右の肺をぎりぎりのところでそれたようですな」と、ジェフリイに話した。

「……ジェイムズ……セヴァネク……」フィールディングはなおも話そうとする。なんどもおおきな生あくびをして、酸欠のために顔と指の爪が真っ青だった。「フェン……ガス……」そのあとが聴き取れない。ジェフリイは顔を寄せた。

「それで？　場所はどこなんだ？」焦りで全身が痛いほどだった。

　フィールディングは必死にしゃべろうとするが、出てくるのは生あくびばかりだった。やがて眼を閉ざし、がくんと気絶してしまった。

「たのみます。どうにかしてください。フェンの監禁場所を知っているようなんです」ジェフリイは医者にすがりついた。「人命がかかっているのです。もうすこしだけ、なんとか意識をもたせるようにしてください」

「むちゃなことをおっしゃられては困ります」医者はいらだちを見せた。「やれないことはないですが、あまりにも危険です。患者を殺しかねない」

「本人もそれを望んでいるはずです」

「そうかもしれませんがね、それでほんとうにどうにかなるのですか」医者はつめたく問い返す。

「ええ、どうにかなるんです」

　医者はじっとジェフリイの目をのぞきこんだ。やがて、

「わかりました。わたしは医師会除名の処分を受け、おそらく過失致死の汚名を一生背負うことになります。家族は飢えて路頭に迷うことでしょうな。しかし、やるだけやってみましょう。鞄を取ってください」


フェンは目覚めていた。鉄道の切通しで、ウスバカマキリの怪物に襲われる夢を見ていた。ふしぎに身体がうごかない。なにかおおきな白いものに抑えこまれている。意識がはっきりするにしたがって、それは拘束服だとわかった。そして、この奇妙な情況にあらかた察しがつくと、しずかに胃袋の中身を吐きもどした。目をあげると、セヴァネクとジェイムズが立っていた。

「これはおそろいで」フェンは声を励まして言った。「あいかわらず、まぬけ面だな」

セヴァネクはにたりとした。「教授には負けますがね。ここはじつにあなたにお似合いの場所でしてね。なにしろ、癲狂院の廃墟ですから」

「なるほどね」フェンはさらりと受け流す。ためしに手足をうごかしてみたが、両脚も縛られていた。

「逃げようなんて考えないほうがいいですよ。労力の無駄ですから」

「どうしてわざわざ拉致したんだ?」

「あなたにふさわしい場所で、しずかに死んでもらおうと思いましてね」

「それはまた念の入ったことだが、お二人さん、また気分がちょっと……やたらとクロロホルムを効かせてくれたものだから……」

「どうぞご自由に」

用を済ますと、フェンは言った。「それで、どうする気だ?」

「われわれはあなたを片づけることを余儀なくされています」

「もっと簡潔に言ってもらいたいな」フェンは決めつける。「それから、安っぽい小説の登場人物になりきるのもやめたまえ」

「おやおや。あなたにとって、ぼくはこの世で言葉をかわす最後の人間なのですから、もうすこし和やかにいきたいですな」

フェンは呵々大笑した。「笑わせちゃいけない。きみは年はいくつだ?」

「なにが訊きたいのです?」

「ちょっと知りたいだけさ」

「二十六です」またフェンが笑うと、「なにがおかしい!」セヴァネクは気色ばんだ。

「きみにそっくりの学部生がいてね。オックスフォードにはかならずいるのさ――ちょっとばかり頭はいいが、散漫で、現実的なにごともなさず、芸術家を気取って、やたらときざったらしい。そのくせ意気地もなければ、まともな倫理観もなく、ただの劣等感のかたまりみたいなやつが」

セヴァネクは憤然と進み出て、フェンの顔を足蹴にした。しばらくして、

「いてて……。ひどいじゃないか、前歯が一本だめになった」フェンはやんわり言い、折れた歯を床に吐き出した。「どうして祖国を売るんだ?」

「そんなことはおまえの知ったことじゃないし、議論するつもりもない。居酒屋でくだを巻いている連中や民主主義かぶれのばかどもを黙らせてくれるナチスは、見ていて気分がいいですがね」

「人間を大量に殺しているぞ」

「ぼくには関係ありません」

「まあ、そうかもしれん。しかし、きみも自分が殺される番になれば、そうも言っていられないだろう。きっと、いやだぞ、こわいぞ。そのときになってはじめて、居酒屋で飲んだくれている連中の有難味がわかろうというものだ」

「民主主義者のご多分に漏れず、ずいぶんおセンチなことをおっしゃいますな」

「人殺しはいけない——そう思うだけだ」フェンはおだやかにつづける。「いったいぼくをどうしようというんだ？」吐息まじりに尋ねる。

「ガスで死んでもらいます」

「ガスだ？」フェンはおどろいた。「ここは廃墟なんだろう。ガスの供給は止まっているんじゃないのか」

「軍が接収して、二日後に移動してきます」ジェイムズが言った。これがはじめての発言だった。

「ですから、うまいぐあいにガスの供給は再開されているのです」

「ここはどこらあたりなんだい？」

「トールンブリッジから五マイルほど郊外。周囲一マイルには道路も民家もありません」セヴァネクは答える。「だから、たぶんそうするでしょうが、怖くなって泣きわめいても、誰にも聞こえません。念のため、猿ぐつわはしてもらいますがね」

フェンは考え込む。「もっと速やかにやってもらいたい」

「いいでしょう。ジェイムズ、撃ち殺してやれ」セヴァネクは冷然と命じる。

ジェイムズはホルスターから廻転式拳銃を抜き出すと、弾倉の弾丸をたしかめる。

「もたもたしなさんな。こんなことにいつまでもつき合うわけにはいかない」セヴァネクのひややかな声がひびく。「ちゃんと眼鏡をかけて、一発できれいに仕留めるんだ。汚らしいのを見るのはごめんだ」

ジェイムズは無言でうなずいた。ポケットから眼鏡ケースを出し、ふたをあけて眼鏡を取りだす。レンズをていねいにみがき、眼鏡をかける。そして拳銃の撃鉄を起こすと、フェンの頭部に狙いをさだめ、引き金を絞っていった。

「やっぱりガスにする」フェンはあわててそう告げた。ジェイムズが肩をすくめて銃口をさげる。

「『死よりは苦しみを、それが人類のモットーだ』（ラ・フォンテーヌ『寓話』）というじゃないか」

「なるほど。それもよかろう」セヴァネクはそう言うと、壁ぎわへ行き、ガス栓をひねる。しゅうと鋭い音をたててガスが噴き出した。

「なかなか勢いがいいが、これではご希望に添えない」セヴァネクはガスの勢いを最少に調節する。

「これでよし。窓は閉まっているが、完全密封というわけではないから、外に漏れていくだろう。このぶんだと、一時間半はかかりますかね」

「なにをばかなことをやっているんです？　その前に助けが来たらどうするんです？」ジェイムズはいらだった。

「誰も来ないさ。ここがわかるはずがない。教授にすこし時間をさしあげて、せめてりっぱな辞世の句でもひねってもらうのさ。では、そろそろこいつを。あまりきつくは縛りませんので」セヴァネクはフェンに猿ぐつわをかませた。

それが済むと、セヴァネクは言った。「教授、いよいよお別れです。申し訳ないとは思っていません。とても楽しいひと時でしたので。ジェイムズ、行くぞ」しゃべることのできないフェンは、首をうなずかせた。二人は部屋を出ていく。扉に錠がおろされた。

訪れた静寂に、フェンはほっと一息ついた。首をねじって目をむけると、ガス栓は部屋のむこう側にあった。ガスの噴出量がすくなく、音はきこえない。拘束服のなかでちょっともがいてみたが、全身が転《こむらがえり》筋を起こし、耐えがたい激痛が奔《はし》った。蒸れがひどくなるばかりで、どうにもならなかった。家具ひとつない、がらんとした室内に、役立ちそうなものはなにもなかった――もとは看守室だな、と見当がついた。ドイツ人は精神病院がお好きらしい――『カリガリ博士』や『怪人マブゼ博士』がその好例だ。しかし、ナチスはヴィーネもラングも追放してしまった……。フェンははっとなった。そんな悠長な思いにふけっている場合ではなかった。迫りくる死の影に、ようやく心中、暗澹としてきた。

フィールディングの両眼の目蓋は依然として閉じていた。医者は器具を鞄にしまい、ジェフリイに目をやった。「残念です。だめでした。意識を取りもどすことはできませんでした」

「そんな……。容態を悪化させたわけではないですよね？」

「その心配はないでしょう。だいじょうぶです。あれは救急車ですね。そろそろ病院に運びます。患者がしゃべるようになったら、すぐにお知らせします」

ジェフリイは悄然と、手をこまねいているしかなかった。「ジェイムズかセヴァネクがつかまれば……いや、だめだ。それまでフェンがもたない」

「とんだ下衆野郎もいたものですな」医者がぼそりと吐き捨てた。そのひと言は、野次馬根性であれこれ質問されるよりも、はるかに慰めになった。

フィールディングが担架で搬ばれていく。まだ生きているとはとても見えない。医者も出ていった。ジェフリイははげしく毒づきながら、必死に頭をはたらかせる。フェンの監禁場所はどこか。それをどうやってつかめばいいのか。なにか手がかりはないのか。ガス……ガス……ガス栓……。ガス……ガス……ガスメーター……ガス会社……。

「このおおばか野郎！」無人の部屋に、ジェフリイの咆吼がこだました。ぎょっとするほどおおきな、どこかひとを愚弄するようなこだまだった。「おまえはなんという阿呆なんだ！」そう言いざま、気がちがったように階段を駆けおりた。

階下には電話連絡を終えたばかりの警部がいた。ジェフリイの大わらわのていに気づかず、「とりあえずこれでよし。非常線を手配しましたから、車での突破は無理でしょう。セヴァネクのほうは、徒歩か自転車にちがいありませんな。これからわたしみずからが追っ手となって――」

「それどころじゃありませんよ」ジェフリイが物凄い形相でさえぎった。「もう一度電話をかけてください！」

警部は呆気にとられた。

「ガス会社！　ガス会社！」ジェフリイはわめきつづけた。

五分後、まもなくランチタイムという頃合い、およそ四千食の昼食を準備する台所や調理場の火がとつぜん消えた。この地域一円でガスの供給が完全にストップしたのだった。

同時刻、フェンは嘔吐すること三度、遠のく意識をくいとめること二度にわたっていた。室内にはよろしくガスが充満しているはずで、頭も朦朧《もうろう》としている。いま何時か、ジェイムズとセヴァネクが去ってからどれくらい経過するのか、まるで見当がつかなかった。足蹴にされた顔が痛むが、ガスの作用ですこし麻痺している。目の焦点もぼやけてきた。胸中で嘆息して、この世の始まりと終わりについて思いを凝らした。

十五分後、おどろいたことに、彼はまだこの世の始まりと終わりについて考えていた。はっとしたことで、頭に冴えがもどり、窓の外では太陽の位置がずっと高くなっていることにも気づいた。目の焦点も合ってきて、顔の痛みも増してきた。なんとも腑に落ちないことだった。きっと肺臓が突然変異して、ガスをものともしなくなったにちがいない。そう考えると可笑しくなって、声をあげて笑いそうになったが、とたんに吐き気を催した。猿ぐつわをした状態で嘔吐するとどうなるか。あまり経験したくないことではあったが、それですこし落ちついた。

さらに二時間後、ジェフリイ、医者、警官二名が救助にはいったとき、フェンはすっかり生気を取りもどし、いらいらをつのらせ、むやみに腹を立てていた。猿ぐつわをはずされ、顎の調子を痛そうにみると、開口一番こう言った。

「ぼくは不死身だ。ガスでは死なない」

「なにを寝ぼけたことを。数時間前に、ガス会社に頼んでガスの供給を止めてもらったんだよ」ジェフリイは言った。「それにしてもよかった。もうだめかと思ったよ」

フェンを車に乗せると、ジェフリイはさっそく話してきかせた。「居酒屋スリー・シュルーズで、地図をひろげて、やつらの拠点をしぼり込もうとしていただろう。あのとき、きみは地図上のある地点を指さした。フィールディングがよけいな口をはさんだから、具体的な地名が聞けなかったが、きみの指さきの近くに、変わった名前の場所があったことを思い出したんだ。ところが、どうしてもその名前が出てこない——誰しもあるだろうが、記憶がそこだけ抜け落ちているのさ。それは怪奇小説に出てきそうな、サーストン主教の日記にあったような名前だった。ぼくはダロウの家まですっ飛んでいき、もう一度日記を見せてもらった。あったさ——『娘と密会。スレイターの囲い地のむこうの雑木林にて』と。そう、スレイターの森だ。その付近で唯一の廃墟を警察は知っていた。それがこの元癲狂院だった。だから、こうしてやって来たんだ」

「ふむ。あのときは当てずっぽうで話していたんだが、よほど運がよかったということか。みなさんには感謝するよ」フェンはめずらしく言葉少なに語った。だが、しばらくすると、「ぼくが祖国を救ったんだ」と、うそぶきはじめた。その後数週間にわたってうるさく言いつづけ、やがてだれも相手にしなくなった。

トールンブリッジにもどり、警察署へ立ち寄る。

署はもぬけの殻も同然だった。警部をはじめ、ほとんどの人間がセヴァネクとジェイムズの追跡に出動していた。使命感に燃える留守番役の巡査部長が、鼻息も荒く話すところによると、フィールディングは順調に快方にむかっているということ、ジェイムズはすみやかに手配された厳重な非常線を突破したはずもなく、まだこの地域にいるはずだということ、セヴァネクの消息はまったくつかめず、市中に潜伏したもようだということであった。フェンとジェフリイは情勢が変化するまで署で待機することにした。そろそろお茶の時間だったので、巡査がやたらと濃い紅茶を用意してくれた。ピースに面会に行く——あいかわらず独房で『精神と社会』を読んでいた。あらたな情況を伝えると、ピースはちょっととまどったような表情をみせた。

「そうですか。セヴァネクというのはたしかに虫が好かない男だったが、そんな大それたことをやらかす人間とはね」ピースはお得意の精神分析をもちだして、人間のタイプについて語りだしたが、まじめに耳をかたむける者はいなかった。

そうこうするあいだも、正義の怒りを胸に秘めた警部は、ひたすら犯人の足取りを追っていた。セヴァネクが立ちまわりそうな場所に可能な限りの人員を配し、みずからは単身でバトラー牧師邸へむかった。セヴァネクが頻繁に出入りした場所だから、金品や身のまわりのものを取りに立ち寄った可能性があった。警部の勘は的中した。邸内の私道に、蒼褪めた顔をしたフランシスがいた。

「警部さん、いいところへ来てくださいました。ジュライが――セヴァネクが拳銃をもってやって来たんです」フランシスは声を詰まらせながら話した。「いったい何があったんです？　ジェフリイは無事ですか。父を殺したのはジュライなのですか。彼が電話線を切断してしまったので連絡できませんでしたし、付近にうろついているかと思うと恐ろしくて、出歩くこともできませんでした。わたしたちの所持金を奪って逃げました」

「それはいつのことです？」

「十分ほど前です」

「逃げた方角はわかりますか」

「いいえ、見ていません。母を落ちつかせるのに精一杯で」

「よく聞いてください。頼みがあります」ふだんののんびりした調子が影をひそめ、仕事の鬼と化している警部であった。

「なんでしょう？」

「署へ行って事態を報告してください。それで話は通じるはずです」

「それが、わたし、怖くてとても……。母を放っておけませんし」フランシスは後込みする。

「お母さんを連れてお行きなさい。心配はいりません。セヴァネクは逃亡に必死で、きみたちにつきまとったりしないでしょう」警部はフランシスの顔をのぞきこんだ。「やってくれますね？」

「はい……わかりました」

「ありがたい」

警部はいそいで自転車にまたがる。門のところで大声で訊いた。

「セヴァネクは徒歩でしたか」

「たぶん、そうです」そう答えるフランシスをのこして、警部は立ち去った。

セヴァネクが逃亡した可能性のあるルートは三つあった。ひとつは町なかへもどる道――意外性を狙うにしては危険がありすぎる。二つ目は海辺へおりる道――厳重に警戒されているのは承知しているだろう。そして三つ目は、入江をまわりこみ、断崖ぞいにトールンマスへ抜ける道。警察の目をのがれて徒歩で逃走するとすれば、この第三のルートしかないはずで、警部はそれに賭けることにした。自転車に乗った彼は、道路わきの雑木林や茂みから狙撃するには恰好の標的となるにちがいなかったが、いまやその危険をも辞さない。ふだんは温厚篤実でおっとりした人柄、愛妻家で家庭をだいじにし、書物をこよなく愛し、法の行使においても寛大で、この田舎町でみんなに好かれている。その警部がいまや恐れを知らぬ一個の非情なマシーンになろうとしていた。これが紙まき鬼ごっこでいうところの猟犬、すなわち兎を追う立場の多数派に属していなかったら、おそらくこんな大胆な行動はとれなかっただろうな、と皮肉な思いが胸をかすめた。しかし、目下の獲物の好ましからざる性質を思うと、イギリス人なら誰の心にもある、追われる者への憐憫の情も抑えこむしかなかった。はっきりそれと意識することはなかったが、彼は祖国を愛していた。祖国イングランドを陵辱する者があれば、断じて許さない――それは自分でも意外なほど強烈な感情だった。そしてまた、敵と正々堂々、真っ向勝負を挑むことこそ祖国の真の姿なのであって、内部の裏切りに四苦八苦するところなど見たくなかった。このことが警部の均整を尊ぶ精神にひどく障った。フランス語を解するなら、きっとこう呟いていたにちがいない。「線の配置をわずかでも変えるような動きをわたしは忌みきらうのだ」（ボードレール『悪の華』、美）と。

警部は拳銃を装備していた。ふだん、彼が憤怒や嫌悪といった激情に思うさまわが身をゆだねるのは、射撃練習のときだけだった。そういった折、標的は彼の個人的な仇敵であり、無辜の民を苦しめる圧力――巨大資本だとか、ファシズムだとか、ボルシェヴィズムだとか（それ以上は出てこなかった）――でもあった。そういった得体の知れないぬらぬらした巨悪を退治するために、彼は弾丸を撃ち込む――それがみずからにたったひとつ許している妄想だった。そして、いまやその発砲は合法的行為である。拳銃で武装した警部は、きわめて危険な男であると言わねばならなかった。

灼熱の炎天下だった。

十五分ほどで断崖に到達し、早朝の散歩でジェフリイとフランシスも目にした無人の石切場のそばに出た。途中でセヴァネクを見過ごしたかもしれないが、半マイルさきには非常線が張ってある。ハリエニシダの茂みのなかをすすみ、小山に登って周囲をうかがうことにした。荒れた道にはもはや無用の長物となった自転車を乗り捨てたその瞬間、セヴァネクの姿を発見した。

セヴァネクはわずか十五ヤード先の茂みのなかを、物音を立てないように用心しながら進んでいた。こちらの接近には気づいていないようであった。額からしたたり落ちる大粒の汗が陽射しを受けてきらめくのや、小麦色の髪が乱れてとびはねるさまが手に取るようにわかった。警部は身を伏せ、ほっと安堵の吐息をもらした——楽勝だった。じっと機会をうかがっていると、セヴァネクは茂みから出て、あたりを確認し、さらにさきへ進もうと背を向けた。その刹那、警部は拳銃を抜き、背後に躍り出た。

「うごくな。手を挙げなさい」

セヴァネクは立ちどまり、硬直し、ふりむかなかった。だが、つぎの瞬間、がむしゃらに駆けだし、いきなりコースを変更して非常線とは逆の方向へむかいはじめた。警部は追跡に駆けだしたが、体重差があるし、敵はまさに死に物狂いの全力疾走であった。警部は足をとめ、拳銃を構えた。

距離にして二十ヤード——必死に銃弾をかわそうと、めまぐるしくコースを変える標的を相手にした難易度の高い射撃であった。第一弾で、セヴァネクはよろめいたが、逃げる足はとまらない——速力は確実に落ちたが、腰に手を当ててからだを支えるようにして、小石や草の根に足を取られながらも進んでいく。警部は第二弾を発射したが、これははずした。第三弾、セヴァネクは倒れこんだが、這ったまま進んでいく。そのさまは、首を切断されても、なおも農家の中庭を駆けまわる鶏のようであった。わずか三時間前、死に直面した人間について語っていたフェンの言葉が、その脳裡に去来していたかどうかはわからない。しかし、警部の脳裡にはつぎのことがたしかにあった——連続殺人犯、黒ミサを主宰する冒瀆の徒……。警部は第四弾を見舞った。弾丸は這いつくばるセヴァネクの背骨を砕いた。セヴァネクのうごきが停止した。一瞬、起きあがるかにみえたが、やがて顔面からどおっとくずれ落ちた。それがこの男がたどった末路であった。

フェンとジェフリイは警察署を出て、徒歩で牧師寮へむかった。署で待ちくたびれていると、フランシスが警部はセヴァネクを追走中との報せをもってきたので、牧師寮へ引き揚げることにしたのである。思わぬところでフランシスと再会したジェフリイだったが、胸がいっぱいで、笑顔でかるく握手しただけで別れた。

ハリイ・ジェイムズの行方は杳として知れなかった。報告によれば、非常線を突破した車はないし、徒歩で脱出に成功したとも考えられないとのことだった。ジェフリイにしてみればジェイムズ逮捕はよろこんで警察に一任したいところであったし、フェンもそのようであった。医者に鎮痛剤をうたれ、湿布薬を貼られたフェンは、いらいらと不機嫌で、ときおりふさいだ色をのぞかせた。推理らしい話は一切しない。

「夕食まで部屋で休ませてもらおう。これでも重症患者だからな。あとは自分で好きなように考えるんだな」無愛想にそう言いのこすと、どかどかと二階へあがってしまった。応接室にのこされたジェフリイは、ひとりで推理にふけるしかなかった。

ハリイ・ジェイムズが肘掛椅子からむくりと身を起こしたのは、フェンが二階の部屋に足を踏み入れた瞬間だった。分厚い眼鏡レンズの奥で、豚のように黒目がちのちいさな目をにぶく光らせ、廻転式拳銃をにぎる手をかすかに顫わせていた。衣服は土ぼこりにまみれ、乱れていた。

「どうぞお入りください、教授。お待ちしていました」ジェイムズはおだやかにそう切りだした。「しずかにドアを閉めてください。けっして声は立てないように」

フェンは言われたとおりにした。どっと疲労感におそわれた。

「こんなところにしけこんでどうする気だ。逃げられなくなるぞ」

ジェイムズはいっそう手を顫わせた。「承知のうえです。あなたを片づけないことにはどうにも腹の虫がおさまりませんのでね。おかげでなにもかもぶちこわしです……おっと、手は挙げたままで」

「腕がつかれたよ」フェンはぼやく。

「ご心配なく。すぐに済みます」

フェンは一脚の椅子のうしろ、ちょうど下半身がジェイムズの視界からかくれる位置に立っていたが、このときばかりは天にふかく感謝した。そして、宿屋の掃除婦の大雑把な仕事ぶりにも感謝した。きのうのこと、採集したのがウスバカマキリと思いきや、つぶれた蝗だったので、虫籠ごとぶっちゃけた際、いっしょに転がり落ちた小石が、そのまま足もとにころがっていたのだった。問題は、下半身の動きを露呈しないようにすること――そして、拳銃を構える男から瞬時も目を逸らすことなく、狙った方向へ小石を蹴ることであった。成功の可能性は笑ってしまうほど小さかったが、ほかに打つ手はなかった。相手が極度の緊張状態にあるのが、せめてもの救いだった。フェンは戸口のわきにある作り付け戸棚へ目を転じた。この大きな戸棚は、鍵穴がないので重宝したのだった。あいつらが互いに殺し合っていなければよいのだが――とフェンは願った。惜しいことに、その瞬間ジェイムズに躍りかかるにはすこし距離があったが、これはどうにもならない。

フェンは言った。

「どうしてもわからない。きみのような人間が、なぜこんなことの片棒をかつぐのかね」

「時間稼ぎはだめですぜ。往生際がわるいですな」ジェイムズは拳銃の引き金をひき絞る。

「最後にそれだけをきかせてくれ」

「なぜナチスの協力者となったか、そのいきさつを知りたいとおっしゃるわけで」

フェンの脳裡をかすめるものがあった——この男の運命もいまや風前の灯火、寸刻も惜しまねばならない事情があるのだ。その想念はあらたな闘志をわかせた。

「ならば、お教えしましょう。カネになるからですよ。政治体制がどうあろうとこっちの知ったことではない。わたしみたいな人間にはどうでもよろしい。しかし、ひとつだけ言っておきましょう。もしこんどの計画が首尾よくいっていれば、ヨーロッパの情勢は一変していたでしょうな……」

いまだ——フェンは思った。これ以上引き延ばしてもしかたがなかった。ジェイムズをしっかり見据えたまま、足さきで小石を蹴りとばした。かすかに転がる音がして、フェンの心臓は凍りついた。つづいて、小石が戸棚の扉にあたる音がした。あとでかならず感謝の御神酒を捧げます、と天にむかって誓いながら、表面ではびくりとしてみせ、すぐにわざとらしく知らぬ顔を決めこんだ。これよりさきは、演技力にすべてがかかっていた。

ジェイムズはたしかに物音を聞きつけた。さっと後方へ身をひき、フェンと戸棚が同時に視界におさまるようにした。そして、顎さきで戸棚のほうをしめした。

「あれはどういうことです?」

「べつに」フェンはあわてて返事する。「ただの戸棚さ。それがなにか?」(おおげさな芝居は禁物だ……)

「とぼけてもらっては困ります。戸棚のなかに誰かいるようですな」(しめた、引っ掛かった……)

「ぼくの背広がしまってあるだけさ。ほんとうだよ」フェンはちらちらと、ひそかに期待をこめたまなざしを戸棚の扉におくる。顔から血の気がひいたジェイムズも、やはり扉から目をはなすことができない。つぎなる問題は、情況を冷静に判断されてはならないことだった。たとえ戸棚のなかにデヴォン県警の全警察力がひそんでいたとしても、ジェイムズからすれば、事態になんら変化はない——もはやこれまでと観念すれば、フェンを道連れにすることで当初の目的は果たせるのだ。とはいうものの、なんとか無事に逃れたいのが人情だし、扉のうしろが気にならないはずはなかろう。フェンはそこに一縷の望みをつないだ。それゆえ、ジェイムズがこう言うのをきいて、愕然とした。

「まあ、どうでもよろしい。われわれの用事には関係ないですな」

失敗であった。しかし、それでも好奇心、恐怖心のすべてが払拭されたはずはなく、それがふたたびおおきくなるのを待つしかなかった。物音の原因に疑念をいだいているようすはなく、ちっぽけな石ころはどこか物陰に転がりこんでしまった。戸棚の前に来てくれようものならしめたもので、ひとっ飛びで躍りかかることもできる。だが、そうさせるのがむずかしかった。

「ちょっと……戸棚から取り出したいものがある。背広のポケットに入っているのだがね……」

「その手はくいませんよ……うごかないでいただこう」ふたたび、引き金にかかった指に緊張が奔《はし》る。

「きみにさしあげようと思ってね……ちょっと手に入らない写真なんだが……」

「遠慮しておきましょう」ジェイムズの目が険しくなった。だらだらと汗が頬までつたいおり、上気して眼鏡がくもっている——そのレンズの曇りを拭こうともしないのは、フェンにとっていまひとつの好条件と言えた。ジェイムズの声がとどろいた。

「戸棚なんかどうだっていい。仲間がかくれているにちがいないんだ」怒りと焦燥が上回りつつあった。フェンは一瞬、活路を見いだした思いがした。だが、それは束の間のことだった。ジェイムズは冷静さを取りもどす。気力が尽きそうにみえて、なかなか尽きないのだった。喘ぐような、荒い息づかいをして、心臓の鼓動が早鐘のように鳴っているにはちがいないのだが……。

「こんなことはもうたくさんだ。これ以上くだらんことができないよう、さっさと始末してやる」

ジェイムズはわめき立て、指さきに力をくわえた。

絶体絶命のピンチ——男の注意をいまいちど戸棚へむけることができなければ、非業の死があるばかりだった。そちらへにじり寄るそぶりをみせるか。よくよく見計らってからでなければならない。すこしのうごきでは効果がないし、一足飛びに動きすぎると、ジェイムズの緊張に破綻が生じ、決定的な弾丸が発射されてしまう。だが、乾坤一擲、それに賭けるしかない。

一秒の何分の一かの瞬間、フェンにはそれが永劫の時の長さに思われた。弾丸は飛んでこなかった。ジェイムズの忍耐はとっくに限界を越えている。汗がいく筋もの流れとなって襟もとまで達し、手の顫えはもはや制御しがたかった。

「どうせ小細工だろう」俄然、ジェイムズは吶号した。「そうにちがいないんだ。誰もいないんだ。それを証明してやる。そのあとで、おまえを血祭りにあげてやる」

ジェイムズはずかずかと戸棚へ歩み寄った。フェンは感謝の念で、そっと目蓋を閉ざした。人事は尽くした。あとは天命を待つばかり——否、あやつらの登場を待つばかりであった。ふと不安が兆す。殺し合っていないか。暗闇で熟睡していないか。あるいは……。距離を目測し、筋肉に跳躍の力をこめる。

室内には、眠気を誘うような低音がひびいていた——夏の日に、干し草畑で耳にするようなかすかな音。ジェイムズは後ずさりで戸棚に近づき、壁を背にして掛けがねを手さぐりし、それをはずした。そして、一瞬の逡巡ののち、扉を半開きにあけた。

それでじゅうぶんであった。叢雲のごとく戸棚からわき出したのは、地獄の輩と見まがう大軍団——フェンが実験用に採集し、長時間の闇の監禁生活に狂気のごとく殺気だっていた蜜蜂、熊ん蜂、雀蜂の大群であった。手近な動体ジェイムズに殺到し、見るまに黒々とその顔を覆いつくした。いかな超人でもこれにはたまらない。ジェイムズの気力はすでに尽きていた。注意が逸れたと見るや、フェンは飛び出し、ジェイムズの右手を蹴りあげた。銃声が轟き、ジェイムズはおのれの左手の指三本を撃ち抜いた。蜂の軍団はフェンに関心をむけた。銃声に仰天して、二階へすっ飛んできたジェフリイが目撃したのは、床にうずくまり力無くうめくジェイムズと、虫けらどもの復讐じみた猛攻にむなしく大立ちまわりを演じるフェンであった。

フェンの刺されかたもそうとうなもの（本人の申し立てほどではなかったが）であった。悪口の限りを吐き散らすのをベッドに寝かせ、所望のウイスキーをあてがった。

第十四章　推理の大詰め

「ほら、出てきたぞ。シスビーの嘆きの台詞で幕だ」

シェイクスピア（『夏の夜の夢』五幕一場）

医者が包帯を取りのぞきはじめた。すきまからうすいブルーの眼がのぞき、取り巻く人々をにらみつけた。包帯のなかからおなじみの声がした。「重症患者なんだぞ。包帯をとるのは早かろう」

「ばか言いなさい。全快です」医者が容赦なく宣告をくだす。「腫れもほとんどひいています。よほど分厚い面の皮をお持ちのようですな。いつまでもそんな木乃伊《ミイラ》みたいな恰好でうろつくわけにもいかんでしょう」

「鬼のような医者だな」フェンは真新しいわが顔をそっとさすり、「ガス責めにされるは、足蹴にされるは、エジプト第三の災禍（出エジプト記。神罰によりブヨがエジプト全土を襲った）を蒙るは、さんざんな目に遭ったんだ。それなのに誰もいたわってくれない。そこでにやにや見物しているだけじゃないか」そう不平をならべて、ベッドに起き直った。

あくる日の夕刻、殺虫剤までもちだしてやっと昆虫を退治した牧師寮のフェンの部屋に、関係者が勢揃いしていた。これじゃあまるで記念碑の除幕式だな、とジェフリイは思った。フランシス、ガービン、スピッツフーカー、ダロウ、ダットンが詰めかけていた。煩瑣な手続のせいでピースの釈放はまだであったが、それもまもなくのことだった。警部は非常線を解除する仕事があるので、すこし遅れて顔を出すとのことだった。

一同が待ち望んでいるのは、むろん事件の謎解きであった。不平たらたら、フェンはようやく承諾した。

「ブルックス、バトラー両殺人事件における殺害の——つまりは、事件全体の——犯行動機は、はじめからあきらかだった。こんなものは、すこしくらい脳味噌が足りないやつでも一目瞭然だ」フェンは傲然と言い放つ。

「まあ、おさえておさえて」ジェフリイがなだめにはいる。

フェンはしばし憮然としていたが、やがてつづけた。

「犯行の動機は、言うまでもなく、大聖堂の《主教の二階廊》に隠されていた無線機にある——公の場所でありながら、鍵さえ入手すれば、夜間に利用するには好都合という、じつにうまい隠し場所だ。ブルックスはそれを知った。どのようないきさつで、どの程度まで知ったかは不明だが、それがために命を狙われる破目に陥った。聖歌隊の練習後をねらった最初の襲撃では、アトロピン注射も不十分で、息の根をとめるにはいたらなかった。それゆえ、意識を取りもどしてしゃべりはじめるまえに、病院で殺さねばならなかった。しかしこれによって、大聖堂が厳重な監視下におかれることとなり、無線機を安全な場所に引っ越すことが緊急の課題となる。堂内に入れるのは、礼拝がおこなわれる時間帯しかない。邪魔なオルガン奏者は片づき、副オルガン奏者もいまのところ問題ない。オルガン・ロフトにもぐりこみ、そこから煉瓦壁に穴をうがって二階廊に侵入し、無線機回収後は、穴を大型の楽譜棚でふさいでおくという方法が考えられた。代理のオルガン奏者がこんなにも早くやってくるとは計算していなかったらしい。ジェフリイの到来という予想外の事態に、やつらはあわてた。脅迫状を送りつけ、なんとか阻止しようと画策するが、どれも失敗に終わる。別の方法をさぐらねばならなくなった」

「列車でぼくの席に置手紙をしたのは、セヴァネクだな?」

「おそらくそうだろう」

「あらかじめ、ああいう文面の手紙を用意していたわけか。でも、ぼくがあの車室に入ったのは、ほんの偶然のことだよ」

「もちろん、きみが来なければ、きみがいる車室へ乗りこむまでだ。手紙の用意に関してだが――」フェンは一同を見まわす。

「なんだい?」ジェフリイはにわかに、なんとも息苦しい気配を感じた。

「どうやら、きみたちは誰も気づいていないようだ。セヴァネクとジェイムズ――セヴァネクは計画を練るあたまがあっても、組織を引っ張るような人物ではないし、ジェイムズは人物としてはそうであっても、あたまがない。さらに、ジョウゼフィーンを麻薬づけにして中毒患者にすることは、いくら留守にしがちだとはいっても、メイヴァリイという教区をかかえるセヴァネクにはむりだし、ジェイムズにしてもそれはむずかしい」

みんな沈黙している。

「さらにもうひとつ。これもきみたちは忘れている。セヴァネクにしても、ジェイムズにしても、ブルックス毒殺の時刻にはアリバイがある」

いやな予感がして、ジェフリイは気分がわるくなった。みんな身じろぎひとつせず、声ももらさない。

フェンはゆっくりうなずく。「そのとおり。われわれは依然として、犯人のすべてを捕らえたわけではないのだ」フェンは言葉を切り、枕に寄りかかる。

「ブルックス毒殺事件に手がかりはのこされていない。病院の内部事情をつかんだ犯人――アリバイのない誰か――は病室へ侵入、午後六時の投薬当番の看護婦をナースコールで呼びつける。廊下にひそんで、看護婦が病室にはいったすきに、運搬車のブルックスの薬にアトロピンを仕込んだ。ナースコールのボタンに指紋はなく、大聖堂における襲撃と同様、手がかりはない。ところが、フランシス、きみのお父さんの変死は事情がちがう」

フェンはふたたび一同を見まわした。みんな微動もせず、無言でいる。

「あの事件にはおよそ常軌を逸した点が二つあった。ひとつはその手口――墓碑を使用したこと。もうひとつは、被害者はまったくだしぬけに大聖堂に籠もると言い出し、大聖堂へ到着したのは、警備の警官が立ち去ったわずか五分後であったということ（二七六頁および二三八頁参照）。どうだ、わかるか？」

「わからない。はやくつづきを聞かせてくれ」異様な緊迫に、ジェフリイの声はしゃがれていた。

「あの夜、ぼくたちが墓碑の落下音を聞いたのは、十時十五分――バトラーが大聖堂へ到着してから、ほぼ一時間十五分が経過している。警備の警官を追い払ったのは、もちろん無線機回収のため。それなのに、敵は一時間十五分もなにもせずに手をこまねいていたのか。そんなことはない。では、バトラーと相前後して堂内に忍びこんだやつらは、すぐに作業に取りかかったにちがいない。では、その一時間十五分のあいだ、バトラーは堂内でなにをしていたのか。やつらの作業を見まもり、ときおり助言でもしていたのか」

だれかが神経質な咳払いをした。ダロウであった。「教授、すると、バトラーも一味の者だったということですかな」

「それについては熟考を要しました。しかし、あとでお話しすることがその反証となります。事実からいうと、バトラーは大聖堂到着と同時に殺されたのです」

「あの墓碑は偽装だったのか！」ジェフリイは唸りを発したが、「いや、待てよ。あんな物凄い音、誤魔化しようがないぞ。そもそも、どうやって墓碑を落下させたんだ？　堂内には誰もいなかったし、外にはピースしかいなかった。いったいどうやって墓碑をバトラーの頭上に落としたのだろう？」

「古典的完成美をもつと評されるわが謎解きをしばし中断し、その点を解説して進ぜよう」フェンはじろりとにらみつける。「断っておくが、これから述べることはおおむね推測にすぎないし、懸案の第三の人物の割り出しには無関係だ。ジェフリイ、きみは気づいているはずだ。大聖堂内で、事件とは関係なかろうと、ぼくたちの関心からもれてきた場所といえば？」

「オルガン・ロフト」ガービンが答えた。その低音に一同はぎょっとした。

「ご名答。オルガン・ロフトには、三十二鍵の足鍵盤をもつパイプオルガンがある。その重低音は怒濤のうねりとなって大聖堂の堂宇を揺るがし……（一五頁参照）」

「まさか！」ジェフリイは叫んでいた。

「南京錠をはずした墓碑が微妙に傾斜し、不安定な状態になるのはすでに検証済み。足鍵盤の低音部の鍵盤を、同時にふたつも鳴らせば、たちどころに壁からくずれ落ちてしまうだろう。事件当夜、耳にした落下音と、警部がおこなった実験のときの音とは違いがあることに気づいたはずだ。すなわち、実際の落下音は直前に地鳴りを伴ったが、検証での直前は完全なる無音であった（一二五頁およびー五八頁参照）。この事実だけでも、真相に近づきつつあると確信を得ることができた。ぼくたちの関心がいかにオルガン・ロフトからそれていたかを思い出してもらいたい。騒ぎに乗じて、オルガン・ロフトの階段口から脱出することはいともたやすかったのだ。

だが、こんなことは大した問題ではない」フェンはこともなげに片づける。「問題は、なぜこんな手の込んだ偽装を凝らしたのかということだ。バトラーはすでに死んでいる。おそらく墓のすぐうえの二階廊から突き落とされたのであろう。そして、その屍体の位置から偽装を思いついた。死体を曳きずればそれだけ痕跡をのこすことにもなる。その場で、とっさに計画を練った。だが、なぜこんなことをしたのか。

それは、死因を偽装するためではない。検屍によると、武器を使用したり、毒を盛った形跡はなかった。ならば、死亡時刻を偽装するためにちがいない。墓碑を利用した理由は、三通り考えられる。（a）被害者を圧しつぶし、二階廊から転落したのと同様の屍体の状態をつくりあげる。（b）医学的に死亡推定時刻を判定できなくする。（c）轟音を発する。計画はその場の思いつきをもとに、きわめて即興的に考え出された。事前の計画にもとづいた犯行ではないと、ぼくには予感があった。それにしても——なぜこんなことをしたのか。

その答えは、アリバイ工作のため、そして、誰かに濡れ衣を着せるため、もしくはその両方となる。しだいに第二の点が重要性を帯びてきた。捜査陣の注意をスパイ活動からそらす（無線通信班の活動には気づいていなかったようだ）には、なにか個人的な殺人の動機があれば都合がいい。そうなると、ピースの金銭問題、これはいやでも目につく。

ようやく事件の全貌が、こんどこそまちがいなく見えてきた。ピースが九時二十分にバトラーと大聖堂で落ち合う約束をしたことを知っている者は多数いた。だが、実際にはピースは遅刻をして、十時になってしまった。そのときの犯人側の心理をたどってみるといい。バトラーは死んだ。無線機もぶじに回収し終わり、大聖堂に施錠した。鍵はそのへんの草むらに捨て去っておき、発見された暁には、ピースに不利な証拠となるようにしておく。ところが、肝心のピースがやって来ない。すでに死後硬直もはじまり、このままでは犯行をピースにむすびつけることが医学的にも困難となる。そこで、牧師寮のようすをさぐりにいくと、ピースはスピッツフーカー牧師と談論中で、つまりは崩しようのないアリバイを形成しつつあった。そこでやつらがとっさに考えついた苦肉の策――それが墓碑を崩落させ、死亡時刻を偽装しようということだった」

フェンは言葉を切り、煙草に火をつける。フランシスが涙ぐみ、そっと部屋を抜け出していった。ジェフリイは哀れに思ったが、謎解きの席を中座することはとてもできなかった。

「そこまでの推理は、それでよかった。ところが愚かにも、なかなかそこからさきに進めなかった。ダットンが牧師寮――境内の外側に隣接する――では、墓碑の落下音が聞こえなかったという話をしたときも、その証言の重要性にはっきりとは気づかなかった。夜間、境内の門は施錠され、一般人は立ち入りできないという事情を知ったときも、その意味に気づかなかった。だが、やがて、ひらめいた。

――誰かが墓碑の落下音を聴かなくてはならないのだ、と」

フェンは一同に挑戦的なまなざしをむけた。「しかるべき瞬間――ピースが大聖堂に到着したころ――に、誰かが大聖堂の付近にいて、落下音の証言者とならねばならない。信頼するにたる第三者――ジェフリイ、きみでもいい。ぼくでもいい。フィールディングでもいいし、警部でもいい。いっそのこと、四人ぜんぶでもいい。落下音は境内の外では聞こえないし、施錠されているために境内に入りこんで逢瀬を愉しむ恋人たちもいない……。

ぼくたちがホエール・アンド・コフィンから牧師寮へもどったとき、誰に出会ったかを思い出してもらいたい。スピッツフーカー牧師――牧師にはこの日の夜には、アリバイがある。フィールディング――もし彼が犯人グループの一員であるなら、ジェフリイの旅行を阻止すべきときに助っ人となるはずもない。ただひとり、ぼくたちを大聖堂に行くように仕向けた人物がいた。その人物はバトラー牧師の身を案じ、無事を確認してきてほしいと懇願した。もとよりぼくたちは大聖堂へ調査にむかう途中であったが、それを知って、会心の笑みをもらしたであろうその人物とは……」

「やめてくれ!」ジェフリイが狂気のごとくわめいた。

フェンはジェフリイの顔をじっとのぞきこみ、しずかに言葉をついだ。「すまない、ジェフリイ。残念でならない。その人物とはむろん、フランシスだ」

その刹那、なにを考えたか、のちに回想したジェフリイにはどうしても思い出せなかった。脳裡を疾風がかけぬけ、打撃の大きさに痛みすら感じなかった。すぐに部屋を出て、階段をかけおり、戸外へ走り出た。フランシスの姿がみとめられた。

フランシスはちいさなアタッシェケースをさげ、車回しに停めてある一台の自動車のほうへといそいでいた。そしてジェフリイの跫音を聞きつけると、さっと身を翻した。もう一方の手に、小型の自動拳銃が握られていた。

「邪魔はしないで。あなたとのおセンチな関係はこれでおしまい。一方通行でわるかったけど、恋人のふりもなかなか楽しかったわ。ちょっとでも動いたり、止めようとしたり、声をあげたりすれば、躊躇なく撃ちます。まぬけな屍体がもうひとつ増えたところで、誰も困りはしないわ」

フランシスはそう言うと、車に乗りこんだ。ジェフリイは茫然と立ちつくし、走り去る車を見まもるしかなかった。牧師寮は静まり返り、戸外に走り出ようとする者もなかった。

非常線は解除されてはいなかった。エクセター街道をひた走るフランシスの車は、時速七十マイルの猛スピードでバリケードに激突した。担当の報告によると、応戦の必要はまったくなかったという。事故現場から発見された逃走車輌の運転手は、車体の鋭利な金属片で左の頸動脈をふかく抉られ、救出の暇もなく、血の海のなかで無惨な死にざまを見せていたという。

第十五章　平和の回復と別れ

「もしそんな彼女をあの世へ送れば
正義は全うされるが死者のためにはならない」
マイクル・ドレイトン（詩集『アイデア』）

つぎの日、トールンブリッジを出立すべく、ジェフリイはやたらと念入りに、フェンはきわめて大雑把に、それぞれ荷造りをはじめていた。ダットンが医者からお墨付きをもらい、後任者が来るまで礼拝式のオルガン演奏を担当することになったので、ジェフリイは晴れてお役ご免となった。フェンはロンドンで学会に出席して、オックスフォードへもどる予定となっていた。

ジェフリイの心は空白であった。トールンブリッジでの三日間はまさに衝撃の連続で、とてもわが事とは思えなかった。フランシスの死……。そう、これからずっと夢に見ることだろう。だが、それもいつかは終わる。何か月かかるかしれないが、いずれ忘れてしまうことだろう。その本性を知ったいまや、フランシスを愛していたとは思わない。きっといっときのぼせあがったにすぎないのだろう。ほんものの愛ならば、あばたもえくぼのはずではないか……。でも、ほんとうにそうだろうか。それだけのことだったのだろうか……。思わず、身震いした。いずれにせよ、ながい目で見ればどうということはないはずだ。「独身貴族」はご満悦のていで、平和を取りもどした領国をにこやかに眺望していた。

　パッサカリアとフーガのための創作メモを見つけて、気分がすこし軽くなった。自分には仕事がある。猫もいるし、庭もあるし、ボディ夫人だっている……。旅行鞄を閉め、忘れ物がないかいまいちど室内を点検して、フェンのもとへとむかった。

　フェンの部屋には、警部、ダロウ、ピースがいた。ピースは釈放されたばかりで、やはり『精神と社会』は手放さずにいる。フェンの顔は、セヴァネクに蹴られた痕がすこし蒼く腫れていたが、荷造り作業で紅潮し、頭のてっぺんは髪がくしゃくしゃに逆立っていた。ウイスキーを飲み、煙草をふかし、部屋を大股に歩きまわって、スーツケースに荷物を乱暴にぶちこんでいく。フェンの回復力には脱帽せざるをえなかった。

　警部が話していた。「……フランシスの死亡をきいて、ジェイムズが口を割りましたよ。あなたの推理のとおりでした。ブルックスを大聖堂で襲撃し、アトロピン注射をしたのはジェイムズですが、病院で細工をしたのはフランシスでした。バトラー牧師の死因は転落死で、二階廊から突き落とされた――これはセヴァネクの犯行で、フランシスもその場にいました。気絶させて、もっとしずかに殺すつもりだったが、バトラーに抵抗され、手を焼いたのです。もちろん、二人は彼が来るのを知っていました――バトラーが大聖堂に籠もると言うのをきいて、フランシスは自室にさがるふりをして、バトラーよりもさきに大聖堂に行き、セヴァネクに報せたのです。セヴァネクはジェイムズから投げ縄を教わっており、無線機の回収の責任者でもあった。バトラー牧師を殺害し、セヴァネクは無線機を回収して去る。フランシスはのこって、殺人の罪を着せるために、ピースさん、あなたの到着を待っていた。ところが、あなたはやって来ない。いそいで牧師寮へもどると、あなたはスピッツフーカー牧師と話しこんでいる。それゆえ、あらたな計画――墓碑による偽装――が急遽、考え出された」

「わたしの部屋におかしな品物が隠されていたのは、わたしに濡れ衣を着せようとする工作のひとつだと、見抜いておられましたね」ピースはフェンにむかって語った。

「そうです。注射器は余計でしたがね」パジャマのズボンから雀蜂の死骸を払い落としながら、フェンはおだやかに応じる。「ぼくが二つの点にこだわった理由はおわかりでしょう。墓碑をつかった偽装工作の時間帯に、ジェイムズにアリバイがあるかどうか（実際にはアリバイがあった）。そして、ピースがスピッツフーカー牧師と別れたあと、まっすぐに大聖堂へ行ったかどうか。セヴァネクはいざ知らず、ジェイムズには疑惑の目をむけるだけの根拠がありましたが、バトラー殺害もしくはその後の偽装の犯人ではないのは、アリバイからあきらかであった。そこで、つぎに思い出したのは、ピースが大聖堂へ出発したのは、フランシスがぼくたちといっしょに牧師寮にもどる以前であったということです。それはつぎのどちらかを意味しています。すなわち、パイプオルガンを弾いて墓碑を落下させた犯人はフランシスではない、もしくは、ピースさん、あなたは大聖堂へむかう途中で道草をして、フランシスにさきに大聖堂へ到着する機会を与えた（ちなみに、あなたが境内の門をくぐる際に使用した鍵が、フランシスに借りたものではなかったか、その点がすこし気になりましたが、さいわい、そうではなかった）。フランシスはぼくたちといっしょに牧師寮にもどり、あなたがすでにひとりで出発したことを知ると、そうとうあわてたはずです。なぜなら、あなたは彼女の帰りを待って、いっしょに大聖堂に行くことになっていたからです。それはとりもなおさず、証人となる人間をかき集めてくるまで、あなたを引き留めておく作戦だったわけです。無線機の回収を終わったセヴァネクにすれば、バトラーとの約束にしたがってあなたが九時二十分に大聖堂へやって来ると思っているわけですから、そんなところに長居するはずもない。早々に無線機を運び去り、あとは自分のアリバイづくりに専念していた。それゆえ、フランシスはすべてを単独で片づけねばならなかった。それがまた、彼女がリーダーではなかったかと考える理由ですがね——手下の者なら、あそこまでのことをひとりでやろうとはしないでしょう」

「それにしても、なんとも行き当たりばったりで、危なっかしい計画ですな」警部はまるでその責任の一端がフェンにあるような口ぶりをした。

フェンはいくぶんいらだちをみせ、「たしかにそうだ。そもそも、ぼくらが大聖堂へ行くとはかぎらない。どこで計画が狂ってもおかしくはない。ところが実際は、おおむねこのとおりにことが運んだ。むろん、善良なピース氏を犯人に仕立てようなど愚の骨頂。バトラー邸の庭で話したときのフランシスの口ぶりからすると、かなり個人的憎悪がまじっていたのかもしれない。バトラーの屍体をそのまま放置してはいけない理由など、どこにもないのだ。たしかに、《主教の二階廊》の欄干は高所にあるし、ブルックスの身に起きたことを考え合わせれば、たんなる事故死と思わせるのはむずかしい。しかし、すくなくとも、犯人がわからずじまいになる可能性はあった。ですから、ピースさん、あなたを犯人に仕立てることによって、有終の美を飾りたいという欲望が、あんな大胆な計画を実行させたのです——あまりにも急ごしらえで、杜撰《ずさん》な計画ではあったが。

ところが、その杜撰さが事件を難解なものにしたのです。ぼくの推理も（あるひとつの点を除けば）じつに行き当たりばったりのものだった。中途半端であいまいな情報を山とかかえては、そうならざるをえなかった。ぼくがこの事件をクリスピンの年代記に含めないでほしいとのぞむのは、それもある（いまさら無理です。悪しからず——作者）。だが、すべてがすべて行き当たりばったりというわけでもない」不当な扱いに憤る者のごとく、フェンは語調も強くつづけた。「ひとたび、犯罪に墓碑を使用した意味や、その落下音を誰かに聴かせようとしたことの理由が理解されると、謎は解けてくる。スピッツフーカーは犯人ではない。ジェフリイを救ったフィールディングも同様。のこるのは、フランシスとなる。彼女には重要な時刻にはっきりしたアリバイがない。ぼくたちを連れてもどるまで、ピースさん、あなたを引き留めようとした点もそうです。そして、工作員は最大三名、という情報をマキーヴァから得て、確信するにいたった。セヴァネクとジェイムズは、ぼくが知りすぎた男として誘拐されたとき、この目で見ている。この二人には、墓碑による偽装の時間帯にアリバイがある。すると、やはりフランシスがのこる……」

「補足的な質問なんだけど」ジェフリイが口をはさんだ。「無線機は見つかったのですか」

警部が答えた。「分解されて、ホエール・アンド・コフィンの各所に隠されていました。居酒屋の女はジェイムズに協力していたのですが、くわしい事情は知らずにいたようです。もちろん、連行しましたがね。こういったもろもろの物品——合鍵を作るための工作道具だとか、アトロピンや無線機の部品など——は、戦前にドイツから不法に持ち込まれたものにちがいありません」警部はありきたりな報告を恥じるように話した。

「それもだいじな点ですね。どうして南京錠の合鍵を作る必要があったんでしょう？」ジェフリイは疑問を呈した。

「それについてもジェイムズから聴きだしました。墓室に爆薬をつめて、ドイツ軍の本土上陸のさいに爆破し、大聖堂を上空高く吹き飛ばして、合図にする計画だったようです。とんでもないことを考えますな。あらかじめ必要な品物を運びいれ、その後は昼夜兼行で、その時に備える手はずだったようです。ブルックスのことがあったり、大聖堂が監視されたりで、けっきょくは準備もままならなかったようですがね。ドイツ流の効率主義にはいい教訓となったことでしょうな。みごとな失敗例として」警部はにこりともせずに、そうつけ加えた。

「わたしが殺人犯にされかけたことも、どうか教訓としてください」ピースがそうはさんだ。

　フェンは段ボール箱を取って、無数の昆虫の死骸を窓から捨てた。「こっちのとんでもないのは、これで片づいた」忘れ去られ、使用されることもなかった捕虫網が部屋の隅に立てかけてあった。フェンはしばしそれを見つめていたが、膝で真っ二つに折ってしまった。そして、『ファーブル昆虫記』を水差しに放りこむ。「プロスペローのごとく、杖を折り、書物を海の底に沈めたぞ（シェイクスピア『テムペスト』五幕一場）」そう言って、満足そうに一同を見まわした。誰も相手にしなかった。

「もうひとつ質問が――ジョウゼフィーンと黒ミサについてですが」ジェフリイは訊く。

「その件についてはジェイムズは無関係です」警部は答える。「ああいった悪魔崇拝は、セヴァネクとフランシスが趣味にしていることでした。もちろん」フェンにむかって、「あなたに発砲したのはセヴァネクでした。よほど狼狽したのでしょう」

　フェンはうなずく。「そんなことだろうと思った。聖職者の反抗分子は異端にはしるものさ」

「それにしても、あんな子どもを麻薬づけにしたり、忌まわしい儀式に参加させたり、わたしにはとても理解できませんな」警部はそうつづける。「大聖堂のわたしの部下に偽のメモを運ばせたりして、道具とするには便利だったのかも知れませんが、悪辣な気まぐれとしか思えませんな」

「では、執筆原稿を焼き捨てたことは、事件とは無関係なのですか」ピースが尋ねた。

「そうです」フェンが応じた。「あれは禁断症状がひき起こした騒ぎにすぎないでしょう。紙巻き煙草の形状だったようです。マリファナでしょう」

ピースはため息をついた。ふっくらした赤ら顔をしかめ、その灰色の目は悲しそうだった。「アイリーニのことが心配です。バトラーのことはともかく、フランシスを溺愛していましたから。わたしはロンドンに連れて帰るつもりです——もちろん、ジョウゼフィーンも回復後にいっしょに。遺産はわたしのもとへ返ってきます——いまとなっては、ほしくもないのですがね」

「ひとつ、犯人の心理を分析してもらえませんかね」フェンはうながした。

「それだけは勘弁してください」ピースはきっぱりと断る。「この際、精神科医を廃業して、聖職者になるつもりなのです」

「聖職者！」みんなが同時に叫んだ。

ピースは気分を害したようだった。「わたしにとって、それが懐疑の泥沼から抜け出す唯一の方法です。いままでは、人生はそれほどわるくないと思っていますよ」

話もそろそろ尽きてきた。だが、フェンは精神分析にこだわった。

「ジェイムズは理解できる——ただの金目当てだ。セヴァネクもわかる——青二才のファシズムかぶれだ。だが、フランシスとなると——ドイツ居住の経歴もあるが、それがなにか意味があるようにも思えない。いまとなっては、もう知る由もないが」

すると、ダロウがはじめて発言した。「教授、血が為せる業、と考えることはできませんかね」

「どういうことです？」

「フランシスの父方はトールンブリッジの出身です――当地ではとても旧い家柄です。そしてこの地にはかつて魔女もいた――エリザベス・パルトニイばかりが魔女ではないでしょう。いつも思うのですが」ピースのほうをむいて、申し訳なさそうにつづけた。「精神分析は悪の分析において、すべてが説明可能と考えている点で、まちがっていると思うのです」

「するとフランシスは――」

「魔女はあらゆるところで悪魔に侍《はべ》り、ときとしてその姿をあらわすのです。ワルプルギスの夜に参加しているか、陰口をたたいた隣人を殺《あや》めたか、そんなことは関係ありません。政治的な悪だって、この世には存在するのです」

「彼女は妹を魔女にしましたね」ジェフリイは言った。

「よくあることです。母親が娘を入信させる。隣人どうしでも、姉妹のあいだでもあることです」

ながい沈黙があった。

「そういえば」フェンはジェフリイに言った。「あの夜、ぼくたちと出会ったときのフランシスのようすを憶えているかい？　あれは父親が殺されるのを目撃したあとのはずだ」

「憶えている」

「なにか気づくことはなかったかい？」

「なんだかとっても仕合わせそうだった」

「そうだ。ぼくもそう思った」

ふたたび沈黙があった。庭の芝生のうえでは、ガービンとスピッツフーカーが歩きながら議論をたたかわせていた。

「旧約聖書をたんなるユダヤ人の神さがしの記録として読み解くのは、マルキオンの異端説に陥りますよ」

「きみは創世記の字義通りの解釈について、わたしの質問に答えていない」

「おやおや、ガービン牧師……」

庭のむこうには、いまや静寂と平和を回復した大聖堂が、ジョン・サーストンやエリザベス・パルトニイといった亡霊に住処をあたえる大聖堂が聳えていた――やすらかに眠れ。空は雲に覆われ、嵐を告げる風がでていた。しかし、それは、澄みきった、力づよい、すがすがしい風であった。

フェンは荷造りを終え、レインコートを着込み、ばかにおおきな帽子をかぶった。

「さあ、行くぞ、ジェフリイ。つぎの列車には乗りたいし、途中でフィールディングの見舞いにも立ち寄りたい。やっこさんの容態はどうだい？」警部に尋ねる。

「快方にむかっています。あの無線通信班の男が見舞いに来て、ずいぶん話しこんでいました。フィールディングにスパイ対策の部署に事務仕事を斡旋するような話になっていましたよ。身体さえ許せば、跳びあがって大喜びするところでしょう」

「経験に学ばないやつもいるからな」フェンはそう寸評を加えると、戸口へむかった。

ジェフリイがあとにつづいた。「どうもこんどの事件には、純粋な推理の要素がなかったような気がするんだけど」

フェンは戸口でふりむいた。「たしかにそうだ。だが、ひとつだけある」

「というと？」

「スピッツフーカーの話を憶えているだろうが、バトラーは大聖堂へ出発するとき、牧師寮の裏庭から境内へ抜ける門のところで、四つ葉のクローヴァーを摘んだ。バトラーが大聖堂に行くという意向をもらしたのち、フランシスは、本人の供述によれば、自室に引き籠もっていたはずだ。たとえ自室の窓から裏庭をのぞいたとしても、あの距離では父親がなにをしているか見えたはずはない。迷信嫌いのバトラーには、四つ葉のクローヴァーをボタンホールにつけるような習慣はなかった。だからフランシスがわれわれと出会い、父親が四つ葉のクローヴァーをつけていた、と話したあのときが、馬脚をあらわした決定的瞬間だったわけだ。父親が四つ葉のクローヴァーをつけているのを知っているのなら、彼女は大聖堂にいたにちがいない。そして、もし大聖堂にいたのなら、父親の死を黙って見物していたことになる。そうじゃないかね、ジェフリイくん」

解説　クリスピン問答

真田啓介

「あなたはクリスピンもお好きなようだから、またお話をうかがいに来ました」
「クリスピンに関しては、この全集に収録されている『愛は血を流して横たわる』の小林晋さんによる解説と、宮脇孝雄さんの『書斎の旅人』（早川書房）の中のクリスピン論くらいを読めばまず十分だから、僕は適当に何かしゃべればいいんだろ」
「……お察しのよろしいことで」
「自分の立場はわきまえているさ」

§まだ見ぬ恋人のように

「それじゃまあ、一応敬意を表して、クリスピンとの出会いあたりから語っていただきましょうか」
「僕はどうも本を借りて読むということができないタチでね、なぜかというと借りた本は返さねばならない。それが面白い本なら当然そばに置いておきたいし、つまらなかったとしても、読書というのはそれなりの時間と労力を費やすものだからね、自分のエネルギーが投入されたその本を手元から離してしまうのはイヤなんだ。だから、読みたいと思う本は、かなり無理をしてでも全部買うことにしている」

「ご随意にどうぞ。で、それがクリスピンと何の関係があるんです」

「いや、つまりね、そういう僕が図書館から借りて読んだ唯一の本が、クリスピンの『消えた玩具屋』だったというわけさ」

「ほう、なるほど」

「読みたいんだけどどうしても手に入らないという本は、やっぱり借りるしかないからね。昭和五十年頃の話だからもう三十年近く前のことになるが、当時は、昔ポケミスで出ていたクリスピンの三冊は品切れになって久しい時期でね。『消えた玩具屋』と『お楽しみの埋葬』はやがてハヤカワ・ミステリ文庫に収録されることになるんだが、それまではクリスピンの本は容易に入手できなかったんだよ。その頃はまだ古本屋歩きもしていなかったし。ある日、県立図書館の棚に並んでいたポケミスの中に『消えた玩具屋』を見つけたので、どうしても読みたくなって借りて帰ったというわけさ。これがご存知のとおりの傑作でね、すっかり気に入ってしまったものだから、読み終えて返却するのは本当につらかったよ」

「その時点ではクリスピンはまだ読んだことがなかったわけですよね。なぜそんなに読みたいと思ったんですか」

「それは都筑道夫さんのせいなんだ。その頃『黄色い部屋はいかに改装されたか？』と並んで愛読していたミステリー論集『死体を無事に消すまで』（ともに晶文社）の中に、こんな一節があったんだよ。

作者にしても、読者にしても、ひとはそれぞれに、理想の小説を持っているだろう。読者の場合は、ひとりあるいは数人の作家の名が、理想を象徴することになるに違いない。それに倣って、いわゆる本格推理小説でいえば、目下の私には「E・A・ポオのイマジネーション、エラリイ・クイーンのロジック、エドマンド・クリスピンのウイット、それに売ろうとするならば、アガサ・クリスティーのメロドラマを併せもったもの」が理想の小説ということになる。

たぶんクリスピンの名はこの文章で初めて知ったのだったと思うけれど、それと並べられているのが何しろポオとクイーンとクリスティーだからね。非常に印象的だった。エドマンド・クリスピン、という軽やかな響きの名前も気に入ってね。それ以来、まだ見ぬ恋人のようにクリスピンは僕の憧れの対象となっていたわけさ」

「今は復刊も含めてクラシック・ミステリの紹介が盛んで、新刊書店の棚も大賑わいですが、当時は本集めも大変だったんでしょうね」

「よくぞ聴いてくれた。本集めの苦労話なら一晩でも語り明かせるよ。僕が初めて神保町に足を踏み入れたのは……」

「それはまた別の機会にうかがうことにして、そろそろ本代……じゃない、本題に入りましょうか。まずはクリスピンの作風について、総論的に解説していただきたいと思います」

§アマチュアリズムの作家

「クリスピンの探偵小説は——そう、ディクスン・カー、マイクル・イネス、M・R・ジェイムズ、そしてマルクス兄弟のブレンドといえるだろう」

「それって、アントニー・バウチャーの評言じゃなかったですか」

「あ……すまん。どこかで見たような気はしたんだが、やっぱり自分で考えたんじゃなかったのか。でも、これ以上的確な表現はちょっと思いつかないね。別な言い方をすれば、不可能犯罪を文学談義と怪奇趣味とドタバタ喜劇で味付けしたものということになるだろうか」

「『そういうふうにすべてを類型化することに、うんざりすることはありませんか』」

「何だって?」

「本書百八十頁のフェン教授のセリフを引用してみただけです」

「それならこちらはシェイクスピアの引用で答えよう——『言っている内容はそうでもない。言い方が気にくわぬだけだ』。出典は『アントニーとクレオパトラ』だよ」

「『言葉のあやよりも肝心のことを』——『ハムレット』で受けましょう」

「む……『我々がていねいな物腰と親切な話しぶりで接すれば、相手によっては、本当はぶしつけなことでもすぐには跳ね返されないものだ』——ショーペンハウエル」

「『巧言令色、鮮矣仁』」

「えーと、えーと……引用ごっこはやめだ。僕だって空疎な議論はしたくないよ。早くディテールに即して個々の作品について語りたいんだが、君が総論をなんていうものだから。……でも、この引用癖というのがクリスピンの大きな特徴で、そこから作者の創作姿勢に話を持っていくことはできそうだ」

「といいますと?」

「アマチュアリズムの作家——彼をそんなふうに規定してもいいんじゃないかと思うんだ」

「クリスピンがアマチュア作家だったというんですか」

「その言い方はちょっとニュアンスが違うね。君はアマチュアを当然のごとくプロの下に置いているのだろうが、それには異論がある。その心根の純粋さ、すがすがしさ、嫌味のなさにおいて、僕はアマチュアの方をこそ高く評価したいね。もっとも下手の横好きじゃ話にならないから、ある程度の技術は備えているという前提でだが。自分の言葉ではうまく説明できないんで、小池滋先生の『英国らしさを知る事典』（東京堂出版）の「アマチュアリズム」の項から引用してみよう。


わたしたちはアマチュアというと「しろうと」として軽蔑しがちである。「こっちは生活がかかっているプロなんだぞ」と威張る。だが、イギリス人に言わせると、生活がかかって金のために何かをやったり、名声や地位を求めて仕事をすることこそ軽蔑すべきであって、「しろうと」アマチュアが、何の見返りも求めずにやることが尊いのだ。アマチュアとは「愛する人」という意味から生まれた言葉なのだから。


というわけで、イギリスではアマチュアリズムはプロフェッショナリズムと同等、あるいはそれ以上に評価されているんだ。芸術の基本はアマチュアリズムにこそある。しばらく前から愛読している福原麟太郎先生の本にも同じ趣旨のことが書かれていて、英国の文学はアマチュア文学であると明言されている。さらに、英文学者としては両先生の先達にあたる夏目漱石も、「素人と黒人」という評論で『純粋でナイーヴな素人の品格』を高く評価し、『素人が偉くつて黒人が詰らない』と結論づけていることを付け加えておこう」

「また色々と引っ張り出してきましたね。アマチュアリズムの良さは分かりましたから、それとクリスピンの関係を説明してください」

「まずクリスピンは、探偵小説を本業とはしていなかった。生涯に九冊の長篇と二冊の短篇集しか残さなかったことでもそれは明らかだが、実際、生計の資は主として音楽家としての仕事から得ていたのだろう。本格的な作曲のほかに、映画音楽をかなり手がけているね。また、映画やラジオの台本を書いたり、SFや怪奇小説のアンソロジーを編んだり、とその活動は多方面に及んでいる」

「多芸多才の人だったのは分かりますが、創作を離れてからも書評をやったりして、探偵小説とは終生関わりを持っていますよね」

「それはもちろん、探偵小説が大好きだったからさ。ディクスン・カーやマイクル・イネス、グラディス・ミッチェルらの作品が面白くてたまらず、自分もこういうものを書いてみたいと思ったことが、彼が探偵小説に手をそめた動機だったわけだからね」

「それは探偵作家の多くにあてはまりそうですが」

「初めはね。けど、年を経るにつれて初心を忘れて「プロ」のやっつけ仕事に走ってしまう作家も少なくない中で、クリスピンは最後までアマチュアリズムを失わなかったと思う。その作品は常に初心を感じさせる清新の気に満ちている。それはロナルド・ノックスやシリル・ヘアーあたりにも感じられる、一種潑剌とした雰囲気だ。何より自分が好きだから、自分自身が読みたいと思うような作品を、同好の士である限られた範囲の読者に向けて書くという姿勢が一貫していたと思うんだ」

「その姿勢と引用癖が関わりがあるという話でしたが」

「長篇第一作の『**金蠅**』(一九四四)を例にとってみよう。作中での文学、音楽、美術など芸術関係の引用、言及は実におびただしい量に上っている。ちょっと数えてみたんだが、シェイクスピアへの言及だけでも十八箇所もあるんだよ。これは舞台が大学町オックスフォードだし、事件の関係者も芸術家や学者ばかりなのだから、それが自然といえば自然なんだが、こういう書き方はどうしたって読者を選んでしまうよね。教養のひけらかしと見て反発を覚える人もいるだろう。でも作者はそんなことには頓着しないで好きなように書いている。不特定多数の読者というよりは、自分の仲間である知識人層の限られた読者しか念頭に置いていないんだ」

「この作品を書いたとき、クリスピンはまだオックスフォードの学生だったんですよね。そうと知って読むせいか、やはり若書きの印象は免れませんね」

「実際、あまり出来の良い作品ではないね。ストーリーは単調だし、プロットにも無理があってゴタゴタしている」

「〈準密室〉のトリックも、きわどい条件が前提となっていて、どうも成立があやうい感じがします」

「作者の持ち味のユーモアがまだ十分出ていないのもさびしいね。その難しさは自分でも意識していたと見えて、作中人物の一人にこんなふうに言わせている——『喜劇は必然的に薄っぺらですよ。しかも喜劇演技のテクニックが、よし真面目な劇の演技のテクニックと違うからといって、それだけ容易だとはいえませんからね』」

「作中人物の言葉を借りて劇や小説の創作論、批評論もふんだんに盛り込まれていますね。フェンに創作の動機を尋ねられた劇作家が、『金のため——それに名誉心の満足のためでしょう。たいていの作家は、いや大作家ですら、そういった目的のために書くのだと思いますね』と答える場面もあって、これは作者のアマチュアリズムと抵触するようですが」

「作中人物の発言がすべて作者の考えであるはずはないさ。このセリフはサミュエル・ジョンソン大博士の『よほどの馬鹿者ならいざ知らず、古来、金銭以外の目的で筆をとった者は一人としていない』という言葉をふまえているのだと思うが、クリスピンはむしろ「よほどの馬鹿者」であることに誇りを抱いているのだと思うね」

「たしかにこの劇作家はあまり好意的に描かれてはいませんね」

「作者が好意的に描いているのはみなアマチュア、ないしそういう気質の人物であるといえるのじゃないかな。しろうと探偵のフェンをはじめとして、英文学が何より好きで文芸批評の著書もある警察署長のサー・リチャード・フリーマン、音楽一筋のドナルド・フェロウズ、退学したシェイクスピア研究家ニコラス・バークレイ……。本当に何かが好きで、馬鹿の字がつくくらいそれに打ち込んでいる人間ばかりだ」

§想像力に富み、人工的な物語

「以下、『金蠅』に続く各作品について見ていきたいと思いますが、第二作の本書『大聖堂は大騒ぎ』は後回しにして、次の『**消えた玩具屋**』(一九四六) に進みましょう」

「この小説は多くの批評家の賞賛を得て、クリスピンの代表作としての評価が定まっているが、実際、代表作たるにふさわしい作品であると思う。僕がそう思うのは特に、これが作者の創作信条を最もよく体現した作品であるからだ」

「創作信条というと?」

「*Twentieth-Century Crime and Mystery Writers*に寄せたコメントの中で、クリスピンはこう述べている——

スパイ小説はあまり好きではなく、いわゆる「現実的な」犯罪小説はなおさら好きではない。一般的に犯罪小説は（また、特に探偵小説に言えることだが）、その効果を最大限に発揮するためには、本質的に想像力に富み、人工的でなければならないと信じている。（小林晋訳）

小説の中に「現実」を持ち込むのを嫌う姿勢は、H・R・F・キーティングのインタヴューを受けてアガサ・クリスティーの成功の秘密について語った「簡潔さの女王」にもよく現れていて、そこでは「現実逃避」の意義と効用を強調していた。実生活的、新聞記事的な「現実」へのアンチテーゼとしての「想像力に富み、人工的」な（imaginative and artificial）物語の世界。クリスピンの諸作の中でもとりわけファンタスティックな味わいの濃い『消えた玩具屋』は、最もそれにかなったものといえるだろう」

「誰もが言うことですが、冒頭の一夜にして玩具屋が消えてしまうという謎は魅力的ですね」

「ここで注意しなければならないのは、玩具屋はただ消えたわけではないということだね」

「それはどういう意味ですか」

「玩具屋が消えたというのは嘘ではないが、別に家屋自体が消失してしまったわけではない。玩具屋の消えた後には食料品店が出現していた」

「たしかに、エラリイ・クイーンの『神の灯』のようなイメージで紹介すると誤解を招きますね。そこの謎解きに探偵小説的な仕掛けがあるわけではないから、期待外れに終わってしまう」

「いや、そういう問題じゃなくてだね。玩具屋というのは「想像力に富み、人工的」な、いわば空想的な世界の象徴なんだ。一方、食料品店というのは、これはもう現実世界の代表だね。玩具屋が食料品店に変わった――空想が現実に場所を奪われたというのがポイントなんだ。しかし、そのことによってより大きな空想が姿を現すことになる。消えた玩具屋の謎をめぐっておかしな人物が次々に登場し、起こりそうもない出来事が次々に起きて、今度はオックスフォードの町全体が空想的世界として息づき始めるんだ。玩具屋の消失というのは、町全体に空想のヴェールをかけるスイッチのような機能を果たしているわけさ」

「分かったようで分からない理屈ですな。ただ、作者も初めに断り書きをしているように、この小説の中のオックスフォードが、ありそうもない人物や事件が限界をこえて出現する土地として描かれているのはたしかです」

「とにかく意表を突く展開とユーモアで楽しく読める作品に仕上がっているね」

「しかし、その展開が偶然のオンパレードで成り立っているところがあって、その辺がやはり私には気になりますね。たとえば、ある喫茶店でフェンが『おれはミス・アリス・ウィンクワースをさがし出そうと思う』と言ったとたん、近くのテーブルにいた女がやってきて『いま、わたしの名前を言ったわね？』なんて具合」

「臆面もない偶然と評するほかないね。それほどではなくとも、振り返ってみると事件の関係者同士の出会い方はほとんど偶然といっていい。ある場面で『気ちがいじみた暗合』を指摘されたフェンが『探偵小説のなかで、偶然に人物と人物が出っくわすのを不自然だと言いながら、隣りの教区に住むだれかと外国で出会ったりすると、声を大きくしてそのことを言いふらす。きみはそういう種類の人間なんだ』などと言っているのは作者の予防線とも見られるが、その程度の言い訳で不自然が解消するわけのものでもない。ハッキリ言ってこれは荒唐無稽な話なんだ。偶然の邂逅と絶えざる追跡。文学の世界と現実生活の暗合と相互侵犯。作中でキャドガンがフェンに言っているように『正気の人間には、とうていでっちあげられないほど異常な事件』だ。この作品を読むときには、だから現実にかけられた空想のヴェールを見逃してはならないんだ。このヴェールにおおわれたオックスフォードを支配しているのは、探偵小説というよりはファンタジーの文法、いや、ナンセンス詩の論理といった方が適切かな。何しろプロットを導いているのはエドワード・リアの滑稽詩なのだからね」

「うーん、私のような探偵小説プロパーの人間からすると承服しかねる部分がありますがね。ストーリーの組み立ても、フェンたちが次々に関係者に会って、彼らが語る話で事件の全体像が見えてくるという作りで、推理の要素はほとんどありませんし」

「ほとんどということはないだろう。一応「不可能犯罪」の謎解きもあるし」

「でもその解明にはある医学的知識が必要ですからね、必ずしも読者にフェアな推理とはいえないでしょう」

「そうかもしれないが、そういう読み方だけですべての探偵小説を評価しようとするのはどんなものかな。その作風に応じて評価のポイントも変わってしかるべきじゃないか。この作品は、僕にはユーモアとウイットに富んだ英文学的探偵小説として最上の出来ばえを示していると思われる」

「私もあえて検事役をつとめてみただけで、傑作との評価にことさら異を唱えているわけじゃありませんよ」

「たしかにアバタもエクボじゃ評価にならないからね。だが、この作の欠点をいうとしたら、それはむしろ空想性の不徹底——そのために君の指摘するような普通のミステリの読み方を許してしまう点にあるんだ。imaginative ではあるが artificial になりきっていない。そしてそれは、たとえばチェスタトンの文章のような、強固な作品世界の構築にたえる自在な文体を作者が十分には獲得できていないことによるのだと思う」

§ユーモアあの手この手

「次の作品『**白鳥の歌**』（一九四七）は、劇（オペラ）の準備中に出演者中の嫌われ者が殺され、それが不可能犯罪の様相を呈しているという話で、大枠の設定は『金蠅』に似ていますね」

「そう言われればそうだな。ただし、構成においても筆力の点でも作者は格段の進境を示しているがね」

「二つのプロットが絡まりあって一つの構図を形作ることになるという構成はうまいと思います。不可能犯罪のトリックにもアッと言わせるものがあるんですが、仕掛けが複雑でよくのみ込めないところがありますね」

「仕掛けというか、トリックを成立させるダンドリがね。こういう馬鹿馬鹿しくて大胆な手口は僕も好きなんだが、やはりトリックのためのトリックという印象で、トリックが物語から浮き上がっているなあ。小説全体のややシリアスなトーンとミスマッチなんだ。この作は、登場人物のキャラクターとかで細部のユーモアはきいているんだけど、お得意のドタバタ騒ぎは影をひそめていて、全体としては笑いの色が希薄だ。もっとドタバタした雰囲気を作って、トリックの不自然をカモフラージュする必要があったと思う。トリックが現実離れしたものなら、物語もまた現実から浮揚させなければならない。『金蠅』の中でフェンが、探偵小説において重要な実体を隠すために『もっと興味あるカモフラージュの形式』が考案されてしかるべきだと言っていたが、そのカモフラージュの形式として作者が考案したものこそ、M・R・ジェイムズ風の怪奇趣味であり、マルクス兄弟流のドタバタ喜劇であったはずなんだ」

「そういえば、都筑道夫さんがポケミスの『金蠅』の解説で同じようなことを言ってましたよ。クリスピンがマルクス兄弟の馬鹿さわぎを思わせるような喜劇的要素をなぜ探偵小説に持ち込んだかという理由についてなんですが、

そこにクリスピンの独自性があるのだ。現代の本格作家の悩みは、謎の子どもっぽさが、小説構造の弱点に、しばしばなるというところにある。クリスピンは、その弱点を、おとなの中の子どもっぽさを発揚させる——小説ぜんたいを、マルクス兄弟もどきの、気狂いじみた馬鹿さわぎで構成することによって、カバーしているのである。


もちろんあなたも独自に同じことを考えられたんでしょうが」

「僕の考えることくらい、もちろん既に誰かが考えていたに違いないさ。しかし、改めて考えてみるとそれは既にカーがやっていたことだよね。クリスピンが「小型カー」ともいわれるゆえんだ。英文学の衣に身を包み、洗練のマントをまとったカー。——フェル博士とフェン教授程度の体格の差はあるが」

「ドタバタないしユーモアという点では、次の**『愛は血を流して横たわる』**(一九四八)の方が成功していますね。終盤のカーチェイスはケッサクでした」

「クリスピンのユーモアは、繰り返しのおかしみというのが一つのパターンになっているね。フェ

ンが自作の探偵小説の筋書を語る場面が断続的に出てきたり(ついでに言えば、あの筋書が一部ホームズ物のパロディになっているのには気がついたかな)、彼の赤いスポーツカーがバックファイヤーを繰り返したりとか。『消えた玩具屋』では、警察本部長が電話をかけてくるたびに〈報復〉についての考察を聞かせてくれたし、ホテルのバーに行くと必ず、角縁の眼鏡をかけた首の長い若い男が黙々と読書にふけっている(ついでに言えば、彼が読んでいた『悪夢の僧院』『怪異の城』『奈落のホール』というのは、ゴシック小説めいたタイトルだがそうではなくて、トマス・ラヴ・ピーコックという十九世紀の作家の諷刺小説らしい)」

「ついでに言えば、水でなでつけたフェンの髪の毛がいつも立ち上がりかけていたり、同僚のウィルクス教授がたえずフェンのウイスキーをねらっていたり、なんていうのもそれですかね」

「ドタバタやユーモアの面白さだけではなくて、この作品はクリスピンの中でもすぐれたものの一つだろうね。ストーリーは工夫されていて起伏もあり、読ませるし、解明の論理も詳細かつていねいだ。渾然たるまとまりという点では一歩を譲るとしても、『消えた玩具屋』や、次作『お楽しみの埋葬』と並ぶAクラス作品だと思う」

「シェイクスピアの未発表原稿にからまるプロットはなかなか興味深いんですが、やや細部を作りすぎている感じもあるんじゃないでしょうか」

「たしかに、アリバイ工作のトリックなんかは余計な気がしたな。不必要な複雑さをもたらしている。『殺人計画に余計な技巧を凝らすと、それだけ手がかりや痕跡をばらまくことになり、危険を増すだけ』なんて自分で書いておきながら」

「クリスピンが用いるトリックには、けっこう理化学的なものが多いですね。あるいは医学的なものとか」

「文科系の作者（注・クリスピンは現代語学専攻の文学士）にしては妙だね。あるいは、そのために逆に理系的なトリックに新鮮味と面白さを感じていたのかもしれないが、多くの場合それが物語から浮いてしまい、作品のキズにもなっている」

「そういう意味では、次の『**お楽しみの埋葬**』（一九四八）にはトリックというべきものは何もありませんね。ある技術がそれに近い役割を果たしてはいますが」

「だからというわけでもないが、この作品は非常に姿のよい仕上がりになっているね。とてもエレガントで、チャーミングな小説。フェンの選挙運動をネタにしたストーリーは面白く、これにユーモアとサスペンスとロマンスが色を添えている。無理のない堅実なプロットで、解明の論理もクレバーだ。諸々の要素がバランスよく一体化していて、完成度が高い。牧師館の妖精とか、ゴクツブシの豚の可憐さなどまで含めて、本当に楽しませてもらったよ。少し前まではこれがクリスピンの最高傑作と思っていたんだが……」

「もっといいものがありますか」

「最後の長篇、*The Glimpses of the Moon* を読んで以来、どちらを上に置くべきか迷っている」

「へえ、最後のやつがそんなにいいものだという評判は聞いたことがありませんでしたが、それはまあ後の話にして……。『お楽しみの埋葬』は、ユーモア度もかなり高いですね」

「ドタバタこそ少ないけれども、全編が上質のユーモアにくるまれているね。ここでクリスピンのユーモアについてちょっとまとめてみようか。クリスピンの作品を全体的に見渡してみると、そのユーモアはおおむね次の三種類に整理できるのではないかと思う。

①状況と行動のユーモア
②性格のユーモア
③文章のユーモア

①は、あるシチュエーションにおいて単数又は複数の人物が何かしら滑稽な行動をとる、そこに感じられるおかしみで、一番分かりやすいものだ。いわゆるドタバタがこれで、『消えた玩具屋』の悪漢とフェンたちと警察の三つ巴の追っかけっこ、特に有名な回転木馬のシーンなんかが典型例。②は登場人物の性格に感じられるおかしみで、奇人変人とまでいかなくとも、ちょっとばかり変わった性格や奇妙な癖の持ち主が多数登場し、笑いを提供してくれる。フェン自身がそんな人物だし、『お楽しみの埋葬』にも探偵小説家のジャッド氏、選挙運動屋ウォトキン、精神病院長のボイセンベリ、ミルズ牧師等々、おかしなキャラクターがいっぱいだ。そして最後に、文章自体に感じられるおかしみというのがある。これは人の行動や性格といった材料に頼らず、言葉の選択と配列だけで笑いを生み出すのだから、ユーモアの手口としては最も高度なものだろう。『お楽しみの埋葬』からいくつかサンプルを拾い上げてみよう――

a『フェンとキャプテンはこの共闘者のうちに、自らの忍耐心に対する厳しい試練を見出していた』

b『それはわけがわかっての言葉というより、犬がむずかしい曲芸をやったのを見ていた男の声であった』

c『孤島に棄てられた水夫が、自分を救ってくれるかもしれない船が、無慈悲にも水平線の彼方に消えていく時の、悲嘆と憤怒の交り合った感情、そんな気持で彼はフェンが立去っていくのを眺めていた』

d『第十七代伯爵の答えは、フェンのいなかったのがこの完璧な午後の玉に瑕だったと言わんばかり、誠意に溢れていた』

e『この頃になるとハンブルビーのピストルのまずさ加減は、その運転のまずさ加減によってのみ凌駕されるものだという事がはなはだ明瞭になってきた』

——どうだい、面白いだろう。文章に表情を与える巧みな言いまわし。意想外に出てしかも的確な比喩や誇張表現。こんな箇所に出くわすとストーリーそっちのけで、しばらくその妙味を反芻していることがあるよ」

「私には、そんな文章を一々ノートに書き留めておくあなたの性格の方が面白いですがね」

「僕に言わせれば、文章自体を味わわなくては小説を読んだことにはならないんだがな。でも、翻訳の場合には原文と訳文があるから、それを言い出すとちょっとやっかいなことになるけどね。『お楽しみの埋葬』のユーモアがきいているのは、深井淳氏の訳文によるところも大きいだろう」

§作風転換、沈黙、そして晩年の復活

「次の長篇第七作、***Frequent Hearses***（一九五〇）から作風が変化しているらしいですね」

「この次の作『永久の別れのために』は読んでいるだろ、あのトーンを思い浮かべてもらえばいい。ミステリとしての構成は、『お楽しみの埋葬』あたりから変わってきていたように、すっきりとして無理のない作りになっている。一番目につくのはユーモアが、まったくないとは言わないけれど、かなり下火になって、代わりにサスペンスの要素が前面に出てきていることだ。クリスピンらしくないというわけか、この辺の作品はあまり人気がないようだけど、これはこれで僕は好きだな」

「*A Catalogue of Crime* のバーザン&テイラーなんかは、むしろこちらを高く評価していますね」

「彼らの好みがだんだん分かってきたよ。レオ・ブルースについても、ビーフ巡査部長のシリーズ以上にキャロラス・ディーン物を評価しているようだったし」

「この作は映画制作現場が舞台になっているようですが、これには当然作者が映画作りに関わった経験が生かされているのでしょうね」

「フェンがある映画会社の依頼で、十八世紀の詩人アレグザンダー・ポープの生涯に取材した映画の文学的考証面でのアドヴァイザーをつとめているという設定なんだな。クリスピンは現代文学よりも古典が好きだったみたいで、シェイクスピアと並んでポープもよく作品に取り入れているね。『消えた玩具屋』の原題もポープからの引用だったし」

「M・R・ジェイムズの引用もあるとか」

「他の作品でもジェイムズへの言及は少なくないけれども、この場合は使い方が特殊でね。ある屋敷に造られていた迷路の中で犯人とヒロインが追いかけっこをする場面があるんだが、その描写の中に、やはり迷路が出てくるジェイムズの小説(「ハンフリーズ氏とその遺産」)の文章が織り込まれて独特の効果を上げているんだ。このシーンはなかなかサスペンスフルだよ」

「これも翻訳が待たれますね」

「そういえば、こんな一節もあるんだ。『専門家に対する不信の念は英国人の国民性に深く根ざしたもので、コスモポリタンでないフェンは十分にその心性を分かち持っていた』——作者のアマチュアリズムの傍証の一つ」

「**『永久の別れのために』**（一九五一）もよくまとまった佳作といえますね」

「後期の作は不出来だという情報を得ていたので、ほとんど期待せずに読んだんだが、なかなかどうして面白かった。いつも感じることだが、他人の評価を鵜呑みにしちゃいけないね。他人とは違う感性を持った自分である以上、どうしたって自分で読んでみないことには始まらないよ」

「そうなると私たちの対話も無意味になりそうですが」

「もともと意味なんかないさ。せいぜい、一つの参考程度に受け止めてもらえばいいんだ」

「この作はディケンズを読んでいるとなお面白く読める部分がありますね」

「そうそう。あれを読んでると、登場人物の頭ごしに作者と目配せを交わしてニヤリとできる」

「この小説ではヒロインの女医を軸にしたロマンスとサスペンスが物語を彩っていて、そのストーリーも十分楽しめるんですが、謎の構成の部分で私がうまいと思ったのは、犯行をめぐるある不可能状況がごく自然なやり方で生み出されていることです」

「そのあたり、ミステリ作家としての作者の成熟を感じるね。メイン・トリックも目新しいものではないが、プロットに自然に仕込まれているし」

「解明の論理もスッキリ、しっかりしていますしね。推理の基礎をある偶然の事実に頼っている点だけはイマイチでしたが」

「先入観のために敬遠していた人がいるとしたら、もったいないと思うな」

「さて、この第八作までクリスピンはほぼ年一作の割合で長篇を発表してきて、二年後には短篇集も一冊出したんですが、それを最後に探偵小説の創作からは離れることになります。この沈黙の原因は何だったんでしょうか」

「さあ、その事情は推測するしかないんだが、本業の音楽関係の仕事が忙しくなったことに加えて、ミステリ・シーンの変化ということがあるだろうね。第二次大戦の末期にデビューしたクリスピンは、もともと遅れて来た探偵作家――幕が下りてから舞台に登場してきた俳優のようなものだった。黄金時代本格ミステリへの嗜好を強く持ちながら、時代はどんどん本格黄金期を遠ざかっていく。四〇年代にはまだ見られたその残光も、五〇年代に入ればもはや薄れはて、ジュリアン・シモンズが犯罪小説論を唱えるに至ったような状況が見えてくるに及んで、クリスピンは自分が時代遅れの存在であることを否応なく意識させられたのだろう。巷には自分の嫌いな「現実的」なミステリがあふれ、それがもてはやされている。そこに感じた閉塞感が、彼の創作意欲をしぼませてしまったのじゃなかったろうか」

「『永久の別れのために』のような作風なら、五〇年代・六〇年代のスパイ・スリラー全盛期にも決して浮き上がることはなかったと思うんですがね」

「*Frequent Hearses* からの作風転換は、精一杯時代の雰囲気に合わせようとした作者の努力の結果だったような気もするのだけれど、「アマチュア」作家クリスピンはそこに自分自身への裏切りを感じたのじゃないのかな。彼の持ち味はやっぱりユーモアとウイットにこそあるのだから」

「いずれにせよ、クリスピンの沈黙は四半世紀にも及ぶことになり、それは一九七七年発表の第九作、***The Glimpses of the Moon*** で初めて破られることになったのでした。そして作者は翌年、五十六歳の若さで急逝してしまいましたから、これが遺作ともなってしまった。この作品をだいぶお気に入りのようでしたね」

「うん、正直な話、クリスピンのベストの一つだと思っている」

「ジュリアン・シモンズはクリスピン唯一の失敗作と言っていますが」

「僕は僕の感性でものを言うしかないさ。実をいうと僕も実際に読むまでは何ら傑作の予感はなかった。これが発表された年の「ミステリマガジン」に紹介記事が出て、そこでは英国の書評に基づいて『残念ながら、今度の新作は純粋なミステリではなく、〝犯罪〟を中心に展開するコミック・ノヴェルであるということだ』と書かれていた。当時は僕も本格至上主義者だったので、この紹介ではあまり読んでみたいという気も起こらなかったし、同じように二の足を踏んだ読者も多かったのじゃないかな。しかし、読んでみるとこれは想像していたよりずっとミステリに近い、というよりミステリといっても決しておかしくない作品であることが分かったんだ」

「小林晋さんも『犯罪を扱ったファースといった趣がある』と書かれていますよ」

「読者が与えられたデータに基づいて犯人を推理できるという作りではないのでね、本格ミステリとまでは言いにくいのだけど、最終章での事件の解明は、それまでの伏線の網をすべて引きしぼって興味深い真相を提示している。特に、章名にもされている The Chesterton Effect――チェスタトン流の逆説を土台にした事件の解明は、ミステリの醍醐味を十分に味わわせてくれるよ」

「小林さんの解説でおおよその筋が紹介されていますが、だいぶ変わった話のようですね」

「事件そのものはバラバラ死体を扱った陰惨なものなんだが、それを圧倒するほどのユーモアが全篇をおおっているのでね、それこそ「コミック・ノヴェル」とか「ファース」といわれるような印象の作品に仕上がっているのさ。僕はあくまでミステリだと思うから、「ユーモア・ミステリ」と呼びたいところだけど」

「ユーモアあの手この手が総動員されているわけですか」

「そう、どの一人をとっても個性的な――というより奇矯な登場人物たち、彼らが織り成す喜劇的状況、それらを描く作者の筆づかい。特に、物語の終盤では作者お得意のスラプスティック・コメディが前面に出てきて、大小のドタバタが波状攻撃で押し寄せる。その執拗なまでの狂騒は、過去の諸作のドタバタ場面を総動員してもかなわないほどだ」

「いずれにしろクセのある作品のようですから、人によって好き嫌いが分かれそうですね」

「クリスピンの愛読者には受けるに違いないと思うんだがな。逆に、この小説の面白さが分からないようでは、クリスピンの本質をつかまえているとはいえないと言いたい」

「これも翻訳を期待しておきましょう。さて、本書を除く長篇について一通り見てきましたが、クリスピンは短篇もけっこう書いていますから、これにも簡単にふれていただけませんか」

「クリスピンの短篇は、そう、フェアなペテンとでも言ったらいいかな」

「それもアントニー・バウチャーの評言じゃないですか」

「あ……すまん。でも、こんなに僕と意見が合うとは、バウチャーという男はやはり大した評論家であったのだな」

「何を寝ぼけたことを言ってるんですか。しかし、短篇は枚数の少ないものが多くて、あまり読みごたえのあるものはありませんね」

「新聞の読み物として書いたものが多かったようだからね。どうしても推理パズル的な印象は否めないだろう。しかし、この種のものとしては最上の出来ばえを示していると思うがね」

「ベスト・スリーを選ぶとしたら？」

「僕が読んだ範囲では「窓の名前」、「列車に御用心」、それに「決め手」というあたりかな。「誰がベイカーを殺したか？」は有名だけど、この語りのペテンがそんなに面白いとは思えないな。あと、あの長いタイトルのやつ――「君が執筆で忙しいのは判ってるけれど、ちょっと立ち寄っても気を悪くするはずはないと思ったんだ」、これもウイットのきいた好短篇。初出の際はタイトルが長過ぎるからといって「執筆中につき危険」と切り詰められてしまったらしいが、遊び心のない編集者にも困ったものだ」

※以下、本書の内容の細部にふれていますので、未読の方はご注意ください。

§『大聖堂は大騒ぎ』吟味

「それでは最後に本書『大聖堂は大騒動……じゃなくて大騒ぎ』について語っていただきましょうか」

「この作品は、ディクスン・カー、マイクル・イネス、M・R・ジェイムズ、マルクス兄弟の巧みなブレンドといえるだろう」

「……いい加減にしてくださいよ。何回同じネタを繰り返せば気がすむんですか」

「『これでも面白可笑しくしようとひと知れず苦労しているんだ。たとえば、こんなくだらないくい、い、すぐりをいれてだな』――本書百三十一頁のフェンの言葉を引用させてもらおう。ただ、またバウチャーの言葉を引っ張り出したのは、必ずしもネタというわけじゃなくて、本書はこの四者のブレンドという言い方が最もよくあてはまる作品だと思うからなんだ」

「たしかに不可能犯罪をメインにして、文学談義あり、怪奇趣味あり、ドタバタ喜劇ありで、典型的なクリスピンといえますね。それじゃあ、それぞれの要素について順次見ていくことにしますか。

まず〈不可能犯罪〉ですが、この事件の謎のスケールの大きさというか、不可能状況のプレゼンテーションの派手さ加減といったら、カーも顔負けですね」

「大聖堂の壁に埋め込まれた巨大な墓碑が落下して人を押しつぶす。墓碑を固定していた南京錠が外されていたから、事故ではない。しかし、大聖堂はそのとき誰も出入りできる状況にはなかった。……すごい謎だよね。初心の読者にはわくわくするような魅力的な謎だろうけど、ある程度ミステリを読みなれた人間からすると、こんな大胆なことしちゃって大丈夫なんだろうかと心配になるくらいだ。趣向だおれでこけおどしの設定に終わって、とても満足のいく解決はつけられないんじゃないかと」

「して、その解決には――」

「満足したよ。パイプオルガンの音の振動で壁を震わせるという、奇抜な物理的トリック。このアイデアは面白い。一瞬笑い出したくなるような馬鹿馬鹿しさがあるんだが、それが探偵小説の面白さというものだろう。振り返ってみると、伏線も張ってあるしね。――『三十二鍵足鍵盤が発する重低音などは、怒濤のうねりとなって堂宇を揺るがし敬虔の徒の度肝を抜く……』」

「それは比喩的な表現だと思っていたんですが、実際に石造りの建物を揺らせるんですかね」

「実際のところどうなのかは僕にも分からないが、作者は音楽の専門家で、パイプオルガンを演奏した経験だってあっただろう。間違ったことは書かないと思うよ」

「そこはそのまま受け入れるとしても、ストーリー上はこの大掛かりなトリックを犯人が一人でとっさに計画したということなんですよね、そこはかなり無理があるんじゃありませんか」

「たしかに不自然だよね。これもやはりトリックのためのトリックという印象は否めないんだが、

『白鳥の歌』なんかと違ってこの作では大聖堂にまつわる幽霊話とか、ドタバタなんかで味付けがされて——都筑さんの言葉を借りれば子どもっぽさが発揚させられて、不自然さがある程度カモフラージュされているのじゃないかな」

「許せますか」

「乱歩の「芋虫」」

「え？　……ああ、「ユルス」ですか。クリスピンには甘いんですね。しかし、不自然といえばオルガン奏者のブルックス殺しもそうです。病院の廊下での薬のすりかえなんて、うまくいく可能性はかなり低いと思いますね。そもそも初めに襲撃したときに薬など使わず、もっと確実に殺しておくべきなんだ。スパイ組織の犯行にしては素人じみてますね」

「実際、素人だったんだろうさ。ところで、この作品はエスピオナージと本格ミステリの融合なんて紹介される場合があるが、それは違うよね。スパイ小説嫌いを明言している作者がそんなことをするはずがない。スパイを出してきたのはストーリーの都合からで——大聖堂を舞台にした不可能犯罪を書くためにその場所で何かの企みが行われていることにした、その企みとして戦時下のスパイ活動が選ばれただけで、それ以上の意味はないんじゃないかな。そのことによって共犯の設定も自然になったし、冒険小説風の味も加えることができたから、悪い選択ではなかったと思う」

「共犯というのはミステリにとっては常に弱点になると思いますが」

「そのとおりだが、この作では肝心の部分は主犯格のフランシス一人の単独犯行だし、共犯者たちが物語の興趣を盛り上げてくれている部分もあるので、それほど気にはならなかったな」

「また「芋虫」ですか。〈文学談義〉に話を移しましょう。のっけから「ヘンリー・フィールディング」氏が出てきたりしてニヤリとさせてくれます」

「ご本人が『トム・ジョーンズ』を知らないというのは嘘くさいが、韜晦なのかな。このフィールディング氏、探偵をやりたがったり、諜報員を志願したりと、ちょっとノックスの『陸橋殺人事件』に出てきたモーダント・リーヴズを連想させられたよ。おせっかいなんだが何だか憎めないのは、やっぱり彼が「アマチュア」だからだろう」

「各章のエピグラフは言わずもがな、イヴリン・ウォーとギボンの両『衰亡史』*Decline and Fall* がらみのジョークがあったり、ポーの『鴉』がうまく使われていたりと、相変わらずにぎやかですね。オックスフォードの数学教授なんて、作者がルイス・キャロルの『スナーク狩り』を引用したいがだけのために登場させられています」

「プロットとの関わりで重要なのは、第六章の章題だ。「大聖堂の殺人」というのは、一九三五年に発表されたT・S・エリオットの詩劇のタイトルを借用したものに違いない。『寺院の殺人』として邦訳があるが、原題は両方とも Murder in the Cathedral というのだよ」

「ほほう、なかなか学識豊かですな」

「……すまん、英文学史の本でタイトルを見覚えていただけなんだ。今回調べてみて内容的には無関係であることを確認したが、このタイトル自体が発想の核となった可能性は十分あると思う。クリスピンはきっとこれに触発されて本書のメイン・プロットを構想したに違いないと僕はにらんでいる。それから、メイン・プロットとの関係で一つ不思議な暗合を発見したので紹介しよう。――唐突だが、ここである日本の詩を引用してみたい。

おるがんをお弾きなさい　女のひとよ

あなたは黒い着物をきて
おるがんの前に坐りなさい
あなたの指はおるがんを這ふのです

と始まるのだがね」

「ふーむ。フランシスに囁きかける悪魔の声、という趣もありますね。誰の詩ですか」

「萩原朔太郎さ。『青猫』（一九二三）に収録されている「黒い風琴」という詩だよ。中ほどにはこんな箇所もある――

ああこのまつ黒な憂鬱の闇のなかで
べつたりと壁にすひついて
おそろしい巨大の風琴を弾くのはだれですか
宗教のはげしい感情　そのふるへ
けいれんするぱいぷおるがん　れくれえむ！　……

本書を念頭に置いて読むと、まるで犯行場面の描写のように見えてこないかい。大聖堂の闇の中に地鳴りのごとく響いたパイプオルガンの重低音は、バトラー牧師に捧げられたレクイエムでもあったわけだ。もしクリスピンが日本語を解してこの詩を読んでいたら、きっと本書のどこかで引用したくなったに違いないと思うんだがな。朔太郎の詩には探偵小説的な雰囲気が濃厚なものも少なくないから、その気になって探せばエピグラフに使えそうな詩句でいっぱいだよ」

「これはたしかに面白い暗合といえますね。――あと、クリスピンは言語学の専攻でしたが、まさかほんとに日本語が読めたわけじゃないだろうな。――あと、ミステリがらみでは『月長石』についてのコメントがあって、これはなかなか鋭い指摘でした」

「フェンのアプルビイへの鞘当てには笑わされたな」

「牧師寮の蔵書リストはお遊びでしょうが、黒魔術研究家の書棚の描写はストーリーにも密接に関わってきますね。〈怪奇趣味〉としては、その書斎でジェフリイが読むサーストン主教の日記が圧巻です。カーの『プレーグ・コートの殺人』の「黒死病日誌」を思わせるような――」

「あるいは、M・R・ジェイムズの短篇が一つそこに埋め込まれているような。『金蝿』でウィルクス先生が物語る幽霊話もそんな感じだったが」

「「マグナス伯爵」の名も出ていましたね。魔女裁判ないし主教が弄んだ娘の話をフランシスの魔女的性格に結びつけようとしているみたいですが、これはちょっと強引ですよね」

「まあね。でも、さっきも言ったように怪談が不可能犯罪の弱点をカバーしている部分もあるから、うまく物語にとけ込んでいると思うよ。ブルックスのうわごと『ワイア。宙吊りの人――ロープ。うごく墓碑』――なんてなかなか雰囲気を出してるじゃないか。黒ミサがスパイ活動の一環をなしていたりといった結びつきもあるし」

「必ずしも浮き上がってはいないということですね。〈ドタバタ喜劇〉についてはどうですか」

「開巻早々デパートで一騒動やらかしてくれているが、この場面はマルクス兄弟の、その名もズバリ「デパート騒動」(The Big Store, 1941) にヒントを得たものに違いない。音楽家が殺し屋に付け狙われたり、デパートの各売場で騒ぎが起きるシーンがあったから、影響関係は明らかだろう」

「スポーツ用品の売場も出てくるんですか」

「それはなかったようだが、グルーチョら兄弟が商品のローラースケートをはいて店内を駆け巡るシーンもある。あと、エレベーターもうまく使われていたな。そうそう、ドタバタとは関係ないが、このデパートの場面のある箇所に僕はカーの『曲った蝶番』のエコーを聴き取ったんだが、君はどうかね」

「これと似た場面なんて『曲った蝶番』にあったかなあ」

「本書二十一頁、フィールディングが階下の売場主任から『階上でなにをやらかしたんだ！(What the devil are you doing up there?)』と怒鳴られるところがあるね。『曲った蝶番』の第二部の終りで、心神喪失状態のメイドを看護していた医師が言うセリフが『上の連中、なにをしたんじゃ？(You devil up there, what have you done?)』。どうだい、似てるだろ。進行形と完了形の違いはシチュエーションの差によるのさ」

「似てるといえば似てますけど、そんなの特別意味があるわけでもない、ごく当たり前のセリフでしょう。たまたま似ただけのことじゃないですか」

「普通はそう考えるところなんだが、クリスピンが初めて『曲った蝶番』を読んだときのことを回想した文章の中で特にこのセリフを引用していたとなると、事情は変わってくるだろう。本書でそれと似たセリフを書くことになったとき、作者の頭には必ずや思い出深い『曲った蝶番』のその場面がよみがえっていたに違いないと思うのさ。少なくとも、そんな想像をしながら読んだ方が楽しいだろ？」

「読み方は自由ですがね。あと、ドタバタとしては、エピソードとして語られるだけですが、フェンがつかまえた特大の蝗が主教さまのスープ皿に飛びこんだ話とか。終盤、フェンが牧師寮の部屋に隠れていたジェイムズに殺されかけたとき、戸棚からハチの大群が現れた場面などもそれに数えていいでしょう。いささかグロテスクではありますが」

「捕虫網もなしにどうやってそんな大量のハチを集めたのかは謎だがね。昆虫採集はフェンにとって純粋な趣味で、ハタメイワクにこそなれ何の有用性もないはずのものなんだが、時には趣味が命を救ってくれることもあるわけだ。無用の用、アマチュアリズムの勝利だね。ただ、クリスピンは自分ではあまり昆虫採集などしたことがなかったのじゃないかな。というのは本書に、夜の道でトンボの姿を見かける場面があるんだが（二百二十二頁）、トンボは夜行性じゃない。『日の盛り細くするどき萱の秀《ほ》に蜻蛉とまらむとして翅《はね》かがやかす』（北原白秋）と詠われるくらいのもので、昼間活動する昆虫なのさ。『♪あーおいおそらをとんだから〜』という歌もあっただろ。もっとも、トンボは英語で devil's darning needle（悪魔のかがり針）とか witch's needle（魔女の針）とかいう別名もあるくらいで、欧米では不吉な、気味の悪い虫と考えられているようだから、夜のイメージがつきまとっているともいえるんだが」

「ここで昆虫の話をしていてどうなるんです。そろそろまとめにかかってくださいよ」

「人生も文学もそんなきれいにまとめられるものじゃないんだ。いいじゃないか、尻切れトンボで」

世界探偵小説全集39
大聖堂《だいせいどう》は大騒《おおさわ》ぎ
二〇〇四年五月二〇日初版第一刷発行
著者――エドマンド・クリスピン
訳者――滝口達也
発行者――佐藤今朝夫
発行所――株式会社国書刊行会
東京都板橋区志村一―一三―一五　電話〇三―五九七〇―七四二一
http://www.kokusho.co.jp
印刷所――株式会社キャップス＋株式会社エーヴィスシステムズ
製本所――大口製本印刷株式会社
装丁――坂川栄治＋藤田知子（坂川事務所）
装画――浅野隆広
企画・編集――藤原編集室
ISBN――4-336-04439-2
●――落丁・乱丁本はおとりかえします

訳者紹介
滝口達也（たきぐちたつや）
一九五九年、兵庫県生まれ。慶應義塾大学文学部卒業。専攻英文学。主な訳書に、クリスピン『愛は血を流して横たわる』『白鳥の歌』、イネス『ハムレット復讐せよ』（国書刊行会）などがある。

世界探偵小説全集

31. ジャンピング・ジェニイ　アントニイ・バークリー
32. 自殺じゃない！　シリル・ヘアー
33. 真実の問題　C・W・グラフトン
34. 警察官よ汝を守れ　ヘンリー・ウエイド
35. 国会議事堂の死体　スタンリー・ハイランド
36. レイトン・コートの謎　アントニイ・バークリー
37. 塩沢地の霧　ヘンリー・ウエイド
*38. ストップ・プレス　マイクル・イネス
39. 大聖堂は大騒ぎ　エドマンド・クリスピン
*40. 屍衣の流行　マージェリー・アリンガム
*41. 道化の死　ナイオ・マーシュ
42. テンプラー家の惨劇　ハリントン・ヘクスト
*43. 魔王の足跡　ノーマン・ベロウ
44. 割れたひづめ　ヘレン・マクロイ
45. 魔法人形　マックス・アフォード

*＝未刊